KB231832

신기루

蜃氣樓

신기루 5

허담 新무협 판타지 소설

초판 1쇄 찍은 날 § 2007년 3월 7일
초판 1쇄 펴낸 날 § 2007년 3월 17일

지은이 § 허담
펴낸이 § 서경석

편집장 § 문혜영
편집책임 § 이재권
편집 § 최하나 · 문정흠

펴낸곳 § 도서출판 청어람
등록번호 § 제1081-1-89호
등록일자 § 1999. 5. 31
어람번호 § 제2-1147호

주소 § 경기도 부천시 원미구 심곡1동 350-1 남성B/D 3F (우) 420-011
전화 § 032-656-4452 팩스 § 032-656-4453
http://www.chungeoram.com
E-mail § eoram99@chollian.net

ISBN 978-89-251-0586-4 04810
ISBN 89-251-0412-1 (세트)

蜃氣樓

· 조우(遭遇)

신기루

허담 新무협 판타지 소설

Fantastic Oriental Heroes

5

모든 일은 내가 태어나기 삼 년 전, 그러니까 지금으로부터 십오 년 전에 시작되었다. 내가 살고 있는 동해의 작은 어촌에서 배를 몰아 북쪽으로 오 일 정도 북상하면 수많은 섬으로 이루어진 성주군도(星洲群島)라는 대단해가 펼쳐진다. 물은 맑고 수초는 풍성해 한번 그물을 드리우면 그물이 찢어질 만큼 많은 고기를 잡을 수 있는,

도서출판 청어람

목차

第一章

폭풍의 가문(家門)

푸른 바다 위로 수백 척 높이의 절벽이 솟구쳐 있다. 그 위로 거대한 성을 방불케 하는 수십 채의 전각들이 우뚝 서 있었다. 오연히 남해의 푸른 바다를 내려다보고 있는 이 웅장한 절벽 위의 성채(城砦)가 바로 남방 무림의 강자 해남검문의 본거지다.

배를 탄 것은 광동의 성도 광주에서였다. 그리고 닷새의 항해가 이어졌다. 송문악은 호종위의 손님으로서 선실 중 가장 좋은 방을 배정받았지만, 여행의 대부분을 배의 갑판 위에서 보냈다. 송문악이 자란 풍화촌 역시 광활한 바다가 펼쳐져 있는 해안가 마을이었지만, 직접 이런 거선(巨船)에 몸을 싣고 대양을 여행하는 것은 처음 있는 일이었다.

송문악의 지난날은 그의 성품을 밝음보다는 어둠 쪽에 가깝게 만들었다. 화옥청과 가난한 삶을 영위한 유행촌에서의 어린 시절을 포함해 신기루의 음모자들에게 친인을 모두 잃고 복수를 위해 고련을 거듭해 온 지난 시간들은 그를 자신도 모르는 사이에 어둡고 고독한 사내로 성장시켰던 것이다.

그래서일까. 검푸른 물결을 가르며 대양을 헤쳐 나가는 이번 여행은 송문악에게 지금까지의 삶에서는 느끼지 못했던 그 무엇인가를 느끼게 해주고 있었다.

끝없이 펼쳐진 대양(大洋)을 바라보며, 험한 파도를 가르며 호쾌하게 질주하는 해남검문 거선(巨船)의 힘을 몸으로 느끼며, 송문악은 그의 가슴 저 밑에 자신도 모르게 잠들어 있던 웅심이 깨어남을 느끼고 있었다. 그 장쾌한 기분을 즐기기 위해 송문악은 여행의 대부분을 선실이 아닌 배의 갑판에서 보내고 있었다.

갑판에 나와 구경하는 것은 끝없이 펼쳐진 대양만이 아니었다. 여기저기서 들려오는 해남검문 문도들의 호쾌한 목소리들, 거칠면서도 정해진 규율에 따라 거선을 움직이는 강인한 바다 사내들의 모습 또한 송문악에게는 색다른 볼거리였다.

송문악은 오늘도 아침 일찍 배의 갑판에 올라 이 기분 좋은 여행의 정취를 음미하다 밤사이 선박 앞으로 다가온 거대한 절벽과 그 위의 성을 발견한 것이었다.

"저게 무슨 건물입니까?"

송문악이 그의 옆에서 아침부터 분주히 움직이고 있는 선원 중 한 명을 붙들고 묻자 그가 자부심 가득한 목소리로 대답했다.

"하하하, 저 건물이 바로 우리의 해남검문입니다. 대단하지 않습니까? 남해의 제왕 해남검문에 오신 것을 환영합니다, 청 소협!"

해남검문의 배를 모는 선원들은 선원이면서 또한 해남검문의 무사들이었다. 따라서 그들 또한 이 청명이라는 이름의 젊은 고수가 포양호에서 어떤 활약을 펼쳤는지 익히 들어 알고 있었다. 그래서인지 자부심 가득한 선원의 대답은 한편으로는 무척 공손한 것이기도 했다.

"대단하군요. 과연 해남검문이 남해의 제왕으로 불리는 이유를 알 것 같습니다."

송문악이 선원의 말에 고개를 끄덕이며 다시 고개를 돌려 절벽 위에 솟구친 해남검문의 거성을 바라봤다.

'마치 신기루를 보는 것 같구나.'

송문악의 머릿속에 불현듯 원강 하구에서 보았던 신기루가 떠올랐다. 원강 하구에 나타났던 신기루의 오색창연한 성곽이 실제로 사람의 손에 의해 실물로 만들어진다면 눈앞의 이 해남검문의 성과 같지 않을까.

이런저런 상념들이 그의 머릿속에 복잡하게 뒤엉킬 때 뒤쪽에서 송문악을 부르는 소리가 들려왔다.

"여전히 이곳에 나와 있었구려."

고개를 돌리자 황충이 다가오고 있었다.

"어서 오십시오, 당주!"

송문악이 살짝 고개를 숙여 황충을 맞았다.

"허허, 당주라니… 이미 천자방이 없어진 지 오랜데 청 소협은 여전히 날 당주라 부르는군."

"입에 익은 호칭이라 쉽게 떨어지지가 않는군요, 황 장로님!"

"껄껄껄. 황 장로라… 나 역시 그 호칭이 오히려 낯설긴 하구려. 하긴 지난 오 년간 천자방의 외삼당 당주로 살아왔으니 당연한 일이겠지…….."

황충이 너털웃음을 터뜨렸다. 바닷바람에 백발을 휘날리며 서 있는 황충의 모습은 그가 이 바다를 터전으로 살아온 사람이라는 것을 증명이라도 하듯 호쾌하다. 가히 노호(老虎)의 풍모를 느끼게 해주는 모습이었다.

"집에 돌아오셔서 좋으시겠습니다. 오면서도 느낀 것이지만 해남검문의 영웅들께서는 한결같이 그 기운이 호탕하시군요. 속 좁게 살아온 저로서는 느낀 바가 적지 않습니다."

송문악이 마음속에 품고 있던 해남검문과 그 문도들에 대한 생각을 솔직히 드러내자 황충이 묘한 표정을 지었다. 그것은 한편으로는 문파에 대한 송문악의 칭찬에 만족한 듯한 미소 같기도 하고 혹은 무언가 깊은 시름이 있는 사람의 얼굴처럼 어두운 것이기도 했다.

"청 소협께서 본 문을 좋게 보아주셨다니 고마운 일이오. 하지만 청 소협이 지금까지 본 것은 본 문의 겉모습에서 받은 인상에 지나지 않소이다. 해남검문에는 무공을 수련한 무인만도 수백 이상이 있고, 그중 강호에서 일류고수 소리를 들을 만한 자도 백여 명은 넘소이다. 포양호의 싸움에 참여했던 해남검문의 전력이란 것은 그야말로 해남검문 본래 전력에 십분지 일도 되지 않는다고 할 수 있소. 당연히 그들만을 보고나서 해남검문을 판단해서는 곤란하지요. 그렇게 사람이 많다 보면 이런저런 사람이 있게 마련이라오. 해남검문이라고 어찌 호탕한 영웅들의 문파이기만 하겠소? 겉으로 보기에 웅장하기 그지없는 저 해남의 성안에는 청 소협이 모르는 수많은 음모와 귀계들이 난무하고 있단 말이외다."

"해남검문의 후계자 싸움을 두고 하시는 말씀입니까?"

송문악이 묻자 황충이 좀 더 그늘진 눈빛으로 송문악을 바라봤다.

"역시 이공자가 청 소협에게 그 이야기를 했나 보구려."

"포양호 싸움이 끝나기 전날 절 찾아오셨었지요."

"그러리라 생각했소. 그렇지 않다면 청 소협이 이공자를 따라 해남에 올 일이 없었을 테니."

황충이 고개를 끄덕였다.

"황 장로님께서는 어느 쪽에 서 계십니까?"

송문악이 묻자 황충이 살짝 아미를 모았다.

"청 소협은 그런 민감한 질문을 너무 쉽게 던지는구려."

"하하, 그랬나요? 죄송합니다."

"뭐, 죄송할 것까지야 없소. 하지만 문 밖의 사람에게서 그런 질문을 들으니 기분이 좋지는 않구려. 솔직히 말하자면 난 대공자와 이공자 두 사람 모두 썩 마음에 들지 않소이다. 대공자는 지나치게 생각이 깊고, 이공자는 지나치게 대범하지. 이 두 사람의 성격을 하나로 합치면 몹시 좋을 텐데 말이야."

"파랑검 호 대협의 호탕한 성정은 이미 알고 있습니다. 그런 호탕한 기개가 절 이곳 해남까지 오게 만든 이유 중 하나지요."

"그렇소? 그럼 그 이유 말고 청 소협이 이곳에 온 다른 이유는 뭐요? 타 문의 내분에 관여하는 일은 강호의 모든 사람들이 꺼리는 일인데 말이오. 고 노사도 그래서 아무 말 없이 공주에서 우릴 떠난 것이 아니오?"

"확실히 고 노사께서는 귀찮은 일을 싫어하시는 편이지요. 저와 이삼 년 동안 함께 다니셨기에 헤어지기가 아쉬워 잠시 해남으로 동행하시다가 결국 떠나신 거지요. 그리고 제가 호 대협을 따라 이곳에 온 다른 이유는 역시 돈이 되는 일이기 때문입니다."

"그러니까 청 소협은 여전히 이공자에게 고용된 용병이란 말이구려."

"말하자면 그렇습니다. 하나뿐인 용병이어서 우습긴 하지만 말입니다."

"많이 주시더이까?"

"하하하! 그리 오래 용병 생활을 한 것은 아니지만 개중 가장 많은 보수를 받고 있습니다."

송문악이 맑은 웃음을 터뜨리자 두 사람 사이에 형성되었던 무거운 공기가 일순 흩어져 버렸다. 그런 송문악의 모습을 황충이 깊은 눈으로 바라봤다.

"내가 어느 쪽이냐고 물었소?"

"네."

"군이 말하자면 난 이공자 쪽이라고 할 수 있소. 왜냐하면 한 문파를 이끄는 데 필요한 재능은 여러 가지가 있겠지만, 군이 두뇌와 성정을 비교하자면 난 대공자의 주도면밀함보다는 이공자의 호방함이 더 좋다고 생각했기 때문이오. 더군다나 해남검문과 같은 대문파에서는 만인을 포용하는 호방함이야말로 꼭 필요한 재질이랄 수 있소."

"오직 두 분의 성품으로서만 내리신 결론입니까?"

송문악의 질문이 날카롭다. 황충이 송문악의 질문에 살짝 몸을 굳혔다. 하지만 이내 쓴웃음을 지으며 몸의 긴장을 푸는 황충이었다.

"역시 청 소협은 나이답지 않게 생각이 깊구려. 대해남검문의 후계자를 정하는 데에는 역시 그 성품이 중요하오. 하지만 성품만으로 동생을 형 앞에 세우는 일은 아무리 그 능력을 중시하는 무림문파라 하더라도 쉬운 일은 아니오. 하물며 형의 능력이 동생에 비해 크게 뒤진다고도 볼 수 없는 상황에서 말이오."

"하면……?"

"두 사람 뒤에 누가 있느냐의 문제요."

'두 사람의 모친이 서로 다른 사람이라고 했던가?'

송문악은 문득 포양호의 마지막 결전이 있기 전날 밤, 호종위가 직접 자신의 입으로 한 말이 떠올랐다. 두 사람 뒤에 누가 있느냐가 문제라면 역시 그 두 사람을 낳은 여인들의 출신이 문제일 터였다. 갑자기 두 여인의 출신이 궁금해졌다.

"해남검문주께 두 분의 부인이 계신다는 말을 들었습니다만……."

송문악의 말에 호종위가 별걸 다 알고 있다는 표정을 지었다.

"생각보다 청 소협은 본 문에 대해 많은 것을 알고 있구려."

"역시 호 대협께서 말씀해 주셨습니다."

"흠흠, 문파의 사정이 말이 아니군. 문주의 부인이 둘이라 그 두 사람에게서 태어난 아들들이 문파를 차지하기 위해 싸움이나 하고 있다는 소문이 강호에 퍼지는 것을 피할 길이 없겠군."

황충이 허탈한 듯 말했다. 그리곤 잠시 침묵을 지키다가 다시 말을 이었다.

"맞소. 이 싸움은 겉으로야 대공자와 이공자의 후계 싸움이지만, 그 안을 들여다보면 무척 복잡한 의미를 지닌 싸움이라오. 애초에 문주께서는 어린 시절 선대 문주께서 정해주신 혼처에서 대부인을 맞아들였소이다. 광동의 대상(大商)인 하가장의 따님이 바로 대공자의 모친이시자 문주의 첫 번째 부인이라오."

"하가장이라면……?"

"맞소. 천자방주로 있던 하륜이 바로 현 하가장주의 동생이라오. 그러니까 문주의 처남이 되는 것이지."

보통 강호에서 문파 간의 정략혼은 비일비재한 일이다. 해남검문주 호상중과 그의 대부인 하성란이 가문의 정략적 이득에 의해 오래전 혼인을 했다는 사실은 그리 이상한 일이 아니었다.

"그런데 문주께서는 대부인과 혼인을 할 당시 이미 한 여인을 사랑하고 계셨소. 바로 지금의 이부인이라오. 이부인께서는 본시 전대 문주님께서 마지막으로 받아들이신 제자였으며, 그 무재가 뛰어나 해남검문 역사상 가장 뛰어난 여검객(女劍客)이 되실 거란 기대를 한 몸에 받고 계시는 분이었소. 애초에 전대 문주께서 문주님과 이부인 사이를 아시면서도 광동의 하가장 따님과 혼인을 추진하신 이유는 정략적인 목적도 있었지만, 이부인께서 여인의 길이 아닌 무인의 길을 가시길 바랐던 이유도 컸다고 알려졌을 정도였으니까."

"결국 전대 문주님의 바람은 이루어지지 않았군요."

송문악의 말에 황충이 고개를 끄덕였다.

"그렇소이다. 문주님이 혼인을 하신 이후 팔 년 만에 전대 문주께서 돌아가셨다오. 당시에 전대 문주께서는 육십이 겨우 넘으신 나이셨는데, 그만 신기루의 혈풍에 휘말려 목숨을 잃으셨소."

순간 송문악의 눈이 번뜩였다.

'또 신기루인가!'

강호에 존재하는 어떤 문파라도 지난 백여 년의 시간 동안 신기루라는 이름과 어떤 형태로든 연관되지 않은 문파가 존재할까. 송문악이 고개를 저었다. 그는 이 먼 해남의 바다에서조차 신기루의 이름을 들어야 했던 것이다.

"그래서 당금 문주께선 겨우 삼십 세가 조금 넘은 나이에 해남검문을 물려받았다오. 그리고 삼십이란 나이는 사랑하는 여인을 받아들이는 데 있어 앞뒤의 사정을 가릴 만큼 성숙한 나이는 아니었나 보오. 문주의 위에 오르신 후 바로 이 년 뒤 이부인을 두 번째 부인으로 맞아들이시고, 곧이어 이공자를 보셨던 것이지."

송문악이 고개를 끄덕였다. 삼십대 초반의 나이라면 능히 사랑을 쟁취할 열정을 지니고 있을 나이였다.

"처음에는 사실 이 문제가 이렇게 심각하게 발전할 거란 생각을 문 내의 누구도 하지 않았다오. 그저 대부인의 마음 고생이 심할 것이란 생각에 대부분의 사람들이 대부인에 대해 동정심을 가지고 있는 정도였소. 그런데 문주님의 두 분 아드님께서 장성하기 시작하자 문제가 달라지기 시작했소."

"후계 싸움이 벌어진 것이군요."

"맞소이다. 그런데 이 후계 다툼이란 것이 단순한 게 아닌 모양새가 되었단 말이지. 애초에 두 명의 아드님을 두었으니 당연히 후계를 정할 때 약간의 마찰은 있을 거란 생각은 누구나 하고 있던 터였지만, 일단 후계를 거론할 시기가 되자 그 마찰이란 것이 해남검문의 원로들이 생각하는 것보다 훨씬 엄중한 상태로 진행되고 말았던 것이외다."

배가 서서히 섬의 북쪽을 돌아 동쪽으로 전진해 가고 있었다. 그에 따라 거대한 절벽에 가려 보이지 않던 섬의 남서쪽이 서서히 두 사람의 시선에 잡히기 시작했다. 그리고 그곳에 제법 큰 포구가 자리 잡고 있었다. 드디어 배가 여행의 최종 목적지로 들어서고 있었다. 하지만 그 와중에도 황충은 계속해서 말을 이었다.

"사랑을 잃은 여인에게 남은 것은 무서운 권력욕밖에 없더이다. 마침 대공자 또한 권력에 대한 열망으로 보자면 대부인 못지않았고, 하가장의 막대한 금력이 대부인의 손에 있었소. 대부인께서는 대공자를 다음 대 해남문주에 올리시는 것에 만족하지 않고 해남검문을 스스로의 손에 넣기를 원하시기 시작했소. 결국은 하가장의 해남검문을 원한 것이지. 그를 위해 대부인은 적지 않은 수의 사람을 처가인 광동 하가장에서 해남검문으로 불러들였소. 물론 그게 아주 나쁜 것은 아니었소. 대부인께서 불러들인 사람들 중에는 무인도 있었지만 그 대부분은 상인이었는데, 그들 덕에 해남검문의 금력은 무섭게 성장했소. 그래서 작금에 이르러서는 해남검문이 무림의 문파인지 아니면 상계의 상가인지 모를 정도가 되어버렸다오."

"그렇게 된 일이었군요. 결국 해남검문의 정통을 이은 무인들은 이부인과 이공자 뒤에 섰겠군요."

송문악의 말에 황충이 고개를 끄덕였다.

"그렇소. 해남검문을 하가장의 상인들에게 내줄 수는 없다고 생각한 것이오."

"그렇다면 사실 싸움이 되질 않는 것 아닌가요? 아무리 돈이면 귀신도 부린다지만 해남검문 정통의 고수들이 이부인 뒤에 섰다면 이미 싸움은 끝난 것이지 않습니까?"

송문악의 말에 황충이 천천히 고개를 저었다. 그의 입에선 작은 한숨조차 새어 나오고 있었다.

"얼핏 보면 청 소협의 말이 맞소. 문파의 고수들이 지지하는 쪽으로 힘이 쏠리는 것은 당연한 일이오. 하지만 일은 그리 간단하지 않았소. 대부인과 대공자는 생각보다 무척 주도면밀한 사람들이었소. 두 분께서는 지난 수십 년간 막대한 금력을 이용해 은밀히 문파의 고수 상당수를 자신들 쪽으로 포섭해 두었던 것이오. 그래서 막상 하가장의 세력에 대한 경계심으로 문파의 원로 고수들이 이공자를 후원하려 하자 그동안 대부인 쪽에 줄을 대었던 고수들이 대부인을 후원하기 시작했다오. 그 수가 문의 주요 고수 숫자의 절반을 넘었소. 그러니 아무리 문주께서 둘째 공자를 후계자로 염두에 두고 계신다 하더라도 함부로 이공자를 자신의 후계로 세울 수 없는 지경에 이른 것이지. 자칫하다가는 문파가 두 조각나게 생겼으니 말이오."

황충이 고개를 저었다. 해남검문의 일을 생각만 해도 골치가 아픈 모습이었다. 송문악의 표정도 그리 밝지 않았다.

"이번 포양호의 일로 호 대협은 몹시 불리해지시겠군요."

"그렇게 될 거요. 아무래도 적지 않은 문책이 있을 거요. 난 애초에 포양호 싸움을 찬성하지 않았소. 무림이나 상계나 전통적으로 내려오는 규칙이란 게 있소. 그런 면에서 보자면 우리 해남검문을 포함한 광동의 상인들이 대륙의 상계에 직접 진출하려 하는 것은 그 규칙을 깨는 일이었소. 또한 동정호로 가면 형산파가 있고, 포양호로 가면 남궁세가가 있소.

두 문파 모두 해남검문이 상대하기에는 벅찬 문파였다오. 하지만 결국 포양호 싸움은 벌어졌지."

"뭔가 개운치가 않군요."

송문악의 말에 황충이 송문악을 돌아봤다.

"어떤 면에서 말이오?"

"제 느낌으로는 기회를 얻은 호 대협조차도 포양호 싸움이 그리 달갑지만은 않았을 텐데 말입니다. 해남검문에서 굳이 포양호를 욕심낼 이유가⋯⋯?"

"싸움을 강력하게 주장한 것은 광동 하가장이었소. 애초에 대공자가 해남검문의 고수들을 이끌고 나갈 생각이었지만 문주께서는 막판에 이공자를 보내기로 결정하셨소. 아마 이 기회에 이공자께서 포양호 싸움을 승리로 이끌어 문 내에서 확고한 위치를 점하길 원하셨던 것 같소."

"문주님의 바람과는 반대로 일이 진행되었군요."

"결과는 그렇게 되었소이다만."

"역시 사연이 많은 싸움이란 생각이 드는군요."

"만약 대부인과 대공자께서 지금의 결과를 예상하고 일을 꾸미신 거라면, 그 두 분의 원모심계는 정말 경악스럽다고 할 수 있을 거요. 삼 년 뒤의 결과를 예측하였으니 말이오."

"혹은 이런 결과가 나오도록 일을 만들었을 수도 있지요."

"청 소협은 그 두 분이 일부러 천자방이 패하도록 일을 꾸몄을 수도 있다는 말이오? 설마 그렇게까지야. 이러니저러니 해도 두 분 모두 해남검문의 사람들인데……."

황충이 고개를 저었다.

"수십 년을 함께한 사형제도 이득을 위해서는 서로에게 검을 들이대는 곳이 무림이지요."

"물론 무림은 비정한 곳이긴 하지만……."

황충이 말꼬리를 흐렸다.

그때였다. 배의 중앙에서 우렁찬 사내의 목소리가 들려왔다.

"입항 준비를 하라!"

배는 이미 포구를 정면으로 보고 있었다. 키가 있는 갑판의 중앙에 파랑검 호종위가 천신처럼 우뚝 선 모습으로 서서히 다가오는 해남의 포구를 응시하고 있었다.

배가 시원스럽게 물살을 가르며 포구로 진입해 들었다. 송문악과 황충은 이야기를 나누던 배의 앞머리에 그대로 선 채 스쳐 지나가는 포구의 풍경을 바라보고 있었다.

연해에 나와 있던 작은 배에서 사람들이 해남검문의 선박을 향해 손을 흔들었고, 배에 타고 있던 몇몇 무사들이 마주 손을 흔들어주었다.

"포구에 살고 있는 주민들과 해남검문은 매우 친밀한 것 같군요."

송문악이 말하자 황충이 어이없다는 듯 말했다.

"헐! 친하다니? 그들은 친한 게 아니라 한 가족이라오."

"예?"

송문악이 되묻자 황충이 손을 들어 포구에 형성된 마을을 가리키며 말을 이었다.

"말 그대로요. 사람들은 해남검문하면 저 절벽 위의 성에서 생활하는 무인들만 떠올리는데, 사실은 저 포구의 마을이야말로 진정한 해남검문이랄 수 있소. 저 마을 자체가 해남검문이란 말이라오. 마을의 아이들 중 재질이 뛰어난 아이들만을 성으로 데려가 무인으로 길러내기는 하지만 성에 들어가 무공을 익히지 않은 사람들이라고 해남검문의 식솔들이 아닌 것은 아니오. 그들 역시 해남검문의 사람으로 살아가는 문도들이라오. 기실 그들이 없다면 해남검문은 존재할 수가 없을 거요. 이곳은 보기에는 좋으나 살기에는 무척 고단한 곳이오. 해남검문이라는 큰 문파가 돌아가기 위해 필요한 모든 것들이 저 포구에서 살아가는 사람들로부터 공급되어진다는 말이오이다. 그래서 절벽 위의 성에 기거하는 사람들도 결코 포구의 마을 사람들을 남으로 보지 않는다오."

"그렇군요. 어쩐지 보통의 경우 일반인들은 무인들을 대하면 움츠러들기 마련인데, 저들은 오히려 친숙하게 해남검문의 고수들을 맞는다 싶었는데 다 그런 이유가 있었군요."

두 사람이 몇 마디 말을 주고받는 사이 배는 이미 포구의 접안대에 다가서고 있었다.

"흠, 제법 많은 사람들이 나와 있군."

황충이 반갑지도, 그렇다고 거북하지도 않은 말투로 말했다. 황충의 말처럼 오십여 명의 인물들이 들어오는 배를 맞으러 포구에 모여 있었다.

"돛을 내려라!"

명령이 내려지자 한껏 바람에 부풀었던 돛이 걷혔다. 배의 속도가 눈에 띄게 줄어들었다. 그러더니 접안대 바로 앞에서 배가 그 오랜 움직임을 멈췄다.

"닻을 내려라!"

또다시 들려온 명에 따라 몇 명의 선원들이 배 옆에 매달아 놓았던 무거운 닻을 바닷물 속으로 내렸다.

"배를 묶고, 하선을 준비하라!"

연이어 이어지는 명에 배에 타고 있는 수십 명의 선원과 무사들이 부산하게 움직이더니 이내 모든 사람들이 갑판에 도열했다. 그리고 그들 앞에 파랑검 호종위가 서 있었다.

"어서 오십시오, 이공자! 고생 많으셨습니다!"

백발이 성성한 노인이 파랑검 호종위를 마중하러 나온 사람들을 대신해 배에서 내려오는 호종위에게 인사를 건네자 그의 뒤에 모여 있던 해남검문의 문도들이 호종위를 향해 일제히 허리를 숙여 보였다.

"이공자를 뵈오!"

"원 장로께서 직접 나오시다니. 패장을 맞이하는 데 과한 대접입니다."

"패장이라니요? 지난 삼 년간 이공자께서 부족한 전력을 이끌고 악전고투한 것은 모두가 아는 사실입니다. 더군다나 이번 포양호 싸움은 우리 해남검문만의 싸움은 아니었지 않았습니까? 패전의 책임을 오직 이공자께만 물을 수는 없지요. 또한 비록 포양호는 내주었지만 남궁세가 고수들과의 대결에서 본 해남검문의 무서움을 여실히 보여주셨으니, 우리 해남검문으로서는 얻은 것도 많은 싸움이라 할 수 있습니다."

"하하하, 여전히 원 장로님께서는 이 호종위를 너무 좋게 보아주시는군요. 하지만 원 장로님의 그런 생각이 본 문에 몸담고 있는 사람들 모두의 생각은 아니겠지요?"

호종위가 담담한 음성으로 말하자 원 장로라 불린 백발의 노인이 살짝 안색을 굳혔다.

"물론 문에서의 일은 그리 쉽지 않을 겝니다."

"이미 각오하고 있는 일입니다."

호종위가 고개를 끄덕였다.

"장로원에서는 이공자님의 문책에 대해 반대하는 분위기지만… 이미 본 장로원은 문 내에서 힘을 잃은 지 오래라……."

"장로원이 힘을 잃다니요. 그런 말씀 마십시오. 해남검문의 진실한 힘은 바로 장로원의 장로님들에게 있다는 것은 결코 변하지 않는 사실입니다."

"하하하, 늙은이들을 그렇게 생각해 주시는 분은 아마도 이공자밖에 없을 겁니다. 요즘 해남검문에서는 돈벌이를 못 하면 영 행세를 하기 힘든데 말입니다."

노인의 얼굴에 흐뭇한 미소가 지어졌다. 그때 송문악과 함께 가장 늦게 배에서 내린 황충이 호종위와 대화를 나누고 있는 노인을 향해 빠르게 다가왔다.

"원주, 직접 나오셨습니까?"

황충이 노인을 향해 가볍게 포권을 취해 보였다.

"어서 오시게, 황 장로. 그간 고생 많았네."

"고생은 무슨! 답답하던 차에 제법 좋은 시절을 보냈지요. 장로원에 처박혀 있어봐야 피둥피둥 살만 오르지요."

"그 말은 지금 이 원상인이 놀면서 살만 쪘다는 말이군."

"저런, 그게 그렇게 되나요? 하하하!"

황충이 호탕한 웃음을 터뜨렸다.

"황 장로는 여전하군. 자자, 이제 그만 문으로 올라가십시다. 이공자! 많은 사람들이 기다리고 있습니다."

해남검문 장로원의 원주 원상인이 한쪽으로 비켜서며 호종위에게 길을 양보했다. 그러자 호종위가 성큼성큼 걸음을 옮기기 시작했다.

"정말 대단하군요."

송문악이 자신도 모르는 사이에 감탄사를 흘려냈다. 그도 그럴 것이, 멀리 바다에서 보았던 해남검문의 성은 가까이에서 보자 멀리서 볼 때보다도 더 웅장한 모습을 하고 있었던 것이다.

포구에 형성된 마을을 지나 절벽 위에 지어진 해남검문의 본거지로 향하는 길목에 들어서자 수천 개의 계단이 눈앞에 나타났다. 계단은 절벽 위의 성을 향해 이어져 있었는데, 그 끝이 모두 보이지 않을 정도로 높고 길었다.

"수백 년 동안 일구어 온 성(城)이외다. 하루아침에 만들어진 곳이 아니지요."

황충이 옆에서 뿌듯한 표정으로 말했다.

"이건 그야말로 하나의 성(城)이군요."

"틀린 말이 아니오. 본 문의 본거지는 성(城)의 모양과 구조로 구축되었소. 본 문은 중원의 다른 문파들과는 조금 다른 종류의 적들을 가지고 있소이다. 그들을 상대하려면 성이 필요했소."

"다른 적이라면……?"

"중원의 문파들은 강호무림의 문파들과 경쟁하지만 해남검문은 무림문파 말고도 많은 적들을 가지고 있소. 이 바다를 놓고 말이외다."

황충이 계단을 오르던 걸음을 멈추고 손을 들어 섬 주변에 펼쳐진 광활한 바다를 가리켰다. 넓고 푸른 바다가 끝없이 펼쳐져 있어 보는 사람으로 하여금 호쾌한 기분을 느끼게 만들었다.

"본 문이 위치한 이 해남도는 남쪽의 이국들과 교역을 하는 상인들에게는 해로(海路)의 요충지라고 할 수 있소. 달리 말하면 거대한 이권이 움직이는 지역이라 할 수 있지요. 그런데 본시 돈이 있는 곳엔 날파리가 끓기 마련 아니겠소? 당연히 이 해로에도 수많은 해적들이 활동하고 있다오. 어디 해적들뿐인가? 가끔은 남방 이국(異國)의 지배자들이 배를 보내 해안 마을과 포구를 공격하기도 하고, 멀리 왜(倭)에서조차 해적들이 오고 있다오. 해남검문이 처음 이곳에 자리를 잡은 이후 본 문은 그들과 끊임없는 전쟁을 치르며 성장했소이다. 또한 그들과 전쟁을 치르려니 무림인들과의 싸움과는 달리 이런 성(城)이 필요로 했던 것이라오. 그러니 이 성은 보기 좋으라고 쌓은 것이 아니라 필요에 의해 아주 오랫동안 쌓아온 것이라고 할 수 있소이다."

"요즘도 그런 전쟁이 일어납니까?"

송문악의 물음에 황충이 고개를 저었다.

"요즘은 그런 식의 싸움은 별로 없소이다. 해남검문의 명성이 이 해로를 따라 모든 사람들에게 퍼졌으니까. 하지만 아주 가끔 성 아래 포구 마을을 기습해 오는 해적들이 있기는 하오. 물론 우리 해남검문에서는 그에 대한 철저한 보복을 가하기에 지금은 한두 곳의 해적들을 제외하면 감히 해남검문이 움직이는 상선에 대해서는 거의 손을 대지 않지만… 이런, 너무 멀어졌군."

문득 말을 하던 황충이 고개를 들어 이미 멀찍이 앞서 길을 가고 있는 호종위와 원상인 등을 바라보고는 급히 발걸음을 옮겼다.

계단은 길고 높았다. 중간 중간 구름 같은 안개가 송문악의 몸을 스치고 지나갔다. 송문악은 해남검문의 성으로 이어지는 계단이 마치 하늘 위로 이어진 계단과 같은 느낌을 받았다. 하지만 끝나지 않는 길은 없다던가. 가파르게 이어지던 계단의 기울기가 점점 평탄해지더니 어느새 송문악과 그 일행은 절벽 위에 웅장하게 서 있는 거대한 성 앞에 서 있었다.

"다 왔소이다. 누가 나와 있군. 저리로 가봅시다."

황충이 길을 재촉해 일행의 선두에 서 있는 호종위와 원상인의 곁으로 다가갔다.

"이공자를 뵈오!"

거대한 성의 정문 앞, 일단의 무사들이 딱딱한 표정으로 파랑검 호종위에게 인사를 올렸다. 인사를 받는 호종위와 그 옆에 있던 원상인의 표정이 차갑게 변했다.

"법천주께서 직접 이 몸을 마중 나오시다니 의외구려."

호종위의 대답이 차갑다. 자신을 마중 나온 사람을 대하는 태도로는 어울리지 않는 호종위의 행동이었다. 그리고 그 이유는 이내 밝혀졌다. 호종위에게 인사를 한 법천주라는 인물은 호종위를 마중하러 나온 것이 아니라 그를 한곳으로 데려가기 위해 나온 인물이었던 것이다.

"문주께서 이공자님을 춘추각(春秋閣)으로 모셔오라 명하셨습니다."

순간 장내의 분위기가 싸늘하게 변했다. 파랑검 호종위를 따라 포양호에서 돌아온 고수들만이 아니라 포구 아래로 그를 마중하러 나왔던 해남검문의 고수들조차도 법천주의 말에 크게 동요하는 모습을 보이는 것이었다.

"춘추각(春秋閣)이라 하였소?"

호종위가 서늘한 눈빛으로 되물었다.

"그렇습니다. 문주께 그리 명을 받았습니다."

앞에 서 있는 고수들의 반응이 싸늘했지만 육십대 초반으로 보이는 법천주는 표정 하나 바뀌지 않고 호종위의 물음에 답했다.

'도대체 춘추각이라는 곳이 어떤 곳인데 사람들의 표정이 이렇게 어두운 것일까?'

송문악의 마음속에 법천주와 호종위의 입에서 거론된 춘추각에 대한 의문이 일어났으나 지금으로서는 누구에게 춘추각의 의미를 묻기도 어려운 분위기였다. 황충조차도 얼굴에서 여유가 사라진 모습이었다.

"아버님께서 그리 명하셨다니 따를 수밖에! 갑시다."

호종위가 고개를 끄덕이며 법천주에게 말했다.

"제가 길을 열겠습니다, 이공자. 성문을 열어라!"

법천주가 감정이 깃들지 않은 차가운 목소리로 대답하고는 몸을 돌려 성문 위를 보며 소리치자 굳게 닫혀 있던 성문이 서서히 안쪽으로 열리기 시작했다. 열린 성문 안쪽으로 수십 채의 웅장한 건물이 빼곡하게 펼쳐져 있었다.

성문 안으로 들어서자 질 좋은 청석(靑石)으로 바닥을 간 폭 십여 장 넓이의 대로가 정문에서부터 수십 채 건물들의 정중앙에 우뚝 서 있는 화려하고 웅장한 건물까지 이어져 있었다. 그 길 옆쪽으로는 백석(白石)으로 바닥을 간 너른 광장이 펼쳐져 있었다.

'마치 황제가 사는 궁에 들어온 것 같군.'

송문악은 일행을 따라 걸으며 계속 감탄사를 흘려냈다. 그동안 천하 각지를 돌아다니며 호화로운 건물들을 여럿 구경한 송문악이었지만, 그 어느 곳도 이 해남검문의 성처럼 거대하고 화려하지는 않았던 것이다.

그런데 청석이 깔린 화려한 길을 따라 이동하며 성의 중앙에 보이는 웅장한 건물로 향할 것 같던 일행의 발걸음이 길의 중간쯤에 도달했을 때 갑자기 방향을 바꿨다.

일행의 선두에 선 법천주가 호종위와 포양호에서 돌아온 고수들을 대로에서 벗어나, 건물과 건물들 사이로 이어진 작은 길로 인도했던 것이다.

"어디로 가는 겁니까?"

송문악이 어느새 다시 어깨를 나란히 한 황충에게 조심스럽게 물었다.

"춘추각으로 가는 거외다."

황충이 무거운 음성으로 대답했다. 물론 송문악도 법천주와 호종위의 대화를 들었으므로 춘추각이라는 이름이 낯설지는 않았다.

"춘추각이라는 곳은 어떤 곳입니까? 모두들 표정이 좋지 않군요."

송문악이 재차 묻자 황충이 천천히 고개를 저었다.

"청 소협이 잘 보셨소이다. 춘추각이란 곳은 해남검문에서 가장 험악한 곳이라고 할 수 있지요. 오 년간의 전쟁을 치르고 돌아온 문의 고수들을 맞이하기엔 정말 어울리지 않은 곳이외다."

황충의 목소리에 섞여 나오는 은은한 분노를 송문악은 놓치지 않았다. 송문악은 조용히 걸음을 옮기며 이어지는 황충의 말에 귀를 기울였다.

"춘추각이란 바로 본 문에 죄를 진 죄인들을 취조하고, 그에 합당한 벌을 내리는 곳이라오."

"그렇다면……?"

송문악이 고개를 들어 황충을 바라봤다. 그러자 황충이 고개를 끄덕였다.

"맞소. 지금 이공자와 우리는 포양호에서의 패전에 대한 죄를 추궁받기 위해 춘추각으로 가고 있는 거요."

"음… 심하군요. 이제 막 싸움터에서 돌아온 사람들을 바로 취조한다니. 가족들과의 해후도 없이 말입니다."

"나도 그게 서운한 거라오. 패전의 책임이야 가볍거나 무겁거나 어쨌든 짊어질 일이었지. 하지만 아무리 그렇다고는 해도 돌아오자마자 곧바로 우리를 춘추각으로 부르실 줄은 몰랐소이다. 지금껏 문에서 이런 식으로 일을 처리한 적이 없었는데……."

분노와 함께 일말의 불안감이 느껴지는 황충의 말이었다. 송문악은 황충의 설명을 듣고 나서야 호종위와 다른 일행들이 왜 춘추각이라는 말에 그토록 안색이 변했는지를 짐작할 수 있었다.

'어쩌면 호 대협은 생각보다 훨씬 안 좋은 상황에 처하게 될지도 모르겠구나. 잘못하면 정말 미리 받은 금자 값을 톡톡히 해야 할지도 모르겠어.'

송문악이 향후 벌어질 일에 대해 은근히 걱정하는 사이 일행은 어느새 제법 커다란 목조건물 앞에 도착해 있었다.

'정말 멋없이 지어진 건물이군.'

건물은 송문악이 지금껏 보아온 해남검문 성안의 건물들 중 가장 형편없는 모양을 하고 있었다. 길게 이어진 담과 담

안쪽에 우뚝 솟은 목조건물은 일체의 치장을 배제한 채 단지 사람이 머무는 곳이라는, 건물 그 자체의 목적에만 충실하도록 지어져 있었다.

'춘추각이라… 법을 집행하는 건물이란 말이겠지.'

건물 안쪽으로 들어가는 문 위에 걸린 현판을 보며 송문악이 씁쓸하게 미소를 지었다.

"이공자가 드십니다!"

문 옆에 서 있던 경비무사 중 한 명이 건물 안쪽을 향해 큰 소리로 외쳤다. 그리고 그 소리의 여운이 사라지기 전에 일행은 이미 건물 안으로 들어서고 있었다.

춘추각 안에서는 수십 명의 인물들이 해남검문의 이공자 파랑검 호종위를 기다리고 있었다.

'이건 마치 호랑이 굴에 들어가는 느낌이군.'

송문악이 재빨리 춘추각 내부를 살피며 생각했다.

춘추각은 가운데 이십여 장 넓이의 너른 마당이 있고, 그 마당을 중심으로 정문 쪽을 제외한 삼면이 둔탁해 보이는 목조건물로 채워져 있었다. 그중 정문의 맞은편에 있는 건물이 그런대로 제법 사람의 손길이 닿은 듯 중후한 면모를 보이고 있었는데, 그 건물 앞에 일 장 높이의 단상이 만들어져 있고, 그 위에 십여 명의 인물들이 앉아서 춘추각으로 들어오는 호종위를 바라보고 있었다.

또한 마당을 빙 둘러 삼 장 간격으로 해남검문의 무사들이 검을 찬 모습으로 서 있었는데 그 서슬이 추상같기 이를 데 없었다.

"문주를 뵈옵니다!"

"문주를 뵈옵니다!"

파랑검 호종위가 단상 앞으로 다가가 한쪽 무릎을 꿇고 단상 위에 오연한 자세로 앉아 있는 백발의 노고수에게 인사를 올렸다. 그러자 포양호에서 돌아온 해남검문의 고수들이 일제히 호종위를 따라 단상 위의 노고수 앞에 무릎을 꿇는 것이었다. 단상 위의 노고수가 바로 당금 해남검문주 호상중이었다.

'이건 정말 곤란하군.'

송문악은 자신의 앞에 있던 해남검문의 고수들이 돌연 무릎을 꿇자 무척 애매한 상황에 놓이게 됐다. 자신은 해남검문의 사람이 아니니 앞에 선 사람들처럼 해남검문주에게 무릎을 꿇을 이유가 없는 사람이다. 하지만 무릎을 꿇지 않자니 장내에 그만 우뚝 서 있게 되어 모두의 시선이 그에게 모이게 되었던 것이다.

하지만 이미 벌어진 일, 뒤늦게 해남검문주를 향해 무릎을 꿇을 이유는 없었다.

"그대는 누군가?"

백발의 해남검문주 호상중이 날카로운 눈으로 송문악을 바라보며 물었다. 그러자 단상 아래 무릎을 꿇고 있던 호종위가 아차 하는 표정으로 재빨리 입을 열었다.

"그는 이번 포양호 싸움에서 절 도와준 사람입니다. 그간 그의 신세를 많이 졌기에 이번에 문으로 돌아오면서 그를 초정하였습니다. 청 소협, 인사 올리시오. 본 문의 문주님이시오."

호종위가 재빨리 송문악을 소개하고는 얼른 그를 돌아보며 말했다. 어색한 상황이었지만 송문악은 침착함을 잃지 않고 해남검문주 호상중을 향해 포권을 해 보였다.

"강호말학 청명이라 합니다. 이번에 호 대협을 따라 해남검문을 방문할 기회를 얻었습니다. 문주님을 뵙게 되어 영광입니다."

호상중을 향해 정중히 인사를 올린 송문악이 인사를 마치고 고개를 들자 자연스럽게 자신을 마주 보고 있는 호상중과 시선이 마주쳤다. 호상중은 송문악의 인사에도 전혀 표정의 변화를 보이지 않은 채 물끄러미 송문악의 얼굴을 바라보고 있었다.

"나이가 몇인가?"

그렇게 한동안 송문악을 바라보던 호상중이 불쑥 송문악의 나이를 물었다.

"스물셋입니다."

"스물셋이라……!"

무표정하던 호상중의 얼굴에 언뜻 감탄의 기색이 어렸다.

그리곤 천천히 가슴까지 내려온 흰 수염을 쓰다듬으며 말했다.

"어느 분께 사사를 받으셨는가?"

"사부께서는 강호에 그 이름이 알려지지 않으신 분입니다."

호상중이 고개를 끄덕였다.

"밝히기 어렵다면 강요할 문제는 아니지. 하지만 겨우 이십대 초반의 나이에 자네와 같은 기도를 지닌 인물을 길러낸 것으로 보아 자네의 사부께서는 보통 분이 아니신 것이 분명하겠군."

"칭찬 감사드립니다."

송문악이 가볍게 허리를 숙여 보였다.

"그런데… 이 자리에서 논의할 일들은 해남검문의 손님께 보여드리기에는 적합지 않은 일인데… 네 생각은 어떠냐?"

호상중이 여전히 땅 위에 한쪽 무릎을 꿇고 있는 호종위를 보며 물었다. 그의 목소리에서는 일말의 감정도 느껴지지 않는다.

"청 소협은 저의 손님이니 허락하신다면 그를 제 처소에 머물게 했으면 좋겠습니다만……."

"그래? 하지만 넌 한동안 네 처소로 돌아가지 못할지도 모른다."

호상중의 말에 마당에 무릎을 꿇고 있던 고수들의 어깨가 움찔거렸다. 호종위가 한동안 자신의 처소로 돌아가지 못할 지도 모른다는 말은 오늘 이 자리에서 포양호 싸움의 패전에 대한 책임을 묻겠다는 말이었고, 그에 따른 벌이 결코 가볍지 않을 것이란 의미를 내포하고 있었다.

"만약 제가 오랫동안 돌아가지 못할 처지가 된다면 청 소협의 거취는 그때 가서 다시 문주께 청을 드리도록 하겠습니다."

"좋다. 어떡하겠나? 청 소협, 그리해도 상관없겠나?"

송문악을 대하는 호상중의 목소리가 처음과는 달리 부드럽게 변해 있었다. 송문악이 고개를 끄덕였다.

"주인이 내주는 방에 묵는 것이야 손님으로서는 당연한 일이지요."

"알겠네. 그럼 일단 종위의 처소에 머물도록 하시게. 지내는 것은 크게 불편이 없을 걸세. 그리고 오늘 이 춘추각에서 해야 할 일은 본 문 내부의 문제이니 자네는 지금 자리를 옮기는 것이 좋겠네."

"그리하겠습니다."

"좋아. 여봐라, 손님을 이공자의 처소로 안내하라!"

호상중의 명이 있자 천추각 마당을 둘러싸고 있던 무사 중 한 명이 앞으로 나와 호상중에게 허리를 숙이며 대답했다.

"문주님의 명을 시행하겠습니다. 손님께서는 저를 따라 오십시오."

송문악은 이곳에 남아 호종위와 포양호 싸움에 참전했던 고수들의 처분이 어떻게 내려지나 보고 싶은 마음이 없지 않았으나, 다른 문파 내부의 치죄와 징벌을 외부 사람인 자신이 보기를 고집할 수는 없는 일이었기에 어쩔 수 없이 호상중에게 가볍게 고개를 숙여 보이고는 자신을 기다리고 있는 무사를 따라 춘추각을 벗어나기 시작했다.

　"법천주는 앞으로 나서라."

　"법천주 대령이오!"

　송문악이 막 춘추각의 문을 나설 때 호상중의 냉엄한 목소리가 들려왔다.

　"법천주는 포양호 싸움의 책임자 호종위의 죄상을 밝히라."

　"예, 문주!"

　계속해서 얼마간 포양호 싸움에서 패한 호종위의 책임을 묻는 치죄의 소리가 송문악의 귀에 들려왔으나, 잠시 후 송문악은 더 이상 천추각에서 나오는 소리를 들을 수 없는 곳으로 들어서고 있었다.

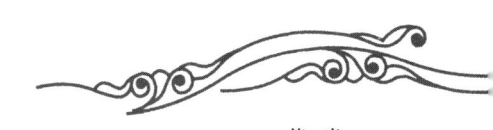

第二章

내분(內紛)

이공자 호종위의 거처는 남쪽 해안이 내려다보이는 곳에 자리 잡고 있었다. 호화로운 치장이 없는, 단순하면서도 세련된 건물은 그간 송문악이 보아왔던 호종위의 단호한 성정과도 잘 어울리는 모습이었다.

"다 왔습니다. 이곳이 이공자님이 거처하시는 검후전입니다."

"검후전?"

"이공자님의 모친 되시는 이부인께서 이곳에 함께 기거하고 계십니다."

그제야 송문악이 고개를 끄덕였다. 호종위의 모친은 해남검문 최고의 여고수로 꼽히는 검후 심옥영이었다. 그녀는 전대 해남검문주 해신검 호경봉이 받아들인 유일한 여제자였는데, 대대로 여제자를 들이는 것을 꺼려했던 해남검문의 전통을 생각하자면 그녀의 재질이 얼마나 탁월한가를 짐작할 수 있었다.

"그분을 먼저 뵈어야겠군요."

"아마 기다리고 계실 겁니다."

송문악이 다시 의문을 담은 눈으로 자신을 안내해 온 무사를 바라봤다.

"춘추각에서 일어나는 일은 지금 본 문의 전 문도들의 관심사지요. 당연히 손님께서 이곳으로 오고 있다는 소식이 이미 이부인께 전해졌을 겁니다."

안내 무사의 예상은 즉시 현실로 나타났다. 검후전 안쪽으로부터 빠르게 움직이는 발소리가 들리더니 사십대 중년 여인이 모습을 드러냈다.

"어서 오십시오, 청 소협. 이부인께서 기다리고 계십니다."

'내 이름까지 벌써 알고 있단 말인가? 생각보다 훨씬 치밀한 세력을 가지고 있는 모양이군.'

당금의 해남검문은 대공자 해남검 호검위와 이공자 파랑검 호종위가 차기 문주 자리를 놓고 치열한 암투를 벌이고 있는 상태였다. 그리고 황충의 말대로라면 당금의 상황은 호종위에게 그리 유리한 상황이 아니었다. 수십 년간 막대한 금력을 들여 은밀히 후계 싸움을 준비해 온 대부인과 대공자 호검위의 세력이 이공자 호종위의 세력을 압도하고 있다는 것이 황충의 판단이었다.

호종위의 모친인 검후 심옥영은 비록 전대 문주의 제자이고, 또한 해남검문의 여러 고수들과 함께 검을 수련해 온 동도이기는 하지만 대부인 하성란처럼 든든한 배경을 가지고 있는 여인은 아니었다. 해남검문의 제자가 되기 이전의 심옥영은 그저 성(城) 아래 포구 마을의 빈한한 한 가정의 여식이었을 뿐이었던 것이다.

지금껏 호종위가 그나마 대공자 호검위에게 완전히 밀려나지 않은 이유는 장로원 고수들을 비롯한 해남검문의 정통을 이은 몇몇 고수들의 후원이 있기 때문이었다.

그런데 대공자에 비해 무척 불리한 세력을 가지고 있을 것으로 짐작했던 심옥영에게 이렇게 빨리 춘추각의 소식이 전해질 정도라면 이부인 심옥영과 이공자 호종위는 생각보다 훨씬 튼실한 조직을 가지고 있을지도 모르는 일이었다.

"그럼 전 이만."

검후전으로부터 사람이 나오자 송문악을 검후전까지 안내한 무사가 가볍게 고개를 숙여 보이고는 총총히 검후전을 떠나갔다.

"들어가시지요."

"그럼 안내를 부탁드리겠습니다."

여인은 보통의 사십대 여인과는 달리 메마른 몸을 가지고 있었다. 보통의 여인은 사십대에 이르면 풍만한 아름다움을 드러내기 마련이지만 송문악을 안내하는 여인에게서는 단 한 올의 군살도 찾아보기 힘들었다. 거기에다 그녀의 허리춤에는 간결한 문양의 검이 매달려 있었다. 무공을 익힌 여인인 것이다.

'호 대협의 어머니가 검후로 불리며 해남검문의 여인 중 최고수로 손꼽힌다더니 그 말이 사실이었군. 그 밑에 있는 사람이 이 정도라면 그 주인의 무공이야 보지 않아도 알 수 있는 것이지.'

송문악이 자신의 앞에서 길을 열고 있는 중년 여인의 가벼운 발놀림에 감탄하는 사이 두 사람은 어느새 한 채의 아담한 모옥으로 들어서고 있었다.

"마님, 공자님의 손님을 모시고 왔습니다."

"안으로 뫼셔라."

방에서 들려오는 목소리에 힘이 실려 있다. 듣는 것만으로도 여장부의 기질이 느껴지는 목소리다.

"드시지요."

송문악을 안내한 중년 여인이 문을 열어 송문악을 안으로 이끌었다. 송문악이 그녀의 안내에 따라 실내로 들어서자 반경 사오 장 되는 실내에 널따란 탁자가 놓여 있고, 그 탁자를 중심으로 서너 명의 인물들이 방 안으로 들어서는 송문악을 응시하고 있었다.

송문악은 자신을 보고 있는 인물 중 중앙에 앉아 있는 백발의 노부인에게 시선을 고정시켰다. 누가 설명해 주지 않아도 그녀가 호종위의 모친이며 해남검문에서 검후로 불리우는 심옥영이란 것을 알 수 있었다.

"검후께 무림말학 청명이 인사 올립니다."

송문악이 백발의 노부인을 향해 정중하게 포권을 취해 보였다. 그러자 한 자루 잘 벼른 검처럼 날카롭던 심옥영의 얼굴에 한가닥 미소가 지어졌다.

"어서 오시구려, 청 소협! 종위가 모셔온 손님이 무척 젊다는 이야길 듣긴 했지만 이렇게 젊은 분일 줄은 미처 몰랐구려."

나이로 보자면 송문악은 검후 심옥영의 손자뻘이 되는 나이였다. 하지만 송문악은 호종위의 손님, 검후의 인사는 정겹지만 예의를 벗어나지 않고 있었다.

"우연한 기회에 호 대협의 눈에 들어 이렇게 해남검문까지 동행하게 되었습니다. 앞으로 검후님의 많은 가르침을 부탁드립니다."

순간 서늘한 안광이 검후 심옥영의 눈을 스치고 지나가는 것을 송문악은 놓치지 않았다.

'과연 검후, 눈빛만으로도 그녀의 무공이 호 대협과 견주어도 뒤지지 않는다는 것을 알겠구나.'

송문악이 검후 심옥영의 기세에 내심 감탄하고 있을 때, 어느새 그 부드러운 눈빛을 회복한 심옥영이 입을 열었다.

"종위, 그 사람이 아무나 손님으로 청해 올 사람은 아니지. 내가 보건대 청 소협께서는 본 해남검문의 귀빈이 될 자격이 충분하신 것 같구려."

아마 심옥영도 송문악에게서 자연스럽게 흘러나오는 무공의 흔적을 읽어낸 모양이었다.

"후하게 보아주시니 감사합니다."

"그런데 청 소협의 나이가?"

검후의 질문에 송문악이 쓴웃음을 지었다.

'어딜 가나 나이를 묻는군.'

하지만 그것은 어쩌면 당연한 일이었다. 송문악의 나이로 보자면 지금 그가 지니고 있는 기도는 누구라도 놀라지 않을 수 없는 것이기 때문이었다.

"이제 스물셋입니다."

"스물셋! 정말 놀라운 일이군. 청 소협의 기도를 보자면 믿기 힘든 나이구려. 사문에 대해서는 문주의 질문에서 함구를 하셨다니 다시 묻는 것은 실례가 되겠고……."

검후 심옥영은 이미 춘추각에서 있었던 송문악과 해남검문주 호상중의 대화 내용을 모두 알고 있는 듯 보였다.

"그래, 종위 그 사람이 어떤 말로 소협을 꼬드겨 이곳까지 데려왔는가?"

"본시 저는 돈을 받고 싸움터를 전전하는 용병입니다. 이곳에 온 것도 그 일의 연장이라 할 수 있지요."

순간 심옥영의 눈에 살짝 실망의 기색이 감돌았다.

"그렇다면 종위, 그 아이의 친구로서 온 것은 아니란 말이군."

"포양호에서 용병으로서 호 대협을 만났고, 이곳에 온 것 또한 보수를 받기로 하고 온 것은 사실입니다. 하지만 호 대협에 대한 호감이 없었다면 이 거래는 없었겠지요."

"그 거친 아이의 어디가 좋아서?"

"거침 속에도 그 중심이 서 있으니 호 대협은 강호의 영웅이라 할 수 있습니다."

"호호호! 영웅이라… 난 아직 그 사람이 어린아이로만 보이는데……."

자신의 아들이 영웅이란 소리를 들어서인지 검후 심옥영이 기분 좋은 웃음을 터뜨렸다. 그녀의 웃음으로 인해 실내의 공기가 진동했지만 송문악의 표정은 전혀 변하지 않았다.

"호 대협은 강호에서 보기 드문 호걸이시지요."

검후의 웃음 끝에 송문악이 진심이 담긴 음성으로 다시 한 번 자신의 생각을 말했다.

"좋아요, 청 소협! 아들이 다른 이에게 영웅 소리를 듣는 것은 기분 좋은 일이지. 그런데 청 소협, 지금 그 영웅이 매우 곤란한 지경에 처해 있다는 것은 알고 오신 것이오?"

검후 심옥영의 표정이 진지해졌다. 그러자 그녀의 호탕한 웃음으로 밝아졌던 실내의 분위기가 순식간에 차갑게 가라앉았다. 표정의 변화만으로 장내의 분위기를 이렇게 순식간에 변화시킬 수 있는 고수는 그리 흔치 않다. 하지만 이런 분위기의 변화에 무심할 수 있는 고수는 더욱 흔치 않다. 그리고 송문악은 이미 그런 경지의 사람이었다.

"필요한 만큼은 들어 알고 있습니다."

"필요한 만큼이라……."

"호 대협이 왜 거금을 들여 절 이곳으로 데리고 왔는지 그 이유는 알고 있다는 말이지요."

그러자 심옥영의 얼굴에 겸연쩍은 표정이 지어졌다.

"본 문의 행태가 실망스럽지 않소?"

"그런 생각은 없습니다. 강호무림이란 본시 그런 곳이니까요."

송문악의 대답이 의외였는지 심옥영의 눈에 이채가 서렸다.

"그런 말을 하다니. 청 소협은 나이는 어리지만 강호 경험이 많은가 보구려."

"어찌 검후께 그런 말씀을 들을 만큼 경험이 많겠습니까? 단지 어려서부터 이곳저곳을 떠돌다 보니 가지게 된 생각입니다."

송문악의 말에 심옥영이 고개를 끄덕였다.

"어려서 고난을 겪은 사람이야말로 진정으로 강해지는 법이지. 청 소협의 지금의 성취가 그저 운이 좋아 얻어진 것은 아닐 거라 생각하고 있었다오. 자, 그래서 하는 말인데… 청 소협, 이곳은 위험한 곳이라오. 특히 본 해남검문 내부 인물이 아닌 외부인에게는 말이오."

자신의 아들을 위해 온 손님에게 하는 경고치고는 살벌한 말이 심옥영의 입에서 흘러나왔다. 송문악이 고개를 갸웃했다.

"손님이 더 위험한 곳이란 말인가요?"

"그래요. 손님이 더 위험한 곳이오. 본래 해남검문은 워낙 오지에 떨어져 있어 좋은 재목을 구하기가 매우 어렵지요. 그래서인지 문파의 인재를 보호하는 분위기가 무척 강한 곳이라오. 따라서 문도 간의 살상은 철저히 금지되어 있다오. 덕분에 문 내에 알력이 생겨나도 여간해서는 피를 보는 경우가 극히 드문 곳이 이 해남검문이라오."

심옥영의 설명에 송문악이 침착한 목소리로 대답했다.

"문도 간에 살상이 거의 금지되어 있으니, 결국 살검은 경쟁자의 손님에게로 향할 거란 말씀이군요."

"호호호, 역시 어리지만 그 무공에 걸맞게 현명하기까지 하구려. 맞아요. 아마도 종위, 그 사람의 적이 누군가를 노린다면 바로 청 소협이 될 가능성이 아주 많은 실정이라오."

"절 죽여서 그들에게 돌아올 이득이 그들에게 쏟아질 비난보다 더 클까요?"

"흠, 그야 그쪽에서 계산할 문제지. 하지만 만약 내가 그쪽이라면 한 번쯤은 시도해 볼 만한 일이라는 생각이 드는구려. 지금까지 문주님의 두 아드님 간의 대결은 종위가 이곳을 비운 동안 소강상태에 있었다오. 그런데 이제 파랑검이 돌아왔으니 무언가 싸움의 불꽃이 필요한 시점이 아니겠소?"

"좋은 먹이군요."

"그리 겁을 먹은 것 같지는 않아 보이는구려."

"떼로 몰려오지 않는다면 별로 걱정할 일은 아닌 듯합니다."

"물론 청 소협의 무공이 고강하다는 것은 나도 알고 있다오. 나도 제법 사람 보는 눈이 있을뿐더러 종위가 선택하여 초빙한 사람이라면 당연히 뛰어난 무공을 지니고 있을 테니 말이오. 하지만 적이 항상 밝은 대낮에 찾아오리란 법은 없어요. 어둠 속에 숨어 있는 칼은 무공의 고하를 막론하고 언제나 무척 위험한 법이라오."

심옥영의 말에 송문악이 살짝 미소를 드러냈다.

'어둠 속에서의 싸움이야말로 내가 바라던 일이지.'

하지만 입에서는 마음속에 있는 생각과는 다른 말이 흘러나왔다.

"조심하지요."

"좋아요. 자, 그런데 이제 소식이 올 때가 되었는데?"

문득 심옥영이 곁에 서 있는 사람들을 돌아보며 말했다. 그러자 송문악을 안내해 온 중년 여인이 조용히 입을 열었다.

"무슨 결정이 나면 곧 알려올 겁니다."

"물론 그렇겠지. 하지만 나도 어미라 그런지 아들의 일에는 조바심이 나는군."

하지만 심옥영의 얼굴에는 별반 조급한 기색이 드러나지 않았다. 그것만으로도 이 노령의 여인이 얼마나 대범한 성격을 가지고 있는지가 잘 드러나는 것이었다.

'그 어머니에 그 아들이군.'

송문악은 호종위의 그 호탕한 성격이 바로 그의 모친, 검후 심옥영으로부터 비롯되었다는 것을 알 수 있었다. 어느 어머니가 자식이 치죄를 당하는 와중에 이토록 여유를 가질 수 있단 말인가.

검후 심옥영의 기다림은 그리 길지 않았다. 잠시 조용하던 실내가 문밖에서 들려오는 소리에 부산해졌다.

"마님! 춘추각에서 사람이 왔습니다."

문 밖에서 들려오는 목소리에 모든 사람의 시선이 문 쪽으로 향했다.

"들여라!"

여전히 침착함을 잃지 않는 심옥영, 그녀의 목소리는 한 치의 흔들림도 없었다. 문이 열리고 한 명의 중년 사내가 방 안으로 들어와 심옥영을 향해 공손하게 허리를 숙였다.

"그래, 춘추각의 일은 어떻게 되었느냐?"

"백일폐관이 내려졌습니다."

중년 무사의 대답에 갑자기 실내 분위기가 밝아졌다.

"마님! 백일폐관이라면 생각보다 가벼운 처분이군요. 역시 문주께서는 이공자님을 마음에 두고 계신 모양이에요."

송문악을 안내해 온 중년 여인이 기쁜 듯 말했다. 하지만 심옥영의 표정에는 변화가 없었다.

"다른 사람들의 반대는 없었느냐?"

"법천주 모문상 어른께서 포양호 싸움의 패배로 지난 삼 년간 들인 노력의 손실을 문제 삼았습니다만, 장로원주께서 그보다는 남궁세가의 고수를 제압해서 무가의 명예를 드높인 일이 해남검문에게는 더 중요한 일이라는 논리로 대응하셔서 결국 백일폐관이라는 결론이 난 것으로 알고 있습니다."

중년 무사의 말이 끝나자 심옥영의 눈빛이 번뜩였다. 그녀는 중년 사내의 보고에서 다른 무엇인가를 읽어낸 것이 분명했다.

"문주께서 지난 삼 년간 포양호 싸움에 들인 문의 금력과 파랑검이 남궁세가의 고수를 꺾은 일의 경중을 직접 입에 올리셨느냐?"

"직접 입에 올리시지는 않았지만 장로원주께서 이공자님의 무공(武功)을 입에 올리자마자 결정을 내리셨기 때문에 문 내의 대체적인 의견은 문주께서도 장로원주님과 같은 생각이라고 보고 있는 듯합니다."

"좋은 일이 아닙니까? 이는 결국 해남검문이 상가의 가문이 아니라 무림의 검문이라는 문주님의 생각이 은연중에 반영된 결과입니다. 문주께서는 이공자님을 마음에 두고 계신 것이 분명합니다."

실내에 있던 인물 중 육십대 초로의 노인이 심옥영을 보며 말하자 심옥영이 천천히 고개를 끄덕였다.

"확실히 이번 일로 파랑검이 유리해진 것은 사실이지요. 하지만 문주께서 백 일간의 폐관을 명하셨다는 것은 결국 그 시간을 대공자에게 주었다고 보아도 무방할 겁니다. 파랑검이 폐관에 든 사이 대공자가 자신에게 파랑검 못지않은 무공과 기개가 있다는 것을 증명한다면, 향후의 일은 어찌 될지 아무도 예측하기 어려운 일이지요."

"그러고 보니 공교롭게도 대공자께서 귀환하시는 시기에 맞추어 이공자께서도 폐관을 풀고 나오시겠군요."

"대공자가 해룡도의 도적들을 완전히 소탕하고 돌아온다면, 그것은 파랑검이 남궁세가의 고수를 꺾은 것 이상의 가치를 인정받게 될 겁니다."

"해룡단은 그리 만만한 세력이 아니지요."

"듣기로 광동 하가장에서 일단의 고수를 동원해 은밀히 대공자를 지원하고 있다고 하더군요."

심옥영의 말에 초로인이 놀란 눈으로 심옥영을 바라봤다.

"그런 일이 있었습니까?"

"아무 대책 없이 해룡단 정벌에 나설 대공자가 아닙니다."

"하긴, 대공자의 주도면밀함이야 이미 널리 알려진 능력이지요. 하면… 대공자가 해룡단을 완전히 섬멸한다면……."

"그때는 문주께서도 파랑검만을 고집하실 수는 없겠지요."

"허허, 애매한 일이로고. 그렇다고 본 문의 정벌대가 패하기를 바랄 수도 없는 일이고……."

초로의 노인이 혀를 찼다.

"일단 기다려 보지요. 아직 삼 개월의 시간이 남았으니. 그리고 청 소협!"

"말씀하십시오."

"파랑검은 당분간 이곳에 오지 못하겠구려. 더군다나 폐관이라니 더더욱 만날 길이 없겠구려. 손님을 청해놓고 주인이 갇혀 버렸으니 난감한 일이긴 하오만, 이곳에서 그를 기다려 주시겠소? 아니면 이곳을 떠나시려오?"

송문악이 살짝 미소를 머금으며 대답했다.

"이미 꽤 많은 선수금을 받았으니 기다려야겠지요."

"호호호, 고맙군요. 위험한 곳에 머물러 주시겠다니. 편히 머물 수 있는 곳을 마련해 드리리다. 그리고 주변을 경계할 무사도 몇 명 준비해 드리겠소."

"그러실 필요 없습니다. 제 한 몸 지킬 힘은 있습니다."

"물론 청 소협의 실력을 믿지 못해 하는 말은 아니요. 하지만 좀 전에도 말했지만 은밀하게 움직이는 살검은 방비하기가 어렵다오. 사양치 마시구려."

"좋습니다. 하지만 두 명 정도면 족할 것 같군요."

"음… 알겠소. 번거로운 것이 싫다면 내가 좋은 사람들로 두 사람을 준비하리다."

"신경 써주셔서 감사합니다."

"감사는 오히려 내가 해야지요. 내 자식을 위해 오신 분인데. 이보게, 청매!"

"네, 마님!"

심옥영은 중년 여인을 청매라 불렀다. 그것으로 보아 두 사람이 아주 오랫동안 함께 지내온 사이임을 알 수 있었다.

"청 소협을 모실 곳은 준비가 되었나?"

"모시러 갈 때 이미 준비를 시켰습니다. 이공자님의 거처 바로 옆 건물로 모시도록 조치했습니다."

"좋아. 그럼 청매가 청 소협을 안내해 주게. 그리고 가는 길에 며늘아이의 상태를 좀 보고 오시게."

"알겠습니다, 마님!"

청매라 불린 중년 여인이 공손하게 대답을 하고는 자리에서 일어났다. 그러자 심옥영이 송문악을 바라보며 말을 건넸다.

"자, 그럼 오늘은 이만 쉬도록 하시오. 오랜 시간 여행한 사람을 내가 너무 붙잡아놓았구려."

"아닙니다. 검후를 만나 뵈어 영광이었습니다."

"그럼 편히 쉬시구려."

송문악은 자리에서 일어나 심옥영에게 가볍게 고개를 숙여 보이고는 중년 여인을 따라 심옥영의 처소를 벗어났다.

"이공자께서는 그를 왜 데려온 것일까요?"

송문악이 방을 벗어나자 심옥영의 옆에 있던 초로의 노인이 심옥영에게 물었다.

"글쎄, 그 아이의 의도를 나도 짐작하기가 어렵군요. 보통 젊은이가 아닌 것은 확실한데 정말 그의 무공을 빌리고자 데려온 것인지 아니면……."

"대공자 쪽에서 저 청명이라는 젊은이를 향해 움직이기를 바랄 수도 있단 말씀이군요."

"만약 대공자가 문 내에 남아 있었다면 가능성이 아주 없는 일도 아니겠지요. 하지만 그것은 종위, 그 사람이 일하는 방식이 아닌데… 미끼를 들인다?"

"대부인도 대공자 못지않지요. 대공자가 없어도 대부인이 있으니 일이 벌어지려면 충분히 벌어질 수 있는 상황입니다. 그리고 이제 이공자께서도 심계를 쓰실 연륜이시지요."

"글쎄, 그럴 수도……. 대부인께서 움직일지도 모르지요."

"그가 견뎌낼까요?"

"일단 그에게 솜씨 좋은 아이들 둘을 붙여주세요. 건디고

못 견디고는 결국 그의 능력에 따른 일이고, 견디지 못할 정도의 실력이라면 종위에게도 큰 도움이 될 사람은 아니니 아까울 것이 없지요."

심옥영의 목소리가 싸늘하다. 냉정한 강호 여장부의 단호함이 묻어 나오는 대답이었다. 그리고 잠시 침묵을 지키던 심옥영이 다시 입을 열었다.

"하지만 난 저 청명이라는 젊은이가 결코 쉽게 당할 사람이라고는 생각지 않아요. 난 저런 기도를 가진 젊은이를 지금껏 본 적이 없어요."

*   *   *

두 사람이 찾아온 것은 송문악이 검후 심옥영을 만난 다음 날 이른 아침이었다. 하루의 시작을 천비심천문으로 시작하는 송문악의 일상은 해남검문에서도 여전했다. 육양공은 이제 스스로 자신을 키워가는 경지에 이르렀기에 때를 정해 수련치 않아도 그 적공이 끊임없이 이어지고 있었다. 덕분에 요즘 송문악은 천비심천문에 더 노력을 기울이고 있었다.

그 천비심천문의 운기를 막 마치려는 찰나, 그 두 사람이 송문악을 찾아온 것이다.

"우보라고 합니다."

"청목이라고 합니다."

아마도 어제 검후 심옥영이 붙여주겠다던 두 명의 무사인 듯했다.

"청명이라고 합니다."

"검후님의 명을 받고 공자님의 호위를 맡게 되었습니다."

송문악에 대한 이야기를 들은 것인지 아니면 검후 심옥영에게 특별한 명을 받은 것인지, 두 사람은 나이가 삼십대 중반으로 보이건만 송문악을 대하는 태도가 정중하기 그지없었다. 마치 주인을 모시는 수하의 모습과 같았다.

"두 분께 폐를 끼치게 되었습니다."

"폐라뇨. 당치 않습니다. 저희 이공자님을 도우러 오신 분인데, 오히려 저희들이 감사할 일이지요."

말하는 것으로 보아 이 두 사람은 검후 심옥영과 파랑검 호종위의 심복들이 분명했다.

"이곳에 얼마나 머물지 모르겠지만, 있는 동안 두 분께서 많이 도와주시기 바랍니다."

"무슨 일이든 하명만 하십시오."

"먼저 한 가지 부탁을 드리지요."

"말씀하십시오, 공자님!"

"내가 파랑검 호 대협을 한 번이라도 만날 방법이 있는지 알아봐 주십시오."

"예?"

자신의 이름을 우보라 밝힌 사내가 뜻밖의 요구라는 듯 송문악을 바라봤다.

"난 파랑검 호 대협의 초청으로 이 해남검문에 왔는데, 그와 이야기도 나누지 못한 채 백 일을 기다려야 한다는 건 아무래도 심한 처사가 아니겠습니까? 그러니 내가 호 대협을 잠시 만나 이야기를 나누는 것 정도는 해남검문에서도 허락해 줄 것 같은데… 어렵겠습니까?"

송문악의 말에는 나름대로 일리가 있었다. 만약 해남검문의 문도라면 폐관에 든 호종위를 만나는 것은 누구라도 불가능한 일일 것이다. 하지만 송문악은 호종위가 강호에서 초청한 손님이었다. 호종위가 처벌을 받은 것은 문 내의 일인데, 그것으로 인해 강호에서 초청한 송문악을 이렇게 방치하는 것은 해남검문의 위신에 문제가 되는 일일 수도 있었다.

"한번 알아보겠습니다."

우보가 고개를 끄덕였다. 송문악의 말을 듣고 보니 전혀 가능성이 없는 일도 아닌 듯했던 것이다.

"그럼 제가 가서 알아보고 오겠습니다. 청목, 자네가 공자님을 모시고 있게나."

"그렇게 하지. 어서 가보게."

송문악에게 제공된 또 한 사람의 호위무사 청목이 고개를 끄덕이자 우보가 재빨리 송문악의 거처를 나섰다.

우보가 돌아온 것은 송문악과 청목이 아침 식사를 마치고 막 차를 마시려고 하던 참이었다. 그동안 송문악은 청목으로부터 몇 가지 사실을 들었는데, 그중에는 자신이 머물고 있는 숙소가 파랑검 호종위의 부인과 아들의 처소와 이웃해 있다는 사실도 포함되어 있었다.

"이공자님의 부인께서는 몸이 몹시 허약하시지요. 그래서 어제 검후께서 송 공자님을 만나는 자리에 합석하시지 못한 것입니다. 물론 용무 도련님은 그런 어머님을 보살피느라 나오지 못한 것이고요."

"부인께는 호 대협의 소식이 더욱 좋지 않았겠군요."

"그렇지요. 가뜩이나 몸이 좋지 않은 데다 삼 년 만에 돌아오신 이공자께서 부인과 소공자님을 만나보시지도 못하고 바로 백일폐관에 드시게 되었으니 그 마음이 오죽하시겠습니까?"

송문악이 청목으로부터 그런저런 이야기를 듣던 도중 우보가 돌아왔다. 방 안으로 들어서는 우보의 표정이 밝았다.

"문주께서 송 공자님의 부탁을 들어주시기로 하셨습니다. 단, 이번 한 번에 한해서 말입니다."

"그래요? 잘됐군요. 한 번의 만남이면 족합니다. 호 대협께서 앞으로 백 일간 내가 할 일을 일러주는 데에는 한 번의 만남으로 족한 것이지요. 그래, 언제 볼 수 있습니까?"

"이미 이공자께서는 백 일간 폐관할 곳에 들어가 계십니다. 일단 한 번의 만남이 허락되었으니 송 공자께서 편한 시간을 말씀해 주시면 제가 뫼시도록 하겠습니다."

"흠, 폐관 장소까지 직접 가야 한단 말이군요."

"일단 폐관에 든 이상 그곳을 벗어날 수는 없습니다."

"좋습니다. 뭐, 미룰 것 없이 지금 즉시 가서 만나도록 하지요."

"지금 즉시 말입니까?"

"달리 할 일도 없지 않습니까?"

송문악의 말에 따라 세 사람은 그 즉시 파랑검 호종위가 폐관에 들어 있는 금지로 향했다.

절벽 위에 우뚝 솟은 해남검문의 성 북쪽, 남쪽과 달리 햇볕이 미치지 않아 어둡고 음습한 곳에 해남검문의 죄인들을 가두어두는 연혼동(研魂洞)이 있다. 연혼동은 깎아지르는 듯한 절벽에 자연적으로 형성된 수십 개의 동굴을 개조해 만든 석굴이었다.

"무슨 일이오?"

연혼동으로 이어지는 단 하나의 길을 십여 명의 무사들이 지키고 서 있다가 송문악 일행이 다가서자 길을 막고 차가운 목소리로 물었다.

"이공자님을 만나러 왔소! 이미 문주님의 허락을 득한 일이오."

우보의 대답에 길을 막고 선 무사들이 시선을 돌려 송문악을 바라봤다.

"연락은 이미 받았소. 이공자님을 만나시려는 분이 바로 저 소협이시오?"

"그렇소."

우보가 대답하자 연혼동을 지키고 있던 무사가 유심히 송문악을 살펴보더니 천천히 고개를 끄덕였다.

"알겠소. 이곳부터는 내가 안내하리다. 당신들 두 사람은 이곳에서 기다리시오."

그러자 우보가 불쾌한 표정을 지으며 대답했다.

"이분은 해남검문의 손님이시오. 또한 우리는 문주님으로부터 이분을 곁에서 모시라는 명을 받았소이다."

"그거야 내가 알 바 아니오. 내가 문주님으로부터 받은 전갈은 오직 이공자의 손님 한 분만 연혼동으로 들이라는 것이었소. 당신들 두 사람은 이곳에서 기다리시오."

경비무사의 태도가 지나칠 정도로 단호하자 우보가 난감한 얼굴로 송문악을 돌아봤다.

"됐습니다. 저 혼자 들어가도록 하지요."

송문악이 우보에게 미소를 지어 보였다.

"죄송합니다, 공자님! 하지만 문의 규칙이 있는지라……."

"되었습니다. 호 대협만 만나보고 나오면 되는데 혼자 간다고 무슨 일이 있겠습니까? 청명이라 합니다. 안내를 부탁드리겠습니다."

송문악이 길을 막고 오연한 자세로 서 있는 경비무사를 보며 말하자 경비무사가 다시 한 번 날카로운 눈으로 송문악을 살펴보고는 퉁명스런 목소리로 대답했다.

"따라오시구려."

경비무사는 송문악의 대답을 기다리지도 않고 먼저 신형을 돌려 연혼동 안으로 들어가기 시작했다.

"그럼 다녀오겠습니다."

송문악이 우보와 청목 두 사람에게 눈으로 인사를 하고는 이내 연혼동 경비무사를 따르기 시작했다.

일단 절벽 안쪽으로 들어서자 점점 하늘로부터 들어오는 빛의 양이 줄어들기 시작했다. 그 상태로 일각 정도 걸음을 옮기자 시퍼런 파도가 내려다보이는 북쪽 절벽 위에 위태로운 길이 나타났다.

경비무사는 송문악에게 아무런 말도 건네지 않고 부지런히 절벽에 난 위태로운 길을 따라 이동했다. 절벽에 난 길의 길이는 대략 이십여 장, 두 사람은 금세 길 끝에 이어진 어두운 동굴로 들어섰다. 그러자 동굴 앞쪽에 제법 넓은 공간이 나타났다. 그리고 그 공간을 차지하고 있는 몇몇 무사들이 눈에 들어왔다.

"웬일인가, 귀령?"

동굴 안을 지키고 있던 무사 중 하나가 앞으로 나서며 송문악을 이곳까지 인도한 경비무사를 맞았다.

"이공자를 만나러 온 양반일세."

"흠, 그런가? 이곳에서부터는 내가 책임질 테니 자넨 그만 가보게나."

"알겠네. 시간은 정확히 반 시진일세. 그때 다시 데리러 오지."

"그럴 필요 없네. 이공자님과 면담이 끝나면 내가 그리로 모시고 나가겠네."

그러자 송문악을 데려온 경비무사가 살짝 인상을 구기더니 이내 차갑게 말을 내뱉고는 온 길을 되짚어 가기 시작했다.

"늦지 않게 데리고 나오게."

"그러지."

그런 경비무사를 보는 연혼동 안의 무사가 피식 웃음을 흘리며 대답했다. 그리곤 경비무사가 멀리 사라지자 그제야 송문악을 돌아보며 정중하게 고개를 숙여 보였다.

"어서 오십시오. 문주께 연락을 받고 기다리고 있었습니다. 이공자께서 기다리고 계시니 안으로 들어가시지요. 제가 모시겠습니다."

앞서 송문악을 이곳까지 데리고 온 경비무사와는 천양지차의 태도였다. 송문악의 표정에서 그의 생각을 읽었는지 연혼동의 무사가 입가에 미소를 지으며 입을 열었다.

"그는 대공자 쪽의 사람이지요."

"그럼 그대는?"

"전 이공자를 좋게 생각하고 있습니다."

내분의 골은 생각보다 깊었다. 한낱 형옥을 지키는 무사들조차도 대공자 호검위와 이공자 호종위로 편이 갈려 서로 으르렁대고 있는 것이었다.

'좋은 일은 아니지.'

송문악은 이런 정도의 내분이라면, 어쩌면 피를 봐야 후계 싸움이 정리될지도 모른다는 생각을 하며 앞서 걷는 연혼동 경비무사를 따라 걸음을 옮기기 시작했다.

음산한 기운이 감도는 어두운 동혈, 반경 이 장 정도 되는 동혈에 작은 호롱불 하나가 애처롭게 흔들리고 있다. 그리고 그 호롱불에 비친 굴강한 중년 사내의 모습이 동굴 벽에 그림자를 만들어내고 있었다. 동굴의 입구는 밖에서 안이 들여다보이는 철창으로 만들어져 있어 이곳이 보통 사람들이 오는 곳이 아니라 죄인들이 수감되는 곳임을 알게 해주고 있었다.

저벅저벅!

한순간 동굴 밖에서 누군가의 발걸음 소리가 들려오자 눈을 감고 있던 사내가 번쩍 두 눈을 떴다. 그러자 사내의 눈에서 시퍼런 기광이 순식간에 나타났다가 사라졌다.

"이공자님! 손님이 오셨습니다."

연혼동 입구에서 송문악을 안내해 온 경비무사가 공손한

목소리로 파랑검 호종위를 불렀다.

"안에서 만나도 되는가?"

호종위가 물었다.

"만나는 장소에 대해선 특별한 명이 없었으니 편하신 대로 하십시오."

"좋아. 손님을 안으로 들이시게."

"예, 공자님!"

정중하게 대답한 경비무사가 손에 들고 있던 열쇠로 호종위가 있는 동혈 입구의 철장으로 된 문을 열었다. 그리고 열린 문을 통해 송문악이 동혈 안으로 들어섰다.

"어서 오시오, 청 소협!"

호종위가 반가운 얼굴로 송문악을 맞았다. 동혈에 백 일 동안 갇히는 벌을 받은 사람이라고는 생각하기 어려울 만큼 밝은 얼굴이다.

"생각보다 좋으시군요."

송문악이 호종위의 밝은 모습에 미소로 답했다.

"그럼 내가 죽을상을 하고 있을 줄 알았소이까? 하하하! 그리고 백일폐관이라면 문주께서 제법 이 아들의 사정을 보아주신 거라고 할 수 있소이다. 포양호의 싸움에 들어간 재물과 인력을 생각하자면 말이오."

"그런가요? 하지만 덕분에 저는 그만 할 일이 없어졌군요."

그러자 호종위가 고개를 저었다.

"그게 그렇지가 않소. 아마도 내가 이곳에서 폐관을 하지 않았을 때보다 오히려 어려운 일을 하셔야 할 게요."

호종위의 목소리가 엄중하다. 그의 표정이 어느새 진지하게 변해 있었다. 송문악의 얼굴에서도 미소가 걷혔다.

"제가 할 일이 있습니까?"

"아마 내가 청 소협에게 무슨 일을 부탁하지 않아도 청 소협은 적지 않은 일을 해야 할게요."

"무슨 말씀이신지……?"

"내가 애초에 청 소협을 초정한 이유는 사실 내 신변의 안전을 위해서였소이다."

호종위의 말에 송문악이 의아한 표정을 지어 보였다.

"호 대협께서 신변의 안전을 위해 절 고용하셨다는 말은 받아들이기 어렵군요. 저도 이곳에 와서 알게 된 사실입니다만, 비록 후계 싸움이 벌어졌다고 해도 해남검문에서 호 대협의 목숨을 위협하는 것은 누구에게든 무모한 행동이 아닙니까? 해남검문에서는 문도 간의 살상이 철저히 금지되어 있다고 하더군요."

"물론 해남검문의 문도가 직접 날 죽이러 오는 일은 없을 거요. 하지만 해남검문의 문도가 아닌 외부의 고수를 동원해 날 죽이려고 할 수는 있지 않겠소?"

"대공자 쪽에서 외부의 살수를 동원할 거란 말입니까?"

"아마도… 그리고 꼭 형님 쪽에서 보내는 사람만 있지는 않을 거요. 이제사 하는 말이지만, 남궁세가에서도 날 목표로 강호십괴의 일인 매혼자 음영인을 고용했다오."

'그 음영인은 이미 나와 살황 어른께 죽은 지 오래라오.'

송문악이 마음속으로 대답했다.

"물론 그에 대한 대책은 본 문에서도 세워놓긴 했지만… 아직 그 결과가 전해지지 않는구려."

아마도 살황 고산앙은 자신이 청부를 완수했다는 사실을 조금 늦게 청부자인 해남검문에 알릴 것이다. 매혼자 음영인의 죽음과 자신이 해남검문의 일행에서 벗어난 것에 대한 어떤 의심도 불러오지 않기 위해서… 그래서 아직 해남검문과 호종위는 매혼자 음영인이 이미 죽은 목숨이란 것을 모르고 있는 것이다.

"오히려 이곳이 호 대협께는 안전한 곳이군요."

"하하하! 그렇소. 날 노리는 자들이 이곳까지 찾아와 날 죽일 수는 없을 테니 말이오. 하지만 내가 이곳에 있는 이상 그들은 다른 사람을 노릴 가능성이 많다오."

"다른 사람이라면……?"

"그중 한 사람이 바로 청 소협이오."

물론 그것은 각오하고 있는 일이었다. 대공자 쪽에서 송문악을 제거함으로써 호종위를 압박할 가능성은 농후했다. 그리고 이미 그에 대한 위험을 검후 심옥영이 경고한바 있었다.

"그래서 검후께서 저에게 두 분의 고수를 붙여주셨지요."

"어머님을 만나셨소?"

호종위가 눈빛을 번뜩이며 물었다.

"강한 분이더군요."

송문악이 대답했다.

"잘 보셨소. 어머님은 강한 분이라오. 내가 감히 범접하지 못할 만큼… 그래, 어머님이 누구를 보내주셨더이까?"

"우보와 청목이라는 분들을 보내주셨더군요."

"우보와 청목! 음, 어머님께서도 청 소협의 안위를 무척 걱정하고 계시구려. 그 두 사람은 어머님을 모시고 있는 고수들 중 가장 뛰어난 사람들이라오."

"범상치 않은 무위를 지닌 분들이란 것은 짐작하고 있었습니다."

"좋소이다. 그 정도라면 청 소협도 이곳이 무척 위험한 곳이라는 것은 충분히 염두에 두셨을 테니 그 이야기는 이만 하겠소. 이제는 내가 한 가지 부탁을 하려 하오."

"그 부탁을 듣기 위해 이곳에 왔습니다. 금자를 받고 백 일 동안이나 놀고 있으려니 마음이 편치 않더군요."

"하하하, 청 소협은 아마도 장사를 하면 안 될 것 같소. 일 하지 않고 금자를 벌 수 있는 기회를 부담스러워하니 말이오."

두 사람이 서로를 보며 기분 좋게 웃음을 터뜨렸다.

"그래, 시키실 일이라는 것이 무엇입니까?"

"저런, 시키다니요. 이건 정말 부탁을 드리는 겁니다."

"말씀하시지요."

"이미 말했듯이 내가 이곳에 들어와 있는 이상 날 노리려던 사람들의 검끝은 다른 사람을 향할 가능성이 크다오. 내가 하려는 부탁은 청 소협 외에 나 대신 그들의 목표가 될 만한 두 사람을 지켜달라는 것이오."

"저 말고 위험에 노출된 사람이 또 있습니까?"

호종위의 눈에 섬뜩한 안광이 번뜩였다.

"있소. 바로 내 처와 아들이오."

순간 송문악이 자신도 모르게 흠칫 놀라며 호종위를 바라봤다. 그리곤 천천히 고개를 저으며 물었다.

"설마 두 분에게까지야……."

그러자 호종위가 단호한 목소리로 대답했다.

"강호는 비정한 곳이오. 강호의 도검이 두 사람만 피해가리란 보장이 없소."

"그러나 지금까지 두 분께 아무런 일도 없지 않았습니까?"

"그것은 내가 이곳을 떠나 있었기에 그런 것이오. 밖에서 날 해결하는 것이 안에서 두 사람을 위협하는 것보다는 훨씬 현명한 방법이었으니까. 하지만 지금은 조금 상황이 다르오. 비록 폐관을 명하였지만, 이번 조치는 아버님께서 당신의 의

중을 드러내신 것이라 봐도 무방하오. 더군다나 형님은 외유 중, 대부인께서 몹시 다급해지실 상황이라오."

"하지만 두 분을 해치게 되면 오히려 그들에겐 불리한 결과가 나오지 않겠습니까? 문주님의 분노를 감당키 어려울 것인데……?"

"가끔 사람은 이성을 잃고 행동할 때가 종종 있는 법이오. 대부인께서 가지고 있는 나와 어머님에 대한 원한은 그리 간단한 것이 아니오. 대부인은 그 두 사람의 목숨을 담보로 문주께 문주의 지위를 요구할 만한 독심을 가진 분이라오."

호종위가 걱정스러운 듯이 말했다. 잠시 간의 침묵이 흘렀다. 그리고 송문악이 천천히 입을 열었다.

"부족한 능력이나마 제가 두 분을 지킬 수 있기를 바랍니다."

이후 얼마간 두 사람의 대화가 이어졌다. 그리고 송문악은 정확히 반 시진 후에 호종위가 머물고 있는 동혈을 벗어났다.

第三章

불청객과 피노인

"**핫**, 하!"

연무장이다. 멀리 푸른 바다가 내려다보이는 절벽 위의 작은 공터. 십칠, 팔 세쯤 되어 보이는 젊은 검사가 매섭게 검풍을 휘날리고 있었다. 검의 주인은 이제 막 소년의 티를 벗고 청년으로 변해가고 있었다.

검을 쥔 팔의 근육도 어른에 못지않게 강건했다. 그 팔에 의해 전개되는 초식들은 한결같이 광포한 바다의 폭풍을 연상시켰다. 해남검문의 독문검법 해남삼십육검(海南三十六劍)의 초식이다.

해남삼십육검(海南三十六劍)은 해남검문을 오늘날 검의 명

가로 만든 검식이다. 해남삼십육검을 일초부터 삼십육초까지 일순간에 펼쳐 낼 수 있다면 사람의 손으로 직접 태풍을 만들어낼 수 있다는 소문이 강호에 돌 정도로 광포한 검식으로 유명한 초식이었다.

소년의 검 또한 다르지 않았다. 광포하면서도 일정한 흐름을 따라 움직이는 초식은 소년이 해남삼십육검을 한두 해 익힌 것이 아니라는 것을 말해주고 있었다.

그런 소년을 바라보는 한 명의 노인이 있었다. 곰삭은 풀마냥 늙어버린 얼굴을 하고는 한 손에는 자신의 키에 반 정도 오는 지팡이를 짚은 채 어떤 때는 소년의 모습을 바라보고, 또 그러다가는 절벽 아래로 펼쳐진 짙푸른 바다를 허망한 눈으로 바라보는 노인.

누군가 노인의 모습을 본다면 이제 죽을 날이 머지않았다는 것을 알 수 있을 만큼 쇠약해 보이는 노인이었다.

그리고 언제부터인가 소년과 노인의 모습을 바라보는 세 명의 시선이 있었다. 송문악과 그의 두 호위무사 우보와 청목이었다.

"소공자의 재질은 백 년 이래 제일이라고들 하지요."

우보가 뿌듯한 목소리로 말했다.

"좋군요."

송문악도 우보의 말에 동의했다. 소년의 검은 명가의 전통을 이은 도도함에 스스로가 만들어내는 패기가 어울려 현묘하면서도 강인한 초식을 연달아 쏟아내고 있었다. 당장 강호에 나서도 일류고수 소리를 듣고 남을 만한 실력이었다. 소년의 이름은 호용무, 파랑검 호종위의 유일한 혈육이었다.

"문주께서는 용무 소공자께서 전대 문주님의 경지에 도달할 것으로 기대하고 계시지요."

"전대 문주께선 신기루를 쫓으시다 돌아가셨다고 들었습니다만……."

그러자 우보의 안색이 어두워졌다.

"맞습니다. 안타까운 일이지요. 전대 문주께서는 본 문의 역사상 가장 높은 경지의 검을 얻으신 분이라고 평가받던 분이셨지요. 만약 그분이 신기루에 도전하시지 않고 해남을 지키셨다면, 아마도 본 문은 이미 대륙 무림에 진출하고도 남았을 겁니다."

"대단한 무공을 지니셨던 분인 모양이군요."

"당시 신기루의 기보 천문시를 이틀 동안 손에 넣으셨다고 들었습니다."

송문악은 천문시라는 물건에 대해 누구보다도 잘 알고 있는 사람이었다. 강호 최고의 보물이면서도 또한 가장 극악한 혈보라고도 할 수 있는 물건이 바로 천문시였다.

일단 천문시를 얻은 사람은 그 순간부터 수천 명의 강호 고수들로부터 쇄도하는 공격을 감내해야 했다. 신기루의 소용돌이 속에서 그 천문시를 이틀 동안이나 보관했다는 것은 전대 해남검문주의 경지를 능히 짐작케 하는 것이었다.

"신기루의 천문시는 보통 위험한 물건이 아니지요."

송문악의 말에 우보가 고개를 끄덕였다.

"신기루 자체가 위험하다고 들었습니다. 덕분에 그 이후 문주께서는 강호에 신기루가 출현해도 절대 신기루에 도전하지 않으셨지요. 어찌 보면 무척 현명한 선택이셨지요. 덕분에 전대 문주께서 갑자기 돌아가시고 나서 찾아온 혼란을 극복하고, 역사상 가장 융성한 해남검문의 성세를 만드셨으니까요."

송문악도 우보와 같은 생각이었다. 신기루의 광풍에서 벗어나 조용히 문파의 내실을 기른 해남검문주의 결정은 해남검문을 위해서 무척 다행스런 결정이었다. 전대 문주의 죽음을 보상받으려 현 문주까지 신기루에 도전했다면, 아마도 해남검문은 남해의 작은 문파로 전락하고 말았을지도 모르는 일이었다.

"저 노인은 누굽니까?"

송문악이 호용무의 곁에 서 있는 비루한 노인을 가리키자 우보가 잠시 망설이더니 난감한 표정으로 입을 열었다.

"그게 참… 저분을 어떻게 설명해야 할지……."

송문악이 호기심 어린 표정으로 우보를 돌아봤다. 우보가 소개하기를 곤란해하자 노인에 대한 궁금증이 더 커졌기 때문이다.

"청목, 자네가 좀 말씀드리게."

우보가 어려운 문제를 받아든 학동(學童)처럼 청목에게 대답을 미뤘다. 그러자 살짝 우보를 노려본 청목이 어쩔 수 없다는 듯 천천히 입을 열었다.

"현재 본 문에서는 저분을 광노(狂老)라 부르지요. 하지만 아주 오래전, 그러니까 전대 문주께서 살아 계시던 시절에는 해남소호(海南小虎)란 별호로 불렸습니다."

해남소호(海南小虎), 송문악이 들어본 적이 없는 별호였다.

"저분을 해남소호(海南小虎)라 부르던 시절 저분의 검공은 놀라웠다고 하더군요. 전대 문주께서 어찌나 아끼셨던지 항상 저분을 곁에 두고 계셨답니다. 저분의 이름은 호교상, 전대 문주님의 막내동생 분이시죠."

"그렇다면 지금 문주님의 숙부가 되신단 말입니까?"

송문악이 놀란 듯 물었다.

"그렇게 되지요. 하지만 문주님과는 나이 차가 그리 많이 나지는 않습니다. 본시 전전대 문주께서는 몹시 호색하신 분이셨기에 연세가 들으셔서도 여러 부인을 거느렸다고 합니다. 그 여러 부인들 중 가장 나중에 얻으신 부인에게서 보신 아드님이 바로 저분입니다. 어쨌든 만약 저분이 중간에 변해 버리시지만 않았다면, 아마도 전대 문주님을 뛰어넘는 해남 최고의 고수가 되었을 거란 말들을 많이 하지요. 본 문으로서는 안타까운 일이지요."

"왜 해남소호(海南小虎)가 광노(狂老)로 변한 겁니까?"

그러자 청목이 짧은 한숨을 내쉬고는 대답했다.

"휴, 사실은 저도 그 자세한 사정은 잘 알지 못합니다. 전대 문주께서 돌아가신 것은 제가 태어나기 전의 일이니까요. 전해지는 말로는 전대 문주의 시신을 수습하여 돌아오신 분이 바로 저분이라더군요."

"저분이 신기루에 도전했었다는 말입니까?"

"그렇지요. 그 또한 전대 문주께서 저분을 너무 아끼셨기에 일어난 일입니다. 전대 문주께서는 저분을 항상 곁에 데리고 다니셨기에 신기루에 도전하시면서도 저분을 동행시키셨지요. 당시 전대 문주께서는 해남 최고의 고수 열 명을 대동하셨는데, 그중 머리가 검었던 사람은 오직 광노(狂老) 한 분뿐이었다고 하더군요. 어쨌든 당시 신기루에 도전했던 분들 중 살아 돌아오신 분은 오직 광노(狂老) 한 분뿐이었다지요. 그리고 전대 문주님의 시신을 등에 업고 해남으로 돌아오신 후 저분께서는 해남소호(海南小虎)에서 광노(狂老)로 변하신 것이지요. 그 이후로 절대 입을 열지 않았으며, 따뜻한 곳에서 잠을 자지 않았고, 누구와도 눈을 마주치치 않으셨답니다. 혹자는 자신에게는 부모와도 같은 존재였던 전대 문주님을 잃은 충격 때문에 미쳤다고도 하고, 혹자는 전대 문주님을 지키지 못한 죄책감 때문이라고도 했지만… 결국 시간이 지나자 저분의 과거사는 잊혀지고 오직 현재의 저분 모습, 그러니까 광노(狂老)로서의 호교상이란 인물만 남게 된 것입니다."

송문악은 청목의 설명을 들으며 마음속에 한가닥 서글픈 감상이 떠올랐다.

'신기루란 얼마나 많은 사람들의 인생을 예상치 못한 방향으로 굴곡시키는가!'

그 또한 신기루가 없었다면 지금의 이 자리에 있지 않았을 것이다. 광노 호교상에 대한 측은함이 불현듯 송문악의 가슴을 사로잡았다.

"그런데 왜 저분이 소공자와 함께 있는 겁니까?"

"그게 또한 근래에 본 문의 수수께끼입니다. 오로지 홀로 생활하시던 저분께서 어느 날인가 우연히 소공자께서 수련하는 모습을 보시고는 그날부터 소공자께서 수련을 하실 때면 언제나 이곳에 나타나시는 겁니다. 그리곤 가끔씩 소공자에게 무엇인가를 말해주곤 하는데 아무도 광노께서 소공자께 무슨 말씀을 하시는지 들은 사람은 없답니다. 단지……."

청목이 말꼬리를 흐렸다.

"짐작가시는 것이라도?"

"어쩌면 광노께서는 소공자의 무공을 보아주고 있을지도 모른다는 의견을 말하는 사람들도 있긴 합니다만……."

"저분이 오래전 해남검문 최고의 기재였다면 그럴 가능성도 있지 않겠습니까?"

"하지만 광노께서는 전대 문주님의 시신을 수습해 돌아온 후 단 한 번도 검을 손에 들지 않았다고 하더군요."

"하지만 어쨌든 소공자의 검술이 광노께서 옆에 계시기 시작하신 이후 부쩍 성장한 것은 사실이지 않은가?"

청목의 이야기를 듣고 있던 우보가 자신의 의견을 말했다.

"소공자의 무공이 성장했다고요?"

송문악이 묻자 청목이 고개를 끄덕였다.

"그렇습니다. 물론 소공자님의 재질이야 어려서부터 유명한 것이었지만, 근래 광노께서 붙어 계시는 동안의 성취는 눈에 띌 정도로 대단했지요. 물론 그 사실을 아는 사람은 이곳에 출입할 수 있는 몇몇에 지나지 않지만 말입니다."

"소공자에게 직접 물어보면 되지 않습니까?"

"그것이… 이상한 것은 소공자께서도 가타부타 말씀을 하시지 않는다는 것입니다."

청목의 말을 들으며 송문악은 해남검문의 소공자 호용무와 과거에는 해남 최고 기재로 알려졌다는 광노를 새삼스런 눈으로 바라보기 시작했다.

여전히 광노는 보는 듯 마는 듯 호용무의 초식을 지나쳐 보고 있었다. 그의 시선의 구 할은 호용무가 아닌 먼바다를 바라보고 있었다.

"하얏!"

그러던 중 다시 호용무의 입에서 한가닥 기합성이 터져 나오더니 허공에 수많은 검의 잔영들을 남겨두고 그의 신형이 뚝 하고 멈추었다. 그 자세 그대로 잠시 검의 여운을 음미하는 듯하던 호용무가 어느 순간 매끄럽게 검을 휘둘러 자신의 검을 검집에 꽂아 넣고는 고개를 돌려 송문악 등 세 사람을 바라봤다.

"아저씨들이 이 시간에 웬일이세요?"

호용무가 우보와 청목에게 물었다. 질문은 두 사람에게 하고 있지만 시선은 송문악에게 머물러 있었다.

"소공자님의 무위가 하루가 다르게 높아진다고 해서 구경을 하러 왔지요."

우보가 사람 좋은 웃음을 흘려내며 대답했다.

"저런, 그런 헛소문이 나돌고 있단 말인가요? 그럼 몹시 실망하셨겠네요. 실제로 보시니 두 분의 눈에는 별 볼일 없죠?"

"그런 말씀 마십시오. 소공자님의 무공은 그야말로 일취월장이시군요. 이제는 우리 두 사람이 모두 달려들어도 소공자님을 상대하기는 힘들겠습니다."

"핫하! 아저씨는 보지 않던 사이에 엄살이 많이 느셨네요. 두 분께서는 할머님을 모시는 분들 중 가장 고강한 무공을 가지고 계신 분들인데 어떻게 제가 두 분을 감당할 수 있겠어요. 하지만 요즘 저도 제 성취에 대해서는 만족하는 중이에요."

"무공에 대한 욕심이 많기로 소문난 소공자님이 스스로 만족하신다면 그야말로 대단한 심득을 얻으셨나 보군요. 그런데 광노께서는 여전히 이곳에 계시는군요."

우보가 슬쩍 멀찍이 떨어져서 바다를 내려다보고 있는 광노를 보며 말했다.

"아저씨들에게만 말씀드리는 비밀인데요. 사실 전 광노 할아버지와 무척 친해졌답니다."

순간 우보와 청목의 눈빛이 번뜩였다.

"아니, 그게 사실입니까, 소공자님?"

"제가 두 분께 거짓말을 하겠어요?"

"아니, 아니, 그런 것은 아니지만… 지난 수십 년간 광노께서는 사람을 피해오셨던 터라… 그럼 광노께서 소공자님의 무공 수련을 도와주신 건가요?"

그러자 호용무가 조금 의기소침한 얼굴로 대답했다.

"사실은 그래요. 광노 할아버지는 가만히 계시다가도 제 초식의 미숙한 곳을 불쑥불쑥 지적해 주셨지요. 그래서 그 단점들을 보완해 나가다 보니 제 무공이 저도 모르는 사이에 부쩍 성장해 있지 않겠어요?"

"허허, 그야말로 좋은 일이군요. 그런데 왜 소공자님의 표정이 그리 어두우십니까?"

"휴, 무공의 성취가 높아질수록 광노 할아버지의 잔소리도 심해지니까 문제죠."

"그런가요?"

"그럼요. 처음에는 하루에 한두 번 잘못된 곳을 지적하시더니 요즘에 들어서는 하루에 열 번 이상 잘못된 곳을 지적하신다니까요. 그래서 전 요즘 제 재질이 정말 형편없는 것이 아닌가 하고 생각 중이에요."

"그럴 리가 있나요? 소공자님의 재질로 말하자면 본 문 백 년래 최고이신데요. 현재 본 문에서 상대를 찾아보기 어려울 정도라는 것이 모든 사람의 생각이구요. 문주께서도 항상 두 분 아드님보다도 오히려 소공자께 기대가 크다고 말씀하시지 않으셨습니까?"

"저도 그렇게 알고 있었는데 광노 할아버지에게 지적을 받으면서는 그만 그런 평가들이 모두 부질없게 느껴진다니까요. 그런데 이분께서는?"

호용무가 슬쩍 송문악을 가리키며 물었다.

"아, 손님을 모셔놓고 미처 소개를 하지 않았군요. 소공자님, 이분께서는 이번에 포양호에서 이공자님과 함께 오신 청명 공자님이십니다."

"역시 그러셨군요. 두 분과 함께 오신 것을 보고 짐작은 하고 있었어요. 인사 올립니다. 해남검문의 호용무라고 합니다. 아버님을 도와주시기 위해 이곳까지 오셨다는 이야기는 들었습니다. 미리 제가 찾아뵙고 감사의 인사를 드려야 하는데 미처 시간을 내지 못했어요. 죄송합니다."

"난 청명이라 하오. 해남검문의 잠룡을 만나게 되어 반갑소이다."

자신에게 공손히 인사를 건네는 호용무에게 송문악도 정중하게 자신을 소개하며 포권을 취해 보였다.

"저런, 전 아직 어리니 말씀을 놓으세요. 아버님의 손님 분께서 이러시면 제가 곤란하지요."

송문악은 호종위의 아들 호용무가 생각보다 무척 밝다는 것에 살짝 놀라고 있었다. 그의 아버지는 연혼동에서 백일폐관하라는 벌을 받았고, 어머니는 무척 쇠약해 병마에 시달리는 것을 생각하면 호용무의 이런 밝은 모습은 뜻밖의 일이었다.

하지만 호용무라는 소년이 아버지와 어머니의 불행을 모른 체하는 망나니로 보이지는 않았다. 송문악의 눈에 호용무는 이미 장성한 한 명의 사내로 보이는 것이었다.

'호부(虎父)에 견자(犬子) 없다더니 아버지를 닮아 대범한 성정의 아이로구나.'

"내가 보기에 호 공자께서는 이미 한 명의 대장부로 보이는데 어찌 함부로 말을 놓겠소이까?"

"하하… 그렇게 말씀해 주시니 기분은 좋네요. 하지만 전 아직 열일곱에 지나지 않으니 청 대협께서는 말씀을 놓아주

세요."

"저런, 나 또한 대협 소리를 듣기에는 나이가 그리 많지 않은데?"

"그래요? 그럼 제가 형님이라고 부르지요. 어때요?"

"하하하, 해남검문의 잠룡을 동생으로 두는 것은 나로서야 무척 반가운 일이지요."

"좋아요. 전 첫눈에 형님이 마음에 들었어요. 그럼 앞으로 잘 부탁드리겠습니다, 형님!"

"좋아. 나도 잘 부탁하네, 호 아우."

두 사람의 모습을 보고 있던 우보와 청목의 얼굴에 기분 좋은 미소가 깃들었다.

"두 분께서는 서로 첫눈에 반하신 모양입니다. 처음 만나자마자 호형호제(呼兄呼弟)하시는 것을 보면 말입니다."

"정말 그러신가 봅니다. 하긴 장부의 사귐은 그리 많은 시간이 걸리는 일은 아니지요."

청목의 말에 우보가 맞장구를 쳤다. 두 사람의 말에 네 사람이 기분 좋은 웃음을 터뜨렸다.

"그런데 호 아우는 아직 수련이 덜 끝난 것인가?"

웃음 끝에 송문악이 묻자 호용무가 고개를 저었다.

"아닙니다, 형님! 막 끝내려던 참이었어요."

"그래? 그렇다면 어머님을 한번 뵈었으면 하는데?"

"그러시겠어요? 그럼 당연히 제가 모셔야지요. 잠깐만 기다려 주세요. 광노 할아버지께 인사를 드리고 올게요."

호용무가 송문악에게 말을 하고는 몸을 돌려 여전히 바다를 멍하니 보고 있는 광노에게로 달려갔다. 그리곤 광노의 귀에 대고 세 사람에게는 들리지 않는 목소리로 무엇인가를 이야기하자 광노가 천천히 고개를 끄덕이면서 세 사람을 향해 고개를 돌렸다.

순간 광노와 송문악의 시선이 허공에서 묘하게 엉켜들었다. 송문악은 마치 거대한 바다에 빠져드는 듯한 느낌을 광노의 시선으로부터 받았다. 해남검문의 문도로부터 미친 노인이라는 소리를 듣는 이 전대 해남검문 고수의 눈은 너무도 깊고 허망해 그 허무로부터 빠져나오기가 불가능한 늪지와 같았다.

그러던 어느 순간 광노의 얼굴에 씨익, 미소가 지어졌다. 그러자 갑자기 광노의 분위기가 일변했다. 그야말로 어딘가 덜떨어진 듯한, 치매에 걸린 노인으로 순식간에 변하는 광노였다.

'과연 정말 미친 것일까?

깊고 깊은 눈을 가진 광노와 뇌의 기능이 정지된 늙은 바보와 같은 광노. 어느 것이 그의 진정한 모습인지 알 수 없었다. 하지만 한 가지만은 확실했다. 호용무의 무공을 보아주고 처음 송문악을 응시할 때와 같은 눈빛을 가진 인물이라면, 그저 단순하게 미쳐 버린 노인은 아닐 것이란 사실이었다.

그때, 이런저런 생각을 굴려보고 있던 송문악을 향해 광노가 다시 특이한 행동을 했다. 광노가 손을 들어 송문악을 향해 자신 쪽으로 다가오라고 손짓을 하고 있는 것이었다.

"아마도 청 공자님을 부르시는 것 같습니다."

청목이 송문악을 보며 말했다. 송문악은 광노가 자신을 부르자 의아한 생각이 들었지만, 일단 궁금함을 참고 천천히 광노와 호용무가 있는 곳을 향해 다가갔다.

호용무 역시 광노의 행동에 당황하기는 마찬가지였다. 호용무는 이 광노 할아버지가 혹여 송문악에게 실수라도 하지 않을까 조마조마한 눈으로 두 사람의 거리가 가까워지는 것을 응시하고 있었다.

광노(狂老) 호교상은 자신의 허리춤에 이르는 엉성한 지팡이를 짚고 서서 송문악이 자신을 향해 다가오는 것을 바라보고 있었다. 여전히 무언가 한쪽 정신이 빠져나가 있는 사람의 모습, 하지만 송문악은 광노 호교상과의 거리가 가까워지면서 조금씩 긴장하기 시작했다. 흐릿하던 그의 눈동자가 처음 자신과 눈을 마주쳤을 때의 그 깊고 깊은 심연 같은 모양으로 차츰 변해가고 있었기 때문이다.

'고수다!'

송문악은 온몸의 털들이 올올히 일어서는 것을 느꼈다. 광노는 기파(氣波)만으로도 타인의 몸을 긴장시킬 수 있는 고수였던 것이다. 그러면서도 송문악 이외의 사람들에게는 여전히 정신이 온전치 않은 광노의 모습으로 보이는 호교상이었다.

송문악은 서서히 육양공을 끌어올렸다. 발끝에 육양공의 공력이 실리자 그의 몸이 마치 구름 위를 걷는 듯 가볍게 느껴졌다. 그러나 그의 변화 역시 다른 사람들은 알아볼 수 없는 것이었다.

그렇게 두 사람 사이가 한 장 반 정도로 좁혀졌을 때 갑작스런 변화가 일어났다.

"받아봐!"

갑자기 광노가 땅을 짚고 있던 자신의 지팡이를 들어 송문악을 가리켰다. 그리고 손자에게 말을 건네는 노인처럼 입을 열었던 것이다. 하지만 일단 광노의 지팡이가 자신을 향하는 순간부터 송문악의 전신은 생사대적을 맞이하는 것처럼 반응했다.

송문악의 발끝이 지금껏 향하던 방향에서 벗어났다. 살짝 틀어진 방향은 광노와 송문악의 신형을 엇갈리게 만들었다. 동시에 허리춤에 꽂혀 있던 흑도가 송문악의 손에 의해 무서운 속도로 뽑혀져 나왔다.

"제법!"

광노의 입에서 짧은 음성이 흘러나왔다. 동시에 광노의 신형이 훌쩍 허공으로 뛰어오르더니 순식간에 송문악의 머리

위로 뛰어올라 말을 듣지 않는 아이에게 매를 치듯 들고 있던 지팡이로 송문악의 어깨를 가볍게 때리려고 했다.

하지만 송문악은 이미 광노가 움직이는 순간 그에 대한 대비를 하고 있었다. 가볍게 어깨들 틀어 광노의 지팡이를 한 뼘 간격으로 피해낸 송문악이 지체없이 흑도를 휘둘렀다. 그러자 송문악의 흑도가 허공에 검은 빛줄기를 남기며 번개처럼 광노의 지팡이를 잘라갔다.

스삭!

순간 허공중에 미세한 소음이 일었다. 동시에 땅 위로 내려서던 광노의 신형이 가볍게 땅을 한 번 차더니 순식간에 장내에서 벗어나 공터의 안쪽에 있는 담을 넘어 사라졌다.

"좋구나! 하하하!"

광노의 웃음소리가 들려온 것은 이미 그의 모습이 사람들의 시야에서 사라진 뒤였다.

송문악은 한동안 광노가 사라진 곳을 바라보고 있다가 천천히 몸을 숙여 바닥에 떨어진 물체를 주워 들었다. 광노의 지팡이 끝이 송문악의 흑도에 베어져 땅 위를 뒹굴고 있었던 것이다.

"형님! 이거 어쩌죠? 그만 광노께서 형님께 큰 실수를 하셨네요. 왜 갑자기 발작을 하신 건지……."

어느새 다가온 호용무가 미안함을 감추지 못하고 송문악에게 말했다.

"아니야, 아우. 노고수가 젊은 후인에게 가르침을 내리는 것은 결코 실례라고 말할 수가 없는 일이야."

"그게 무슨 말씀이신지?"

호용무가 송문악의 뜻밖의 말에 의아한 눈으로 되물었다.

"호 아우, 그대는 정말 대단한 양반을 스승으로 두었더군!"

송문악은 의문이 가득한 호용무에게 엉뚱한 말로 대답을 하고는 고개를 돌려 광노 호교상이 사라진 곳을 다시 한 번 뚫어지게 응시했다.

*　　　　*　　　　*

차가운 밤바람이 창을 통해 밀려들어 왔다. 깊은 밤, 송문악은 자신의 방 창문을 열어놓고 바다에서 밀려드는 비릿한 냉기를 맞이하고 있었다. 언제나 잠에서 깨어난 새벽이나 혹은 잠들기 전 반드시 행하는 수련, 천비심천문을 참구하는 시간이었다.

송문악이 해남검문에 든 지 이미 보름이 지나고 있었다. 우려했던 대부인 하성란 쪽의 움직임은 눈에 띄지 않았다. 그간 송문악은 호종위의 부인 유초초와 아들 호용무, 그리고 그의 호위무사로 이부인 검후 심옥영이 보낸 우보와 청목 등과 제법 친밀한 사이가 되어 있었다.

유초초는 알려진 대로 너무 허약해 송문악이 인사를 갔을 때도 겨우 자리에서 일어나 송문악을 맞았다. 송문악은 과거 장사진과 함께 살 때 의술을 익혔기에 유초초의 상세를 짐작할 수 있었다. 곧 죽을 모습은 아니었다. 하지만 타고난 체질이 약해 유초초는 평생을 침상에 의지해 살아가야 할 운명으로 보였다.

그러면서도 유초초의 성품은 무척 밝아 그녀의 얼굴에서는 미소가 떠나지 않았다. 호용무의 쾌활함은 아마도 그의 어머니인 유초초의 성품을 닮은 듯했다.

유초초와 호용무를 만난 이후 송문악은 두 모자가 머무는 장원 곳곳을 세세히 살폈다. 살황 고산앙의 살법과 장사진의 진법을 이은 송문악이었다. 적이 호종위의 장원에 침입하려면 어떤 경로를 통해 움직일지를 예측하는 것은 그리 오랜 시간이 필요치 않았다.

송문악은 두 모자가 머무는 장원을 살핀 후 호용무에게 호위무사들의 배치를 변경할 것을 제의했다. 호용무는 처음에는 송문악의 제의를 의아하게 생각했으나 송문악이 직접 호용무를 데리고 다니며 만약 적이 장원을 침입할 경우의 움직임을 하나하나 설명해 나가자 그가 가졌던 의구심은 곧 감탄으로 변했다.

"아버님이 왜 형님을 초빙했는지 확실히 알겠어요."

송문악의 설명을 듣고 호용무가 감탄하며 한 말이었다. 하지만 연혼동(練魂洞)에 들어 있는 호종위는 송문악의 이런 능력을 알지 못하고 있다는 사실을 호용무는 짐작하지 못했다. 호종위는 오로지 포양호에서 송문악이 드러낸 무공만 보고 그를 초청한 것이었다.

어쨌든 송문악의 의견에 따라 호위무사들의 배치를 마치고나자 이제 유초초와 호용무가 머무는 호종위의 장원은 해남검문의 성에서 외부인의 침입을 가장 확실하게 막을 수 있는 곳으로 변모했다.

어느 날인가 송문악의 지시에 의해 우보와 청목이 시험 삼아 장원으로 침입을 시도했을 때, 그들은 장원의 담을 넘은 이후 채 십여 장을 전진하지 못하고 호위무사에게 발각되었다.

그렇게 두 모자가 머무는 장원의 방비를 손본 송문악은 정작 자신이 머무는 건물의 방비만큼은 크게 신경 쓰지 않았다. 우보와 청목이 걱정스런 얼굴로 호위무사의 증원을 이야기했을 때 송문악은 웃는 얼굴로 대답했었다.

"난, 그들을 기다리고 있습니다."

"살행은 결국 인내력의 싸움이지. 죽이려는 자와 죽지 않으려는 자의 인내심이 그 승패를 결정하는 것이 곧 암살이야."

예전에 살황 고산앙이 말했었다. 기다림은 살수의 최고 덕목이다. 적이 방심할 때까지, 혹은 적이 초조해질 때까지 기다리면 살수는 자신이 가진 힘의 십분지 일만을 사용하고도 적을 격살할 수 있다고.

'누가 살수의 위치인지는 모르지만 이 싸움도 다르지는 않지.'

송문악이 천천히 천비심천문의 운기를 마치며 생각했다.

송문악이 특별히 호용무 모자의 장원을 든든하게 방비한 것은 적의 이목을 자신에게로 돌리기 위해서였다. 호용무와 유초초가 머물고 있는 곳으로 침입하기 어려워진 적은 당연히 자신에게로 시선을 돌릴 것이기 때문이었다.

그러니 자신에게로 적을 유인한 송문악이 살수의 위치인지, 아니면 송문악을 찾아올 적이 공격자의 위치인지는 사실 알 수가 없는 일이었다. 하지만 분명한 것은 있었다. 찾아올 적과 기다리는 송문악 모두 인내심을 겨루고 있다는 것이었다.

송문악이 해남검문에 든 지 보름이 지났음에도 적이 송문악을 찾아오지 않았다는 것은 대부인 하성란이 데리고 있는 자들도 꽤나 인내심이 많은 자들이란 의미였다.

'하지만 어차피 내가 그들을 찾아갈 일은 없을 테니 결국 그들이 날 찾아오겠지. 그렇다면 역시 이 싸움은 내가 이기게 되어 있는 싸움이야.'

송문악이 천천히 자리에서 일어났다. 그리곤 몇 걸음 앞으로 나가 바다를 향해 열린 창문 앞으로 다가갔다. 차가운 바닻바람과 절벽 아래로부터 들려오는 파도 소리가 송문악을 맞이했다.

송문악은 그렇게 한동안 어두운 밤바다를 응시하다 천천히 창문을 닫았다. 방으로 밀려들던 차가운 바람이 닫힌 창문에 막혀 갈 곳을 잃고 윙윙거리며 창밖에서 울어댔다.

송문악은 침상 옆으로 다가와 잠에 들려는 듯 침상 옆 탁자 위에 올려진 호롱불의 심지를 손으로 잡아 껐다. 그러자 실내가 갑자기 암흑의 세계로 변했다. 송문악은 침상 위에 걸터앉아 어둠이 자신의 눈에 익숙해질 때까지 움직이지 않고 기다렸다.

어둠 속에서도 사물을 식별할 수 있을 정도의 시간이 흐르자 송문악은 천천히 한쪽에 놓아두었던 목함에서 흑도를 꺼냈다. 그리곤 다시 침상에 앉아 흑도를 자신의 무릎 위에 올려놨다. 마치 누군가와 생사의 비무를 할 사람처럼······.

그리고 어느 순간 송문악의 눈빛이 번쩍였다.

'왔군.'

송문악이 천천히 고개를 돌려 굳게 닫힌 창문을 응시했다. 바람결에 흔들리는 나뭇잎의 그림자인 듯싶은 것이 희미한 달빛이 비추이는 창문에 어른거렸다. 그러더니 바다 쪽으로 난 창문이 아무런 소리도 내지 않고 천천히 열리기 시작했다.

열린 창문으로 가장 먼저 모습을 드러낸 것은 한 자루 검이었다. 불청객은 검끝으로 창문을 연 듯싶었다. 밖으로 열리는 창문을 검끝으로 소리없이 연다는 것은 그 검의 주인이 검을 자신의 신체 일부처럼 사용한다는 의미였다. 그리고 그런 자들은 대부분 절정에 이른 검객이었다.

송문악은 검끝에 이어 검신이, 그 다음에는 그 검을 든 손이, 급기야는 그 손의 주인이 창문을 통해 자신의 방 안으로 스며드는 것을 어둠 속에서 조용히 응시하고 있었다.

"음!"

갑자기 불청객의 입에서 신음성이 흘러나왔다. 완전히 송문악의 방으로 들어선 불청객도 어느새 어두운 방 한가운데 우뚝 서 있는 송문악을 발견했던 것이다.

"어서 오시오."

송문악이 살짝 미소를 지으며 입을 열었다. 그러자 하얀 송문악의 이가 어둠 속에서 드러났다.

송문악이 말을 건넸음에도 불구하고 불청객은 그저 송문악을 노려볼 뿐 입을 열지 않았다. 그런데 뒤이어 그의 뒤쪽에서 다시 한 명의 인물이 창문을 통해 모습을 드러냈다. 처음 들어온 자나 나중에 들어온 자나 모두 머리에는 검은 복면을 쓰고 있었다.

"동행이 있었구려."

송문악이 다시 한 번 입을 열었다. 그제야 두 명의 불청객 중 먼저 송문악의 방에 들어온 자가 입을 열었다.

"우리가 올 줄 알고 있었군."

"기다리고 있었소."

송문악이 살짝 고개를 끄덕였다.

"역시 범상치 않은 인물이야. 이공자 처소의 경계를 바꾼 것도 역시 그대라지?"

"당신들이 호 대협의 부인과 아들이 아닌 날 찾아오길 바라고 한 일이오."

"왜 우리를 기다리고 있었는가?"

불청객이 물었다. 그러자 송문악이 다시 흰 이를 드러내며 살짝 미소를 지어 보였다.

"내가 그대들을 기다린 이유는 단지 그대들이 날 찾아올 것이란 걸 알고 있었기 때문이오. 오히려 난 그대들이 왜 날 찾아왔는지 묻고 싶소. 왜 날 찾아오셨소?"

송문악이 되묻자 복면을 한 두 불청객이 잠시 뜸을 들이다가 차가운 목소리로 입을 열었다.

"우리가 그대를 찾아온 것은 그대에게 한 가지 제안을 하기 위해서야."

목소리로 보건대 불청객은 중년이 넘은 나이인 듯했다.

"제안이라… 어려운 길을 오셨는데 무슨 제안인지는 들어 봐야겠지. 그래, 내게 하고 싶은 제안이 뭐요?"

"그대에게 두 가지 선택권을 주겠다. 하나는 이 전표를 받고 내일 당장 이 해남검문을 떠나는 것, 다른 하나는 그것이 싫다면 오늘 밤 이곳에서 죽는 것! 우린 이 두 제안을 그대에게 하기 위해 이곳에 왔다. 자, 어떤 것을 선택하겠는가?"

은은한 살기가 불청객의 목소리에서 느껴졌다. 동시에 위협적인 진기의 기세가 두 불청객으로부터 파도처럼 일어났다.

'고수군.'

상대가 만들어내는 무형의 진기를 받으면서 송문악이 천천히 고개를 끄덕였다. 대해남검문에서 밤을 도와 비밀스런 일을 꾸미기에 충분한 무위가 그들에게서 느껴졌던 것이다.

"생각할 시간이 필요한가?"

두 명의 불청객 중 나중에 모습을 나타낸 자가 송문악의 대답을 재촉했다. 그러자 송문악도 천천히 육양공을 끌어올려 상대의 진기에 대항하며 입을 열었다.

"그 두 가지 제안은 모두 받아들이기 힘들겠소. 전표를 받고 이곳을 떠나는 것은 이미 호 대협과 약속한 계약을 어기는 것이니 도리상 할 수 없는 일이고, 이곳에서 당신들의 손에 죽는 것은 내 나이가 아직 이십대 중반에 지나지 않으니 너무 안타까운 일이 아니겠소? 난, 당신들의 제안 두 가지를 모두 받아들일 수 없소. 대신 내가 한 가지 제안을 하겠소."

"네가 우리의 첫 번째 제안을 받아들이지 않는다면 네가 갈 곳은 결국 저승밖에 없다. 하지만 할 말이 있다니 네 제안을 마지막 유언이라 생각하고 들어주기는 하마. 말해보

거라."

"후후, 누가 저승에 갈지는 두고 봐야 알 일이고, 내 제안은 이렇소. 얼굴을 가리고 죽겠소? 아니면 복면을 벗고 죽겠소?"

"놈! 명을 재촉하는군."

송문악의 말이 채 끝나기도 전에 두 명의 불청객이 들고 있던 검이 송문악을 향해 움직였다. 하지만 그때는 이미 송문악도 육양공을 완전하게 끌어올린 상태였고, 적의 공격 또한 충분히 예상하고 있었기에 두 불청객의 공격은 허무하게 허공을 가르며 지나갔다.

"하하, 결국 얼굴을 가리고 죽는 쪽을 선택했구려. 원하는 대로 해주리다."

송문악의 흑도가 어둠 속에서 움직였다. 흑도는 빛을 흡수한다. 그가 지니고 있는 병기 중 오직 청명검만이 밝은 빛을 내는 병기였다. 흑도와 마창, 그리고 철궁은 모두 어둠에 자신의 몸을 숨길 수 있는 병기들이었다.

당연히 불청객들의 눈에는 흑도의 움직임이 명확하게 잡히지 않았다. 하지만 그들 또한 깊은 밤 송문악을 찾아올 정도의 고수, 그 기파(氣波)만으로도 송문악의 공세를 읽어냈다.

"어딜!"

둘 중 하나가 송문악의 흑도를 막아갔다. 동시에 다른 한 명이 송문악의 뒤쪽으로 돌아가며 검을 찔러냈다.

"밤중에 소리가 나면 사람들이 잠에서 깨어나지."

송문악이 자신의 흑도와 상대의 검이 부딪치려는 찰나, 흑도를 빙글 돌려 상대의 검과 부딪치는 것을 피해냈다. 그 대신 몸을 틀어 뒤에서 자신을 향해 달려드는 또 한 명의 불청객을 정면으로 바라보며 흑도를 푹 찔러냈다.

"웃!"

예상치 못한 송문악의 공격에 뒤에서 송문악을 공격하던 자의 입에서 낮은 다급성이 흘러나왔다. 동시에 무언가 뜨거운 액체가 방 안에 솟구쳤다. 짙은 혈향이 순식간에 방 전체로 퍼져 나갔다.

"물러나시게."

부상을 입은 동료를 위해 송문악의 앞을 가로막으며 다른 복면인이 둘 사이에 끼어들었다. 하지만 송문악의 공격은 집요하게 부상을 입은 자를 노리고 있었다. 상대가 자신과 자신의 공격에 부상을 입은 자의 사이에 끼어드는 사이, 어느새 옆으로 이동한 송문악의 몸이 허공으로 치솟아오르더니 벽을 타고 창 쪽으로 이동하며 재차 흑도를 휘둘렀다.

"윽!"

다시 방 안에 울려 퍼지는 신음성, 그와 동시에 부상을 입고 뒤로 물러나던 불청객이 땅 위에 쓰러져 내렸다. 부상을 입었던 자가 재차 이어지는 송문악의 공격을 견뎌내지 못하고 절명한 것이다.

"이놈!"

허망하게 송문악을 놓치고 동료를 잃은 살아남은 불청객이 노성을 터뜨리며 송문악을 향해 매서운 일검을 뻗어냈다. 자신의 전 공력을 뽑아냈는지 송문악을 향해 날아오는 검신에서 푸른 검기가 일렁였다.

하지만 이미 예상하고 있었던 듯 송문악이 가볍게 움직이며 상대의 검을 피해냈다. 순식간에 두 사람의 위치가 다시 바뀌었다. 그런데 위치가 바뀌는 순간 뜻밖의 일이 일어났다. 동료를 잃고 분노의 검을 뻗어내던 불청객이 송문악이 자신의 공격을 피하느라 내준 창 쪽 공간을 그대로 지나쳐 창문 밖으로 쏜살같이 튀어 나간 것이었다.

"도주라!"

송문악의 입에서 낮은 뇌까림이 흘러나오더니 순식간에 송문악의 신형도 도주한 상대를 따라 창문을 통해 사라졌다.

검은 인영이 해남검문의 성안에 빼곡하게 들어차 있는 건물들의 지붕 위를 내달리고 있었다. 무척 다급하게 달려나가면서도 해남검문의 수많은 경계무사들에게 발각되지 않는 것으로 보아 해남검문의 내부 사정에 정통한 인물인 것이 분명했다.

그렇게 한동안 이공자 호종위의 장원이 있는 곳에서 시작된 불청객의 도주는 성의 서북쪽에 이를 때까지 이어졌다. 그러던 어느 순간 불청객의 움직임이 뚝 멈춰졌다. 서북쪽의 검은 밤바다가 눈에 들어오는 지점이었다.

신형을 멈춰 세운 불청객은 한쪽 무릎을 꿇어 자세를 낮춘 후 자신이 달려온 길을 응시했다. 하지만 약간의 시간이 흘렀음에도 아무도 그의 시선에 잡히는 인물이 없었다.

"따돌린 건가?"

불청객이 고개를 갸웃거리며 중얼거렸다. 그의 목소리에서는 은은한 두려움이 묻어났다.

"무서운 자다. 홍정을 단 두 수만에 제거하다니. 더군다나 우린 둘이었고, 그는 혼자였는데… 역시 포양호에서 뛰어난 무위를 드러내 남궁무기를 물리쳤다더니 그것이 우연이 아니었어. 새파란 나이에 어떻게 그런 무공을 익힌 것일까? 걱정한 대로 대단한 자야. 그러나 저러나 이공자는 운이 좋군. 어떻게 저런 자를 끌어들였을까?"

불청객이 고개를 갸웃거렸다. 그리곤 그 뒤로도 한참을 자신이 달려온 길을 살피다가 여전히 사람의 추격자의 모습이 발견되지 않자 그제야 천천히 몸을 일으켰다.

"어쨌든 생각지 못한 피해가 발생했구나. 그의 무공을 시험하고 그를 겁주어 해남에서 나가게 하기 위해 나선 것이었는데 홍정이 죽다니. 다행인 것은 홍정의 얼굴이 해남검문에 알려지지 않았다는 거야. 나와 홍정이 대부인 쪽에서 보낸 사람이란 것을 짐작이야 하겠지만 그것을 증명하긴 힘들 것이다. 음… 이렇게 되면 이공자 쪽의 경계는 더욱 삼엄해질 것이고… 어쩌면 문주가 나설 수도 있겠어. 쉽게 일을 해결하기는 어렵겠군. 결국 대공자가 돌아올 때까지 기다려야 하는 것인가?'

불청객이 몇 마디 혼잣말로 중얼거리더니 다시 한 번 자신의 뒤쪽을 흘깃 살피고는 천천히 움직이기 시작했다. 그렇게 몇 개의 지붕을 날아간 불청객이 북서쪽 바다가 보이는 곳에서 훌쩍 몸을 날렸다. 그런데 그가 몸을 날린 곳이 너무도 의외의 장소였다.

그는 바로 해남검문 성의 북서쪽 끝, 그러니까 북서쪽의 수백 척 절벽 아래로 몸을 날렸던 것이다. 마치 자진(自盡)이라도 하는 사람처럼! 그리고 불청객이 절벽 아래로 몸을 날린 곳에 불쑥 한 명의 신형이 솟아났다. 송문악이었다.

"알 수 없는 일이군. 분명 스스로 죽을 자로 보이지는 않는데?"

송문악이 고개를 갸웃거렸다. 어느새 송문악은 자신을 암습했던 불청객의 뒤를 따라왔던 것이다.

살황의 영보(影步)는 강호에서 가장 은밀한 보법이다. 영보는 시전자의 움직임을 속일 뿐 아니라 그 기세까지도 완전히 감추는 보법이다. 불청객은 송문악의 추격을 걱정해 도주를 하면서 계속 자신이 지나온 길을 돌아봤고, 또한 절벽으로 몸을 날리기 전에는 한동안 자신이 온 길을 주시하기도 했었다. 하지만 그는 송문악에게 영보라는 신묘한 보법이 있다는 것을 꿈에도 생각지 못했다.

송문악은 그가 예상했던 것보다도 훨씬 가까이에서 그를 추격하고 있었다. 바로 그의 그림자 밑에서…….

하지만 영보라는 귀신이 곡할 정도의 신묘한 보법을 발휘해 불청객을 쫓은 송문악에게도 당혹스런 일이 기다리고 있었다. 바로 자신이 쫓던 불청객이 상상 외의 장소로 몸을 날린 것이었다.

송문악이 몇 걸음 앞으로 나아갔다. 그러자 눈 아래로 깎아지르는 듯한 절벽이 들어오고, 그 아래로 시커먼 파도가 넘실거리고 있었다.

"결국 이 아래에 그가 들어갈 만한 장소가 있다는 것인데… 우보와 청목 두 사람은 혹 알고 있을까? 그들 두 사람이 모른다면 결국 해남검문의 문도들도 모르는 장소가 이 절벽 아래 존재한다는 것인데…….”

바로 그 순간이었다. 갑자기 송문악의 신형이 연기처럼 사라지더니 십여 장을 격한 곳에서 불쑥 모습을 드러냈다. 그리고 어느새 그의 손에 들린 흑도의 끝이 정확히 다른 누군가의 목을 겨누고 있었다.

"당신은?"

송문악의 입에서 놀란 목소리가 새어 나왔다.

"칼 치워! 너하고 싸우러 온 게 아니다."

광노 호교상이 송문악의 흑도를 맨손으로 천천히 밀어내며 말했다.

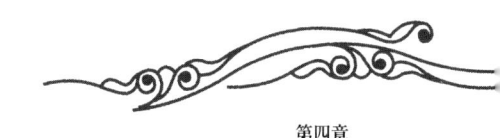

第四章

장막 속의 인물들

"**여**긴 어쩐 일이십니까?"

송문악이 놀란 눈으로 물었다. 광노 호교상은 그런 송문악을 흘낏 보고는 시선을 돌려 불청객이 떨어져 내린 절벽 아래를 바라봤다.

"절벽에서 떨어져 죽은 놈을 따라왔지. 그런데 자네까지 이곳에 있을 줄은 몰랐는걸? 도대체 어떻게 따라온 것이지?"

호교상이 돌아보지도 않고 물었다. 호교상의 목소리에서 더 이상 광노의 광기는 느껴지지 않았다. 영보(影步)의 움직임에 호교상 또한 송문악의 존재를 놓쳤던 것이 분명했다. 하지만 상대의 움직임을 놓친 것은 송문악도 마찬가지였다. 송문악 역시 광노 호교상이 불청객을 따르고 있다는 사실을 눈치 채지 못했던 것이다.

"제 숙소에서부터 따라오신 겁니까?"

이번에도 송문악이 물었다. 그러자 호교상이 절벽에서 눈을 돌려 송문악을 빠히 바라봤다.

"내가 먼저 물었어!"

"저야 그저 밤손님의 뒤를 따라왔을 뿐입니다."

"그런데 왜 내가 발견하지 못한 거지?"

"그거야 제가 알 수 있는 문제가 아닌 듯합니다만."

송문악의 태연스런 대답에 호교상이 눈을 가늘게 뜨고 송문악을 노려봤다.

"하긴 자네를 발견하지 못한 내가 실력이 부족한 거겠지."

호교상의 말에 섞인 빈정거림을 놓치지 않은 송문악이 쓴 미소를 지으며 다시 물었다.

"그런 어르신도 대단하시군요. 저 또한 어르신이 우리 뒤를 따라오고 있다는 걸 전혀 알아채지 못했으니까요."

"뭐, 그건 그렇게 놀랄 일이 아니야. 난 이미 몇 번 저놈들 뒤를 따라와 봤거든. 그리곤 항상 이 근방에서 꼬리를 놓쳤지. 그래서 자네의 숙소에서 저놈이 뛰쳐나온 순간 난 저놈을 따르지 않고 바로 이곳으로 이동했지. 그러니까 난 자네들보다 먼저 이곳에서 자네들이 오기를 기다리고 있었던 거야. 그러니 당연히 날 발견하지 못할 수밖에!"

호교상의 말에 송문악의 눈빛이 살짝 반짝였다. 해남검문에서는 광노로 알려진 이 고령의 노고수가 그간 대부인이 움직이는 자들의 뒤를 따르고 있었다는 것은 확실히 의외의 일이었다.

그리고 그 사실은 이 광노가 사람들이 생각하는 것처럼 정신이 이상해져서 반미치광이가 된 것은 아니라는 것을 의미했다. 그는 사람들 눈을 피해 자기 나름대로 해남검문의 일에 관여하고 있었던 것이다.

그러자 송문악에게 또 하나의 의문이 생겨났다. 사람들의 눈을 피해 움직이던 광노가 왜 송문악 앞에 자신의 본모습으로 나타난 것일까.

"저들에 대해서 조사를 하고 계셨군요."

"조사는 무슨, 그저 미친 늙은이가 밤길 헤매다 밤이슬 맞는 놈들을 발견하고는 쫓아 다녀봤을 뿐이야."

"언제부터……?"

"한 오 년쯤 되었나?"

"그런데 왜 그냥 놓아두신 겁니까?"

송문악의 질문에 광노 호교상이 짜증스럽다는 듯 얼굴을 찡그리며 대답했다.

"그럼 자넨 내가 대부인의 숙소로 쳐들어가서 저놈들을 내놓으라고 난리라도 쳤어야 했다는 얘긴가? 밤중에 돌아친다고 사람을 잡아낼 수는 없어. 그동안 저들은 밤에 활동을 했지만 사고를 친 적은 없었거든. 아니, 사고를 쳤는지도 모르지. 하지만 내 눈으로 그걸 확인한 바는 없어. 더군다나 저들은 매번 복면을 하고 있었단 말이야. 그러니 오늘처럼 제대로 사고를 칠 때까지 기다릴 수밖에. 그래, 한 놈은 자네 방에 누워 있겠지?"

송문악이 고개를 끄덕였다.

"좋아. 가서 한번 얼굴이나 보자구, 어떤 놈인지."

광노 호교상이 몸을 돌려 그들이 달려온 건물들의 지붕 위로 훌쩍 몸을 날렸다.

"이곳은 어떡합니까?"

송문악이 절벽을 보며 소리쳤다.

"뭐, 죽고 싶으면 한번 뛰어내려 보든지."

광노 호교상이 퉁명스럽게 대답하고는 송문악의 처소 쪽으로 몸을 날리자 송문악도 실소를 흘려내고는 몸을 날려 호교상의 뒤를 따르기 시작했다.

"아는 놈이냐?"

우보와 청목은 송문악의 방에서 고개를 숙이고 죽어 있는 암습자의 얼굴을 들여다보고 있다가 불현듯 들려온 소리에 놀라 고개를 돌렸다.

"어르신?"

우보와 청목이 놀란 눈으로 창문을 통해 들어서는 광노를 바라봤다. 두 사람은 너무 놀란 나머지 광노의 뒤를 따라 들어서는 송문악에게는 미처 눈길조차 주지 못했다.

"왜? 귀신이라도 본 듯한 표정들이구나."

"어, 어르신, 그게 아니오라……."

우보가 갑자기 정상으로 돌아온 광노 호교상의 모습에 미처 적응하지 못하고 말을 더듬었다.

"실없는 놈들! 정말 내가 미쳤다고 생각했던 모양이군."

광노 호교상이 우보와 청목을 두 손으로 밀어내며 방바닥에 쓰러져 있는 암습자에게로 다가갔다. 그리곤 그의 머리맡에 쪼그리고 앉아 천천히 암습자의 얼굴을 살피기 시작했다.

암습자의 복면은 이미 벗겨져 있었다. 나이는 대략 오십대 중반, 옆구리와 심장 쪽에 송문악으로부터 입은 상처가 나 있었다. 시체의 옆에는 우보와 청목이 가져다 놓은 등불이 있었으므로 죽은 자의 얼굴을 살피는 데는 불편함이 없었다.

"이놈을 본 적이 있느냐?"

암습자의 얼굴을 살피던 호교상이 물었다. 송문악에게 묻는 말은 아니었다. 미리 암습자를 살피고 있던 우보와 청목에게 묻는 말이었다.

"기억에 없는 얼굴입니다. 아무리 생각해 보아도 이자를 본 기억이 없습니다. 아마도 본 문에 머무는 자가 아닌 듯합니다."

청목이 낮은 목소리로 대답했다.

"그럼 이놈이 하늘에서 떨어졌단 말이냐? 이자가 본 문에 머무는 자가 아니라면 밖에서 본 문으로 잠입했다는 이야기 인데, 이 해남검문의 성은 천하에 산재한 어느 무림방파의 본 거지보다도 경계가 삼엄한 곳이다. 외부에서 본 문의 성으로 올라오는 길은 오직 포구에서부터 이어진 계단밖에 없는데, 이자가 과연 그 계단을 지키는 본 문의 경계무사들의 눈을 피 해 본 문에 잠입할 만큼 무공이 뛰어나다고 보느냐?"

호교상의 날카로운 질문에 우보와 청목이 미처 대답을 하 지 못하고 우물거렸다.

"자네가 보기엔 어떤가? 이자들이 과연 외부에서 본 문의 성에 잠입해 들어올 만한 실력이 되던가? 그들을 직접 상대한 사람은 자네밖에 없으니 자네가 가장 잘 알겠지."

호교상이 송문악에게 물었다.

"글쎄요. 해남검문의 경비를 제가 직접 경험해 보지 못한 터라 뭐라 말씀드리기 어렵군요. 단지 그들의 무공이 강호에 서 흔히 볼 수 없는 수준에 올라 있다는 것은 분명합니다."

송문악의 대답에 호교상이 히죽 웃음을 흘렸다.

"흐흐, 그런 자들을 어렵지 않게 격퇴했으니 자네의 무공 은 그야말로 절정고수라 해도 되겠군. 흐흐, 자화자찬인가?"

비웃는 것 같지는 않았지만 평소의 광기가 조금 묻어나는 호교상의 말투였다.

"한밤중에 이름 모를 자들에게 죽을 정도는 아니지요."

"흐흐, 좋아. 젊은 때는 자신감이 필요한 법이지. 그나저나 너희들은 네놈들이 호위를 맡은 사람이 암습을 받는 동안 도대체 어디서 뭘 하다가 일이 다 끝난 뒤에 나타나 시체나 살피고 있었던 것이냐?"

호교상이 눈을 부라리며 우보와 청목을 몰아쳤다.

"어르신, 그게 아니라 우린 사전에 청 공자님의 지시대로 움직였을 뿐입니다."

"그게 무슨 말이냐?"

"청 공자께서는 만약 이곳에 암습자가 든다면, 그 즉시 작은 마님과 호 도련님이 계신 장원으로 가라고 이미 저희들에게 명을 내려놓으셨습니다. 그래서 저희는 암습자가 나타나자마자 그 지시에 따라 움직였을 뿐입니다."

우보가 억울하다는 듯 호교상을 보며 볼멘소리를 했다.

"자네가 그리 시켰나?"

우보의 말을 듣고는 호교상이 송문악을 보며 물었다.

"네, 미리 두 분께 그리 당부해 놓았습니다."

"왜 그런 명을 내렸지?"

"혹, 성동격서(聲東擊西)의 움직임일지도 몰라서입니다."

송문악의 대답에 광노 호교상이 뚫어져라 송문악을 바라봤다. 그러다가 문득 감탄 어린 말투로 입을 열었다.

"자네와 같은 나이에 어떻게 그런 무공과 심기를 익힐 수 있었을까? 이야말로 강호의 괴사(怪事)로군. 흠흠… 확실히

종위, 그놈이 사람 보는 눈은 있어. 자네와 같은 자를 끌어들이다니… 자네… 나와 이야기 좀 해볼 텐가?'

갑작스런 호교상의 제안에 송문악이 역시 깊은 눈으로 호교상의 눈을 응시하다 천천히 고개를 끄덕였다.

"그러지요. 노선배의 가르침을 사양할 수는 없지요."

"제길, 어디서 그런 나이답지 않게 여우 같은 말투는 배운 건지… 너희들은 그만 나가봐!'

호교상이 송문악의 대답에 얼굴을 찡그려 보인 후 우보와 청목을 방 밖으로 내몰았다.

"저희들이 들으면 안 되는 얘깁니까?'

우보가 아쉬운 듯 호교상을 보며 물었다.

"안 돼. 네 녀석들의 입을 믿을 수가 없어. 자, 너희들은 이 놈이나 데리고 나가!'

호교상이 방바닥에 쓰러져 있는 암습자를 가리켰다.

"알겠습니다, 어르신. 하지만 밖에서 대기하고 있을 테니 필요하시면 언제라도 불러주십시오."

"흥, 엿듣겠다는 말이냐? 재주가 되면 그렇게 해보던지!'

호교상이 우보의 말에 콧방귀를 뀌며 어서 나가라고 손짓을 했다. 우보와 청목은 호교상의 재촉에 얼른 암습자의 시신을 들쳐 업고 송문악의 방을 벗어났다.

두 사람이 사라지자 송문악이 호교상에게 정색을 하며 물었다.

"제게 하실 말씀이 무엇입니까?"

그러자 호교상 역시 심술 가득한 표정을 지워 버리고는 서늘한 얼굴로 송문악을 응시했다. 그렇게 얼마간 송문악을 노려보던 호교상이 불쑥 송문악에게 물었다.

"자넨 귀곡육절과 어떤 사인가?"

순간 송문악의 눈에서 파란 살광이 쏟아졌다. 자신의 정체를 알고 있는 자! 자신이 귀곡육절과 어떤 식으로든 관계가 있는 것을 알고 있는 자가 이 해남검문에 있었던 것이다.

송문악이 자신의 허리춤에 매달려 있는 흑도에 손을 올렸다. 동시에 육양공의 공력이 무럭무럭 자라나 순식간에 장내를 후끈한 기운으로 가득 채웠다.

"제가 귀곡의 사람인 줄 알고 계셨군요."

송문악의 목소리가 싸늘하다. 여차하면 광노 호교상의 목을 베어버리겠다는 의지가 그의 행동과 말에 담겨 있었다.

"마치 내가 제대로 대답하지 않으면 날 베겠다는 것처럼 들리는군."

호교상은 송문악의 가공할 기세에 놀란 듯하면서도 침착하게 입을 열었다. 그것은 반미치광이로 살아온 과거의 광노 호교상이라고는 전혀 생각할 수 없는 침착함이었다.

"잘 보셨습니다. 어르신의 대답 여하에 따라 전 어르신을 벨 수도 있습니다."

"이곳이 해남검문이라는 것을 잊었나? 자네가 날 베는 순간 자네 또한 이곳을 벗어나기 힘들 걸세. 당장 이 방문 밖에는 우리의 이야기를 듣고 있는 두 녀석이 있지."

하지만 송문악은 전혀 호교상의 말에 동요하지 않았다. 오히려 더욱 차가운 목소리로 호교상을 압박했다.

"이 방의 소리는 밖으로 새어 나갈 수 없습니다."

"음, 이미 음파를 차단한 것인가?"

"또한, 비록 해남검문의 성이 난공불락의 험지에 위치해 있고, 그 고수들이 하나같이 고절한 무공을 지니고 있다는 것은 알고 있지만, 그렇다고 해도 제 한 몸 빼내는 것은 불가능하지 않습니다."

이번 대답에는 호교상도 살짝 노기를 비쳐 냈다. 그는 비록 수십 년을 미친 늙은이로 살아왔지만 그 또한 해남검문의 문도였다.

"해남검문 정도는 우습게 보인다?"

"해남검문을 무시하는 것이 아니라, 나 자신을 믿는 겁니다."

"흥, 그게 그거지. 뭐, 그거야 잘난 사람들의 특권이니 내가 따질 것은 아니고, 내가 어떻게 자네가 귀곡육절과 연관이 있는 사람인지 알았느냐 말이지? 그 대답이 시원치 않을 때는 내 목을 베겠다는 것이고?"

광노 호교상이 태연하게 물었다. 반면에 송문악은 여전히 서늘한 눈빛과 언제라도 흑도를 떨칠 수 있는 준비를 한 채 고개를 끄덕였다.

"날 벨 수는 있을 것 같은가?"

호교상이 또다시 묻는 말에는 대답을 하지 않고 다른 말을 물었다. 송문악의 눈가에 살짝 주름이 잡혔다.

"결과를 보면 알 일이지요."

"제길, 결국 날 이길 자신이 있다는 말이군. 이래 봬도 내가 아주 오래전에는 해남검문 최고의 후기지수로 꼽히던 사람인데 말이야. 내가 그동안 많이 놀긴 놀았나 봐. 이런 젊은 이에게도 무시를 당할 정도이니 말이야."

호교상이 투덜거렸다.

"어르신의 무공을 무시하는 것은 아닙니다. 지난날 호 아우의 검법을 바로 잡아주실 때 어르신의 무공이 무섭다는 것을 이미 눈치 챘습니다. 단지, 전 지금 생사를 논하고 있기에 최선을 다할 뿐이지요. 그 결과는 저도 모르는 것이고……."

"하지만 자네의 모습을 보니 확실히 날 이길 자신이 있는 것 같은데?"

"제 자신을 믿고 있지요. 이제 제 질문에 대답해 주시겠습 니까?"

송문악이 재차 호교상의 대답을 강요했다.

"그러지. 사실 알고 보면 뭐 대단한 일도 아니야. 난 이곳 에서 미친 늙은이 취급을 받으며 살아왔지. 수십 년을 그렇게 사니까 내가 무슨 일을 하든 사람들은 별반 신경을 쓰지 않더군. 어느 정도냐 하면 말이야, 내가 몰래 성을 벗어나 서너 달 정도 강호를 돌아다니다 와도 내가 없어졌다는 사실조차 모를 정도가 되어버렸단 말일세."

"그 말씀은 어르신께서는 해남검문 사람들이 알고 있는 것과는 달리 이곳에서 한 발자국도 나가지 않은 것은 아니었단 말이군요."

"맞았어. 하지만 처음 전대 문주께서 돌아가신 이후 이십여 년 동안은 정말 이곳을 떠나지 않았었네. 난 당시엔 정말 살짝 미쳐 있었거든. 그러던 어느 날 제정신을 차리고 보니 이 호교상은 완전히 미친놈이 되어 있더군. 더 이상 해남검문의 최고 후기지수도 아니고 말이야. 허허! 글쎄, 머리엔 허연 서리까지 내리기 시작했더라니까? 어쨌든 미친놈으로 살아가는 것도 그리 나쁘지는 않았네. 왜냐하면 미친놈이기 때문에 내가 하고 싶은 것은 뭐든 하며 살 수 있다는 것을 알았기 때문이지. 그래서 난 내가 하고 싶은 것을 하고 살기 시작했지."

"하시고 싶었던 일이 무엇입니까?"

"흐흐, 그거야 나도 자네를 믿기 전에는 말해줄 수 없지. 그나저나 내가 어떻게 자네가 귀곡육절과 관계가 있다는 것을 알았느냐 하면 말이지, 그건 정말 너무 간단한 일이었지."

송문악이 고개를 갸웃거렸다. 어떻게 자신이 귀곡의 인물이란 것을 알아보는 것이 호교상에게는 간단한 문제였을까?

"호호, 난 그 도를 본 적이 있거든! 그것도 아주 가까이서 아주 자세히!"

호교상이 음소를 흘려내며 송문악의 허리춤에 있는 흑도를 가리켰다. 송문악이 흠칫하며 흑도를 꽉 움켜잡았다.

"아아, 긴장하지 말게. 이제 내가 그 흑도를 알고 있는 이유를 설명할 테니. 그 흑도는 아마도 귀곡육절 중 둘째인 유공무가 쓰던 도가 맞겠지?"

송문악이 아무 대답 없이 고개를 끄덕였다.

"좋아. 내가 이미 말했듯이 난 정신을 차린 이후에는 종종 이곳을 벗어나 강호로 나가곤 했네. 할 일이 있기 때문이었지. 그리고 그 와중에 그 도의 주인이었던 유공무와 잠시 안면을 익힌 적이 있었지. 그래서 난 한눈에 그 특징 없는 도를 알아볼 수 있었네. 사실 그 도는 강호의 다른 도들과 크게 다르지 않고 별다른 장식이 달려 있는 것도 아니라 구분하기가 그리 쉬운 것은 아니지만, 자세히 보면 다른 도와는 다른 점이 분명히 있지. 빛을 흡수할 정도로 조금 더 검고, 같은 모양의 다른 도보다 한 뼘 정도 더 길지. 어떤가? 내 말이 맞지?"

호교상의 말은 정확했다. 그는 정확하게 유공무의 손에서 송문악의 손으로 넘어온 흑도에 대해 알고 있었다. 하지만 그것은 오히려 송문악의 의심을 풀어주기보다는 더욱 호교상을 경계하게 만들었다.

"어르신은 만나는 모든 사람의 병기를 그렇게 자세히 살피

시나 봅니다?"

송문악의 물음이 싸늘하다. 살기가 짙어졌다. 그가 유공무를 안다면 혹 신기루의 사람일 수도 있었다. 현 무림에 살아 있는 인물 중 귀곡육보에 대해 가장 잘 알고 있는 사람 중 하나는 양소용이었다. 그리고 만약 신기루에서 아직도 원강에서 송무군의 무덤을 만든 자를 찾고 있다면, 양소용이 알고 있는 귀곡육보가 그 중요한 단서가 될 터였다.

'하지만 이 양반은 누가 뭐래도 해남검문의 사람인데?'

의심은 들지만 또한 호교상의 신분은 너무 확실했다. 그는 해남검문에 그저 입문한 제자가 아니라 혈연으로 이어진 해남검문의 사람이었다. 신기루가 구파일방의 또 다른 그림자고, 그 집단에 속한 고수들이 세상에 드러나지 않게 키워진 구파일방의 제자들이라면, 해남검문의 사람이 그 신기루의 끄나풀일 가능성은 많지 않았다.

"물론 난 내가 만나는 모든 사람을 아주 유심히 살피는 버릇을 가지고 있다네. 하지만 내가 유공무의 혹도를 알아본 것은 그것 때문만은 아니네. 사실 난 유공무와 제법 친한 사이였다네."

호교상의 이야기는 점점 믿기 어려운 쪽으로 흘렀다. 죽은 자와의 친분을 주장하는 광노 호교상, 그러나 무엇으로 그것을 증명할 수 있단 말인가.

"제가 그 사실을 아무런 의심 없이 받아들일 수 있다고 생각하십니까?"

송문악이 물었다. 그러자 호교상이 천천히 고개를 저었다.

"물론 내가 하는 말을 곧이곧대로 믿을 수는 없겠지. 하지만 난 어쨌든 그와 제법 친했다네. 그와 친하게 된 이유도 알고 싶은가?"

"그 말을 믿게 하려면 그러셔야 할 겁니다."

송문악은 최후의 순간에는 호교상을 제거할 준비가 되어 있었다. 이즈음 송문악은 자신의 무공에 대해 제법 자신감을 가지고 있었다.

육양공이 거의 완벽하게 그의 몸을 가득 채우고 있기도 했을 뿐더러, 살황 고산앙과의 생활을 통해 직접 몸으로 부딪치며 익힌 귀곡육보의 무공 또한 완숙한 단계에 접어들었기 때문이다. 그래서 송문악은 최근에 들어 이제는 송무군이 죽어가면서 전한 바람의 쾌검에 도전하고 싶다는 생각을 하고 있던 차였다.

하지만 바람의 쾌검을 얻지 못했다고 해서 그의 무공이 과거 송무군보다 약한 것은 아니었다. 그는 온전한 육양공을 수련했으며, 귀곡육보에 통달해 있었다. 겨룬다면 바람의 쾌검을 터득한 과거의 송무군이라 할지라도 현재의 송문악을 이길 수는 없었다. 그 무리(武理)에 있어서는 바람의 검을 깨달은 송문악에 뒤질지라도……

"자네는 늙은이를 너무 몰아치는군. 확실히 자네의 무공은 내가 상상했던 것 이상이야. 난 지금 자네의 진면목을 보고 있는 건가? 아니면 아직도 나에게 더 보여주지 못한 무엇이 있는 건가?"

호교상이 송문악이 뿜어내는 전율적이 육양공의 기세에 고개를 절레절레 흔들며 물었다.

"글쎄요. 그것은 제 스스로도 답하기 어렵군요."

"허허! 정말 광오한 말이군. 자신의 한계를 알지 못한다? 좋아, 기세를 보니 확실히 그럴 만한 자격은 있는 것 같군. 제길, 오늘 이 광노 호교상의 처지가 완전히 고양이 앞의 쥐 꼴이 되고 말았군. 흠흠… 내가 유공무와 친분을 가지게 된 것은 두 가지 공통적인 관심사가 있었기 때문일세."

"그게 뭡니까?"

"신기루(蜃氣樓)와 패기(覇氣)일세."

말을 하면서 호교상의 표정이 순식간에 변화했다. 신기루란 단어와 패기란 단어를 토해내는 순간, 그의 몸에서 거대한 진기의 기운이 구름처럼 일어나는 것이었다. 하지만 그것은 송문악을 위협하기 위해 일으킨 진기가 아니었다. 그 스스로 자신의 감정을 진기로써 드러낸 것이었다.

"신기루……."

송문악이 신기루란 단어를 천천히 입에 올렸다.

"자네도 신기루에 관심이 있나?"

호교상이 송문악의 표정이 변한 것을 눈치 채고는 묘한 눈으로 물었다.

"어르신께서는 왜 신기루에 관심을 가지고 계신 겁니까?"

송문악이 물었다. 그러자 호교상의 눈에서 살광이 번뜩였다.

"몰라서 묻는 건가? 전대 문주님의 시신을 등에 업고 돌아온 나일세. 바로 신기루의 그 혈풍 속에서 말이야. 그리고 난 그 충격으로 미치광이로 살아왔네."

호교상의 눈이 시뻘건 혈광으로 물들었다. 그 순간 송문악은 이 늙은 미치광이 노인이 한 모든 말들을 믿을 수 있었다. 그의 눈빛에서 느껴지는 저 처절한 혈한은 경험하지 못한 자라면 절대 드러낼 수 없는 분노였다. 광노 호교상은 수십 년이 지난 오늘까지도 전대 해남검문주가 죽임을 당한 그 신기루의 혈풍지옥을 가슴속에 품고 사는 사람이었던 것이다.

"패기(覇氣)는 뭡니까?"

송문악이 호교상이 말한 유공무와 공유했다던 두 번째 관심사에 대해 물었다. 이미 상대에게서 진심을 읽어낸 후였으므로 송문악의 음성에선 더 이상 살기가 느껴지지 않았으나 여전히 메마른 음성이었다.

"낄낄낄, 그것이야말로 진정으로 내가 나보다도 수십 살이나 어린 유공무과 친분을 맺은 이유지. 다시 말해 우린 제법 성격이 잘 맞았다고 할 수 있지. 유 아우를 만난 것은 우연히 호북 땅에서 몇몇 녹림도들과 시비가 붙었을 때였는데, 난 그

만 유 아우의 패도적인 성격과 패기가 깃든 도법에 반해 버렸
단 말씀이야. 아는지 모르겠지만 대대로 해남의 검은 거칠기
로 유명하지. 사람들의 성정 또한 그에 맞게 좋게 말해 호방
하고, 나쁘게 말해 무척 거칠지. 원래 바다의 사내들이란 거
칠게 마련이거든. 그런데 유 아우의 도법과 싸움에 임하는 모
습은 오히려 해남검문의 문도들보다도 훨씬 패도적이었단 말
씀이야. 흐흐, 난 그만 유 아우의 그 성정에 반해 버린 것이
지."

　"하지만 어르신이 유 백부의 성정에 반했다고 해서 유 백
부께서 쉽게 어르신을 받아들이지는 않았을 텐데요? 제가 알
기로 유 백부는 귀곡육절 중 가장 폐쇄적인 성정을 지니신 분
이었는데……."

　"유 백부? 흐흐흐, 과연 자네는 귀곡육절과 무척 가까운 사
이였군. 그리고 그 사실을 나에게 스스럼없이 밝힌 것은 나에
대한 오해를 풀었다는 의미겠지? 맞네. 유 아우와 친해지는
것은 무척 어려웠지. 그는 정말 일평생을 홀로 강호를 떠돌
사람 같았거든. 하지만 이보게, 유 아우를 만날 당시 난 이미
나이가 육십이 훌쩍 넘어 있었네. 더군다나 수십 년 동안 미
친놈으로 살아왔기에 무척 넉살이 좋았지. 정확히 한 달을 쫓
아다니니까 유 아우도 마음을 열더군."

　"유 백부와는 얼마나 함께 지내셨습니까?"

　"음, 사실은 그게 그리 길지는 않았어. 지금도 그것이 아쉽

다네. 난 해남검문의 문도들 몰래 강호를 출입했기에 강호에 그리 오래 머물 수는 없었거든. 그리고 유 아우는 끊임없이 강호를 유랑하던 사람이라 다시 만나기를 기약하긴 힘들었지. 내가 쫓아다닌 것을 포함해 두 달 반 정도를 함께 다녔지."

"유 백부의 소식은 들으셨습니까?"

송문악의 말에 호교상의 안색이 침울해졌다.

"들었네. 휴… 신기루의 소식은 언제나 내가 가장 중요하게 생각하는 소식이니까. 사실 나도 원강 쪽으로 움직이기는 했는데, 이 해남은 중원무림과는 지나치게 멀리 떨어져 있어 소식이 늦은 편이지. 내가 원강에 도달했을 때는 이미 신기루는 깨끗이 사라지고 없더군. 개방의 교착신은 천하제일고수가 되어 있었고, 유 아우와 귀곡육절은 강호의 고혼(孤魂)이 되어 있더군. 젠장할… 신기루라……."

호교상의 입에서 살짝 이가 갈리는 소리가 들려왔다.

"신기루에 대해선 얼마나 알고 계십니까?"

순간 호교상의 눈에서 살광이 번뜩였다.

"강호의 전설만은 아니라는 것은 알고 있지. 더불어 신기루를 움직이는 자들도 역시 강호에 몸담고 있는 자들이란 것 정도는 알고 있네. 하지만 그들이 누군지, 왜 신기루를 만들었는지는 도통 모르겠더군. 그렇게 시간이 흐르고 난 여전히 미치광이 늙은이로 살고 있네. 이제 죽을 날도 머지않았는데… 과연 전대 문주님의 혈채를 받아낼 수 있을지……."

"전대 문주께서는 어떻게 돌아가신 겁니까?"

"물론 천문시를 쫓다가 돌아가셨지. 또한 천문시를 손에 넣으시기도 했었다네. 그런데 그 복면을 한 검은 옷의 고수들, 무섭더군. 전대 문주를 포함해 아홉 명의 해남 최고 고수가 목숨을 잃었네. 오직 나 혼자만 살아남았지. 전대 문주께서 혈도를 짚어 죽음을 가장했기에 가능한 일이었어. 눈앞에서 문파의 고수 아홉이 도륙당하는 꼴을 손 하나 까딱 못하고 지켜본 내가 미치지 않고 어찌 살아갈 수 있었겠나?"

"그 복면을 했다던 그자들… 누군지 짐작이 가십니까?"

송문악의 물음에 호교상이 천천히 고개를 저었다.

"아무리 생각해도 모르겠어. 지금껏 그자들을 찾아다녔건만 수십 년을 조사해도 그들에 대한 단서를 잡을 수 없었지. 가슴속에 울화만 더 심해져 갈 뿐… 그런데……."

호교상이 고개를 갸웃거렸다.

"뭔가 짚이시는 것이라도?"

"아직도 내 머릿속에 또렷이 남아 있는 한 가지가 있네."

어느새 두 사람은 나란히 송문악의 침상에 앉아 있었다. 처음 대화를 시작할 때와는 완전히 달라진 두 사람의 관계였다.

"그게 무엇입니까?"

"바로 그 복면을 한 자들 중 한 명이 사용한 일초식일세."

"습격자 중 한 명이 사용한 일초식의 검초를 말씀하시는 겁니까?"

"그렇다네. 난 그 검초식을 잊어버릴 수가 없어. 왜냐하면 그 초식은 내가 알고 있는 것이었기 때문이지."

"그럼 해남검문의 초식이 포함되어 있었단 말입니까?"

하지만 호교상은 고개를 저었다.

"아니, 해남검문의 초식은 아닐세. 그것은 바로 형산 칠살검(七殺劍)의 초식이었단 말씀이야."

형산파는 당금 구파일방의 하나로 호남성 형산에 웅거한 남방무림의 거두였다. 검법을 주로 하는 형산의 무공은 살기가 강하기로 유명했다. 또한 당금 천하를 지배하는 구파일방 중에서 형산은 가장 세속의 일에 많은 관여를 하는 문파로도 유명했다.

과거 포양호 싸움에서 해남검문이나 남궁세가가 천자방이니 군룡회니 하는 급조한 문파를 내세운 것도 모두 호남의 형산을 두려워했기 때문이었다.

그 형산파의 검법 중 칠살검법은 거친 형산의 검법 중에서도 가장 음습하고 살기가 강한 검법으로, 형산파 내에서조차 그 수련이 엄격하게 통제되는 검법이었다.

하지만 다른 사람이 들었으면 놀랐을 호교상의 이야기를 듣고도 송문악은 조금도 놀란 표정을 드러내지 않았다. 그것이 호교상에게는 이상한 모양이었다.

"자네는 놀랍지 않은가? 그들 중에 형산의 칠살검을 사용하는 자가 섞여 있었다는 사실이 말이야?"

전대 해남검문주 일행을 공격했던 복면인들 중 형산의 칠살검을 쓰는 자가 있다고 해서 송문악이 놀랄 일은 없었다. 이미 신기루가 구파일방의 또 다른 그림자라는 것을 알고 있는 송문악이었다.

"그럼 그 후에 형산파를 조사하셨습니까?"

송문악이 호교상의 물음에 답하지 않고 오히려 질문을 던졌다.

"자네도 알다시피 난 전대 문주께서 돌아가신 후 이십여 년을 광인으로 살아왔네. 물론 정신을 차린 후 형산파 근처를 돌아보지 않은 것은 아니나, 당시에는 이미 구파일방의 성세는 전대 문주께서 돌아가실 때보다도 훨씬 견고해져 있었지. 도저히 내가 형산파에 접근할 방법이 없었다네."

"당시… 그러니까, 전대 문주께서 돌아가실 당시 형산파와 해남검문의 관계는 어떠했습니까?"

"그게 또한 이상한 일이라네. 만약 짐작대로 형산파에서 손을 쓴 것이라면 해남과 형산의 사이가 좋지 않았어야 했는데, 사실 그 당시 두 문파의 관계는 무척 좋았었거든. 본래 형산은 우리 해남검문을 무림의 문파라기보다는 해상 상인의 집단쯤으로 치부하는 경향이 많았었는데, 전대 문주이신 해신검 호경봉 어른께서 당시 형산파 최고수로 알려졌던 형산선검 검무위와 백 초의 비무를 겨루신 이후에는 완전히 본 파에 대한 대접이 달라졌었지. 물론 전대 문주께서 형산선검에게 패하시기는 했으나 일 초 이상을 뒤진 패배는 아니었다네. 더군다나 당시 전대 문주께서는 형산선검보다 어리셨네. 이후 두 분께서는 다시 만나지는 않았지만 서로 서편을 주고받으실 정도로 제법 돈독한 우의를 나누셨기에 형산과 본 문의 관계는 어느 때보다도 좋았었다네."

"그렇다면 전대 문주께서는 해남검문의 역사상 어느 정도의 위치에 올라 계신 분이셨습니까?"

"단연 최고의 경지에 오르신 분이셨지. 해남검문의 역사상 가장 어린 나이에 해남삼십육검을 통달하신 분이 바로 전대 문주셨지. 신기루에 도전하시기 전, 십 년의 시간만 더 있었다면 그분께서 구파일방의 최고수들을 능가하실 거란 평가가 파다했었네. 그러니 그분의 성취야 다시 거론하면 입만 아픈 일이지."

'신기루에 의해 제거되기에 적당한 조건을 모두 갖추고 있었군.'

송문악이 고개를 끄덕였다.

모든 일은 항상 그렇게 진행되었다. 신기루는 언제나 구파일방의 힘에 도전할 만한 저력을 지닌 문파가 강호에 나타났을 때 그 모습을 드러냈다. 그리곤 여지없이 절정의 성세를 구가하던, 혹은 서서히 그 저력을 키워가던 문파를 제거했다.

그것이 바로 신기루의 존재 이유였다.

송문악은 천천히 고개를 돌려 호교상을 응시했다. 이제 살
날이 얼마 남지 않아 보이는 이 미친 늙은이 광노 호교상은
여전히 과거 자신과 해남검문에 일어났던 일들의 전말을 알
지 못한 채 신기루의 그림자를 뒤쫓고 있었다.

"그런데 자넨 도대체 어떤 사람이기에 유 아우를 백부라
부르는 것이지? 내가 알기로 귀곡육절은 모두 혼인을 하지 않
았기에 후인을 두지 않은 것으로 알고 있는데… 내가 모르는
유 아우의 친인이 있었던 것인가?"

문득 호교상이 물었다.

"그렇지 않습니다. 전 바로 귀곡육절 중 한 명이셨던 청명
검 송무군의 아들입니다."

순간 호교상의 눈이 화등잔처럼 커졌다.

"뭣? 청명검 송무군의 아들이라고?"

"그렇습니다."

"설마 이 늙은이를 놀리는 것은 아니겠지?"

"제가 어찌 어르신을 놀리겠습니까? 제가 이곳에서 쓰고
있는 이름을 생각해 보십시오."

"이름? 자네 이름이 아마 청명이라 했지? 음… 그렇군. 청
명검의 그 청명을 이름으로 쓰고 있었군."

호교상이 무릎을 쳤다.

"맞습니다. 바로 그래서 제가 청명이란 이름을 사용하고

있었지요."

"그럼 자네의 본명은 뭔가?"

"제 본래의 이름은 송문악이라고 합니다."

"송문악이라… 좋은 이름이군. 하지만 어딘지 모르게 자네와는 어울리지 않는데?"

"어울리지 않는다니요?"

"자네는 내가 본 무림인 중 몇 안 되는 고수이고, 또 그 살기가 무척 강한 사람이라네. 그런데 문악이라는 이름은 어딘지 모르게 학인(學人)의 이름 같아서 말이야."

호교상의 말에 송문악이 씁쓸한 미소를 지었다.

"사실 제 어머니께서는 제가 학문을 하기를 바라셨지요. 그래서 문악이란 이름을 지어주신 겁니다."

"그랬군. 그런데 자네는 모친의 뜻을 따르지 않았군."

"세상사가 그렇게 마음대로 되지는 않더군요."

"물론 세상일이란 게 다 그렇지. 자기가 원하는 대로 모든 일이 이뤄진다면 얼마나 좋겠는가? 그건 그렇고, 자넨 왜 본명을 사용하지 않고 가명을 쓰고 있는 건가? 아니, 그보다도 내가 그 유 아우의 흑도를 알아보았을 때 왜 그렇게 살벌한 반응을 보인 것인가?"

호교상의 물음에 송문악이 잠시 입을 열지 않고 천천히 마음을 가라앉혔다. 그러면서 과연 이 해남검문의 광노에게 신기루와 귀곡의 일들을 이야기해야 하는 것일까를 생각했다.

신기루와 귀곡에 얽힌 은원들, 그리고 그 은원을 풀기 위해 지금 그 스스로가 가고 있는 길을 이 노괴인에게 이야기하면 과연 자신의 향후 행보에 어떤 영향을 미칠 것인가. 하지만 고민은 그리 오래가지 않았다.

'이분도 결국 신기루로 인해 일평생 동안 굴곡된 삶을 살아오신 분, 신기루의 본색을 알 자격은 충분하신 분이지.'

송문악은 호교상이 수십 년간 가슴속에 품고 있던 의문을 풀어주기로 결정했다.

"이 이야기는 무척 긴 이야기입니다."

송문악의 태도에서 까닭 모를 서늘함을 느낀 호교상이 흠칫 몸을 떨었다.

"밤은 기네."

하지만 또한 송문악의 입에서 흘러나올 이야기에 호기심이 동하는 호교상이었다.

"그럼 제가 어르신이 수십 년 동안 가슴에 품고 계신 의문을 풀어드리지요."

송문악이 심호흡을 한 번 하고 천천히 호교상에게 그가 겪었던 원강(元江) 하구에서의 일과 신기루의 이면에 감춰진 강호의 비사, 그리고 전대 해남검문주가 왜 수십 년 전 죽음에 이르게 되었는가를 이야기하기 시작했다.

호교상이 비틀거리며 자리에서 일어났다. 그리곤 천천히

창문 쪽으로 걸어가더니 밤바다를 향해 창문을 열어젖혔다. 차고 맹렬한 바람이 열린 창을 통해 밀려들어 왔다.

"제길, 이제야 정신을 좀 차리겠군!"

호교상이 신경질적으로 소리쳤다. 송문악은 자신의 침상에 걸터앉아 그런 호교상을 물끄러미 바라보고 있었다. 신기루의 진실은 호교상에게도 어지간히 충격을 준 것이 분명했다. 다시 온전한 정신으로 돌아오려면 차가운 바람과 시간이 필요할 터였다.

"그래서… 자신들의 아성에 도전하는 것을 막기 위해 신기루를 이용해 그렇게 사람들을 죽여왔다는 것이군."

호교상이 씹어 뱉듯 말했다.

"당금 무림을 지배하고 있는 구파일방의 문도들조차 까맣게 모르고 있는 사실이지요."

"그들이 모르고 있다는 것을 확신할 수 있나?"

"그것은 백 년의 시간이 증명해 주는 게 아닐까요? 구파일방이 신기루의 진실을 알고 있었다면 과연 백 년 동안 신기루의 비밀이 전설로 남아 있을 수 있었겠습니까?"

송문악의 반문에 호교상이 고개를 끄덕였다.

"음, 그건 자네 말이 맞네. 그랬다면 백 년간이나 비밀이 유지될 리 없었겠지. 결국 또 하나의 구파일방이 이번에는 단 하나의 단체로 존재한다는 이야기군."

"그렇지요."

"무서운 일이야. 아마도 강호 최고의 세력을 가진 집단이 겠군."

"그들이 구파일방의 아성을 지키는 일 이외의 일을 시도하지 않는 게 다행일 정도지요."

"어차피 구파일방을 통해 무림을 지배하고 있으니 달리 일을 벌일 이유는 없겠지."

"하지만 오랫동안 그렇게 어둠에 묻힌 존재로 살아가는 것은 쉬운 일이 아니지요. 그들도 인간이니까요."

"또는 충분히 강호를 지배하는 권력을 향유하고 있는지도 모르지. 우리가 모르는 방식으로……."

송문악이 고개를 끄덕였다. 그 또한 아직 신기루에 대해 아는 것은 극히 적었다. 실제로 그는 신기루에 속한 인물 중 단 한 명도 그의 시선 아래 놓아두지 못한 상태였다. 힘을 길러 그들에게 일검(一劍)을 들이대고 싶어도 일단 그 시작을 어디에서부터 해야 할지 아직 계획이 잡히지 않은 송문악이 었다.

"그런데 그런 무지막지한 자들을 자네 혼자 힘으로 상대할 생각이었단 말이지?"

호교상이 물었다.

"혼자는 아닙니다. 도와주시는 분들이 몇 분 계시지요."

"그래? 그들이 누군가?"

"그건 차차 말씀드리지요."

"홍, 이제 보니 자넨 아직도 날 완전히 믿지 못하는 모양이군."

호교상이 불쾌한 표정을 지어 보였다.

"하하, 그런 것이 아닙니다. 단지 그분들의 이름을 언급하는 것은 그분들의 허락이 있어야 한다는 의미입니다. 제가 그분들의 허락없이 함부로 입에 올릴 수 없는 분들이란 뜻이지요."

"좋아, 그렇다면 어쩔 수 없지. 하지만 이건 묻고 싶군. 자넬 도와주고 있는 사람들이 몇이나 되는가?"

"그리 많지 않습니다."

"한 백 명쯤 되나?"

"하하! 그 정도만 되면 바랄 게 없겠지요."

"그럼 한 오십 명은 되나?"

"그쯤 돼도 전 만족할 겁니다."

"제길, 설마 열 명은 넘겠지?"

"다섯 분이 채 안 됩니다."

"미쳤군. 다섯 명도 안 된다고? 겨우 그 인원으로 자네가 말한 그 강호 최고의 세력을 상대하겠다는 말인가?"

호교상이 어이없다는 듯 송문악을 바라봤다.

"부족한 줄은 알지만 아무것도 하지 않을 수는 없지 않습니까?"

"허허, 이거야 원, 그래도 어느 정도 머리수가 맞아야 뭘 하지… 쯧쯔."

호교상이 혀를 찼다.

"그래도 조금씩 사람이 늘어가는군요. 오늘도 한 명 늘어나지 않았습니까?"

송문악이 호교상을 빤히 쳐다봤다. 그러자 호교상이 얼떨떨한 표정을 짓다가 손으로 자신을 가리켰다.

"지금 날 말하는 건가?"

"설마 모든 것을 다 들으시고 뒤로 빠지시겠다는 것은 아니시지요?"

송문악이 짐짓 차가운 눈빛을 내보였다.

"물론, 나도 그 망할 놈의 자식들에게 한 방 먹여주고 싶긴 하지만, 나 같은 늙은이는 방해만 될 텐데……? 끼워주겠나?"

"어르신의 무공이 지금껏 제가 보아온 해남검문의 문도들 중 최고라는 것은 이미 지난번에 눈치 챘습니다."

호용무의 수련 도중 일초식을 나눈 송문악과 호교상이었다. 이미 그때 송문악은 호교상의 무공을 읽어냈던 것이다.

"음… 내가 해남검문의 최고수인지는 모르겠지만, 적어도 신기루라는 그 작자들에게 한 방 먹일 정도의 힘은 남아 있지."

"더군다나 그들이 지금껏 어르신을 살려두었다는 것은 어르신이 그들의 관심에서 벗어나 있다는 의미이지요."

"그건 또 무슨 말인가?"

"신기루가 지난 백 년간 철저히 장막에 가려졌던 이유는 신기루의 실체에 근접한 그 누구도 살려두지 않았기 때문이지요. 그런 그들이 당시 해남검문의 문도 중 유일한 생존자인 어르신에 대해선 손을 쓰지 않았습니다. 결국 그들은 어르신을 자신들의 비밀에 근접한 인물로 보지 않았다는 거죠. 그것은 그만큼 어르신의 행동이 그들의 시야에서 자유로울 수 있다는 의미이니 역시 그들과의 싸움에서 무척 유리한 점이지요."

"흠… 듣고 보니 그렇군. 그런데 그들은 왜 날 제거하려 하지 않았을까?"

호교상의 반문에 송문악이 씨익, 웃음을 지으며 대답했다.

"어르신의 별호가 광노가 아닙니까?"

그러자 호교상이 자신의 무릎을 쳤다.

"그렇군. 난 미친 늙은이였군. 결국 미쳤기에 살아남았군. 하하하!"

第五章

의외의 단서(端緒)

송문악과 호교상은 초승달이 희미한 빛을 뿌리는 절벽 위에 서 있었다. 송문악을 공격했던 암습자가 사라진 절벽 위였다.

"만약 이 아래에 생각처럼 비밀 통로가 없다면 어떻게 되는 겁니까?"

송문악이 호교상을 보며 묻자 호교상이 듬성듬성 이빨이 빠진 입을 벌리고 능글거렸다.

"흐흐, 그렇다면 우린 한밤중에 수천 길 절벽을 타고 바다 속으로 처박히겠지."

"걱정되지 않으십니까?"

"걱정은 무슨, 나야 살 만큼 산 사람인데… 자네는 좀 걱정이 되겠구먼!"

"전 할 일도 있고 해서 아직은 죽으면 안 됩니다."

"좋아. 그럼 내가 먼저 내려가 보도록 하지."

호교상이 바닥에 놓인 줄을 들어 올려 겨드랑이 사이로 끼어 넣은 후 몸통을 둘러맸다. 몇 차례 줄을 당겨 단단히 매여진 것을 확인한 호교상이 위태로운 절벽 앞으로 다가섰다.

"조심하십시오."

"걱정 말게. 이렇게 줄을 매고 내려가니 설사 그놈이 아무 대책 없이 이 절벽에서 뛰어내렸다고 해도 내가 죽을 일은 없을 거야. 혹 줄이 당겨지거든 힘 좀 써주게. 늙은이 혼자 절벽에 매달아두지 말고."

"걱정 마십시오. 언제든 끌어올릴 준비를 하고 있겠습니다."

"험험, 사실 이런 위험한 일은 젊은 사람이 해야 하는 건데… 자넨 나보다 무공도 고강할뿐더러 귀신 같은 신법을 지녔으니 이런 줄도 필요없지 않은가?"

"하하, 저라고 아무것도 의지할 것 없는 절벽에서야 별수 있나요. 그리고 이번 일은 아무래도 해남검문의 일이니 당연히 외부인인 저보다야 어르신이 우선 나서셔야지요."

"제길, 본전도 못 건졌군. 알겠네. 해남검문의 일이니 내가 먼저 내려가 보는 게 맞지. 망할 놈들, 왜 싸움질을 해서 이 늙은이에게 이런 고생을 시키는 건지. 그럼 가보겠네."

호교상이 한 번 투덜거리더니 훌쩍 몸을 날려 절벽 아래로 뛰어내렸다. 송문악은 호교상이 절벽 밖으로 몸을 날리자 재빨리 절벽 앞쪽으로 다가가 호교상의 몸에 연결된 밧줄을 잡아 들었다.

대략 이십여 장은 너끈히 이어질 줄이 무서운 속도로 풀려 나갔다. 만약 호교상이 몸을 디딜 곳을 찾지 못한다면 밧줄은 이내 팽팽하게 당겨질 것이다. 하지만 무섭게 풀려 나가던 밧줄이 어느 순간 뚝 하고 움직이기를 멈췄다. 그렇다고 밧줄이 팽팽하게 당겨진 것도 아니었다. 호교상이 절벽 어딘가에 멈춰 선 것이 분명했다. 줄이 풀린 길이로 보아서는 십여 장이 못 미치는 거리인 듯 보였다.

툭툭!

그리고 잠시 후, 밧줄을 잡고 있는 송문악의 손에 누군가 밧줄을 잡아당기는 느낌이 찾아왔다. 호교상이 송문악에게 보내는 신호였다.

"차가운 바다에 빠질 걱정은 없겠군."

송문악이 제법 커다란 바위에 매여져 있던 밧줄을 풀어 그 끝을 잡고는 훌쩍 절벽 아래로 몸을 날렸다. 그러자 순식간에 송문악의 신형과 남아 있던 밧줄이 절벽 위에서 사라졌다.

호교상은 자세를 조금 낮추고 눈앞에 펼쳐진 시커먼 동혈을 바라보고 있었다. 동혈의 크기는 대략 장정 두 사람이 겨우 통과할 수 있을 정도였으나, 그 바닥이 평탄한 것으로 보아 사람의 손길이 닿은 곳임을 알 수 있었다.

투툭!

그런 호교상의 뒤쪽으로 송문악이 가볍게 내려섰다.

"왔는가?"

"동혈이군요. 역시 비밀 통로가 있었군요."

"맞아. 자넬 암습했던 놈은 이곳을 이용해 몸을 뺀 것이지."

"지키는 사람은 없었나 봅니다?"

"아무도 없었네."

"그럼 이 동혈은 아마도 어디론가로 이어지는 길이겠군요. 길이 아니라 동혈 안쪽에 사람이 머물고 있다면 당연히 이곳에 지키는 사람을 두었을 테니 말입니다."

송문악의 말에 호교상이 고개를 끄덕였다.

"자네 말이 맞는 것 같군. 자, 그럼 이 동혈이 어디로 이어지나 한번 가볼까?"

호교상이 손을 들어 시커먼 입을 벌리고 있는 동혈을 가리켰다. 송문악이 고개를 끄덕이자 호교상이 송문악에 앞서 동혈 안으로 걸음을 옮겼다.

안으로 들어갈수록 동굴은 험난해졌다. 사람의 손길이 닿은 곳은 아마도 절벽에 나 있는 동굴의 입구뿐인 듯했다. 미리 준비해 온 화섭자가 없었다면 비록 두 사람이 절정고수라 해도 어둠을 뚫고 전진하기가 어려울 정도의 험난함이었다.

"무슨 길이 이렇게 험한가!"

호교상이 갈수록 좁고 험해지는 동굴에 혀를 차며 불평을 쏟아냈다.

"험할 뿐 아니라 몹시 길군요."

송문악의 말에 호교상이 문득 깨달았는지 맞장구를 쳤다.

"그렇고 보니 정말 그렇군. 이건 길어도 너무 긴 것 아닌가? 길이로만 따지자면 우린 이미 본 문의 남쪽 끝에 와 있어야 할 텐데… 설마 이대로 다시 남쪽 절벽으로 나가는 건 아니겠지?"

"조금씩 아래로 내려가는 듯하고, 또 방향도 여러 번 바뀌어 어디가 나올지 짐작하기 어렵군요. 그런데 어르신!"

송문악이 약간 심각한 목소리로 호교상을 불렀다. 송문악의 목소리에서 느껴지는 기색이 심상치 않자 호교상이 걸음을 멈추고 송문악을 돌아봤다.

"무슨 말인데 그렇게 무게를 잡는 건가?"

"좀 민감한 질문이라……."

송문악이 말꼬리를 흐렸다.

"말해보게. 설마 우리가 나눈 과거의 일보다 더 심각할라구."

호교상은 신기루의 일을 이야기하는 것이었다.

"만약에 말입니다. 이 길 끝에 대부인과 관련된 곳이 나오면 어쩌실 생각입니까? 아니, 그보다 먼저, 어르신께서는 대공자와 이공자 두 분 중 누가 해남검문을 맡기를 원하십니까? 이 동굴이 끝나기 전에 그 이야기를 들어두고 싶군요."

"음… 중요한 질문일세. 물론 자네는 이공자가 차기 문주가 되길 원하는 사람이겠지?"

"저야 해남검문의 문주에 누가 적당한지를 따질 입장은 아니지요. 단지 전 이공자께 고용된 사람이니 그분의 일을 도와드릴 뿐입니다."

"어쨌든 자넨 이공자가 해남검문의 주인이 되길 바라는 것 아닌가?"

"결론은 그렇지요. 그리고 전 사실 이공자님에게 무척 호감을 가지고 있습니다. 그분께 금전을 받고 고용된 처지가 아니라도 이공자께서는 대협의 풍모를 지니고 계신 분이지요."

"흘흘… 그렇지. 종위, 그 아이는 타고난 해남검문의 검객이라 할 수 있지. 호방한 성격에 거친 검… 딱 해남검문의 호걸이야. 그에 비해 검위, 그 아이는 강호의 대협보다는 오히려 대상인(大商人)의 기질이 강한 아이지. 아무래도 어미의 핏줄은 속이지 못하는가 보이."

대부인 하성란은 광동의 대상가 하가장 출신이었고, 이부인 심옥영은 해남검문의 여검객인 점을 지적하는 것이었다.

"검객과 상인, 어려운 선택이군요."

송문악의 말에 호교상이 고개를 끄덕였다.

"맞아, 어려운 선택이지. 검위가 해남검문을 맡으면 아마도 해남검문은 그 어느 곳보다도 풍요로운 문파가 될 것일세. 더불어 상가의 일에 치중할 것이기에 무림문파들의 견제 또한 덜하겠지. 반면 종위가 검문을 잇는다면 그야말로 해남검문을 무림의 일대 검문(劍門)으로 키워낼 수 있을 것일세. 생활은 궁핍하더라도 고수는 많아지겠지. 둘 모두 괜찮아. 일장일단(一長一短)이 있어. 해서 나에겐 사실 이 후계 싸움은 재미있는 일이었지, 결코 심각한 일은 아니었단 말씀이야. 그런데 최근에 내 생각이 조금 바뀌었어."

"어떻게 말입니까?"

"만약 태평성세라면 검위가 검문의 문주에 적당할 걸세. 하지만 난세라면 역시 종위와 같은 성품이 검문에 어울리지."

"지금은 난세입니까?"

"그걸 지금 알아보려 하는 중일세."

"그건 무슨 말씀이십니까?"

"당금의 해남검문은 무척 안정되어 있다고 할 수 있네. 비록 지난 삼 년간의 포양호 싸움에서 패퇴하기는 했어도 포양호 싸움에 들인 해남검문의 힘은 그야말로 조족지혈이라 할 수 있지. 포양호의 패배보다는 오히려 대륙 상권을 넘볼 수 있을 만큼 힘이 커졌다는 사실이 현재 해남검문의 저력을 보여주고 있네. 굳이 따지자면 태평성세라 할 수 있지."

"대공자에게 어울리는 시기군요."

"그렇지. 그런데 말이야. 단 하나 문제가 있다면 대공자와 이공자의 후계 싸움이거든?"

"그야 어느 문파에나 있는 일이지요."

"맞았어. 어느 문파에나 후계 싸움은 있지. 그리고 그게 그리 나쁜 것만은 아니야. 무림이란 곳은 언제나 경쟁을 통해 발전하는 곳이니까. 그런데 거기에는 한 가지 예외가 있어."

"예외라뇨?"

"이런 식의 후계 싸움이 해남검문의 근간을 침범하지 않아야 한다는 것 말일세."

"지금의 싸움이 해남검문의 근간을 흔들 정도로 위험하다고 보시는 겁니까?"

송문악의 물음에 호교상이 살짝 고개를 갸웃거렸다.

"몇 가지 이상한 점이 있어."

"이상한 점이시라면……?"

"후계 다툼은 대공자와 이공자의 경쟁이네. 말 그대로 경쟁이지 싸움이 아니야. 따라서 피를 보면 안 되는 일일세. 피를 보게 되는 순간 문파는 둘로 갈릴 것이고, 해남검문의 성세는 어떤 식으로든 위협받게 될 것일세. 그것은 해남검문의 문도라면 누구나 알고 있는 일일세. 따라서 대공자와 이공자의 경쟁은 철저히 해남검문 내부의 일이 되어야 하네. 그런데 최근 내가 살펴본 바로는 지금 이 후계 싸움에 해남검문의 문도 이외의 자들이 관여되어 있는 것 같단 말씀이야."

호교상의 말에 송문악이 호교상을 바라봤다.

"외부 세력이 끼어들었단 말입니까?"

"그럴 가능성이 커. 자네 방에서 죽은 그자 말일세. 내가 모르는 얼굴이었어. 물론 우보와 청목, 그 두 사람도 그자의 얼굴을 알아보지 못했지. 해남검문에는 오백여 명의 검객들이 있지만 난 그들의 얼굴을 거의 다 알고 있거든. 미친 늙은 이로 살아가면 좋은 것 중 하나가 누구라도 날 꺼리는 하지만 경계는 하지 않는다는 것이지. 그래서 난 해남검문의 문도 거의 전부를 알고 있다고 할 수 있네. 그런데 그자의 얼굴은 본 적이 없어."

"그가 외부에서 들어온 자일 수도 있다는 말이군요."

호교상이 고개를 끄덕였다.

"거기다 더 의심스러운 것은 바로 이 동굴일세."

호교상이 화섭자를 들어 올려 동굴 이곳저곳을 비춰보았다. 깊은 땅속 천연의 동굴이 스산한 분위기를 만들어내고 있었다.

"자네를 공격했다 도주한 자는 분명 이 동굴을 통해 이동했을 거야. 그런데 이런 동굴이 있다는 것은 수십 년을 해남검문에서 살아온 나조차도 모르는 사실이었거든. 문주 역시 이 길을 모를 거야. 즉, 자네에게 암살범을 보낸 자들은 해남검문의 문주도 모르는 일정한 세력과 이동로를 만들어냈다는 것이지. 이건… 결코 대부인 혼자 준비할 수 있는 일이 아니야."

"역시 외부의 조력이 있다는 말이군요. 하지만 대부인께서는 광동 하가장으로부터 여러 사람을 데려왔다고 들었습니다만… 그들의 도움을 받았을 수도 있지 않습니까?"

"물론 그럴 수도 있네. 하지만 내가 알고 있기로 대부인이 하가장에서 데려온 사람들은 대부분 상술에 능한 상인들이란 말이야. 또한 아무리 하가장이 광동의 거상이라 하여도 감히 본 해남검문 밑에서 음흉한 짓을 꾸밀 만한 배포가 있다고 보지는 않네."

"그렇다면……?"

"누군가 대공자와 이공자의 권력 싸움에 끼어든 세력이 있다는 얘기지. 만약 그런 자들이 있다면 당연히 그들은 대공자와 이공자 둘 중 한쪽과 연결이 되어 있을 것이고… 이공자의 손님인 자네를 공격했다는 것은 결국 대공자 쪽과 연결이 되어 있다는 의미인데……."

"만약 그렇다면 어쩌시겠습니까?"

"만약 그렇다면 해남검문은 난세에 돌입한 것일세. 외부의 세력이 감히 해남검문의 후계 싸움에 끼어든 것이니까. 그렇다면 당연히 이공자 호종위가 검문의 후계자가 될 시기인 것이지. 그리고 그것은 우리가 이 동굴의 끝에서 누굴 만나느냐에 달린 것이고 말일세. 자, 이제 거의 다 온 듯하군. 바람이 들어오고 있어. 어서 가세."

과연 호교상의 말처럼 어느새 동굴 앞쪽으로부터 신선한 바람이 새어 들어오고 있었다.

"이건 뭐야?"

호교상의 입에서 당혹스런 목소리가 흘러나왔다. 파도에 쓸려 뭉실해진 돌들로 이루어진 해변, 두 사람은 어느새 해남 검문이 위치한 절벽 위에서 절벽 아래로 내려와 있었다. 눈앞에서 검은 파도가 일렁인다. 그러니까 동굴은 절벽 위에서 절벽 아래로 관통되어 있었던 것이다.

출구는 몇 개의 거대한 바위로 가려져 있었으므로 이곳에 동굴이 있다는 것을 아는 사람이 아니면 도저히 발견할 수 없는 곳에 위치해 있었다. 또한 해안선을 따라 이루어진 험난한 지형은 밝은 대낮이라 하여도 동굴 근방으로는 사람들의 발길이 닿기 힘들게 만들고 있었다.

"포구가 보이는군요."

송문악이 손을 들어 험난한 해안가를 끼고 돌아 한쪽으로 살짝 보이는 해남검문 아래의 포구 마을을 가리켰다.

"그러니까 결국 북쪽에서 남쪽으로 본 문을 관통한 것이군. 허허, 어째서 이런 동굴이 있다는 것을 몰랐을까?"

"워낙 은밀한 곳에 있으니까요."

"그나저나 큰일 났군. 이곳은 그저 황량한 바닷가일 뿐이니 놈의 꼬리를 놓친 셈인가?"

"그가 이곳으로 나왔다면 갈 곳은 한 곳밖에 없지요."

"그곳이 어딘가? 설마 물속으로 들어갔을 리는 없고……."

호교상이 적막한 바다를 가리키며 물었다. 그러자 송문악이 손을 들어 포구 마을을 가리켰다.

"저 마을로 갔다는 말인가?"

"이곳에서 사람 사는 곳이라고는 저 포구밖에 없으니 당연히 저곳으로 갔을 겁니다. 그리고 그래야 이야기가 되지요. 어르신께서는 해남검문의 문도들을 거의 대부분 기억하신다고 하셨지만, 설마 포구에 사는 모든 사람들까지 기억하고 계시지는 않겠지요?"

송문악의 물음에 호교상이 고개를 끄덕였다.

"그렇지. 내가 포구에 있는 사람들까지 모두 알고 있을 리는 없지. 맞아. 음모를 꾸미기에는 본 문 안에서보다야 저 마을에서 준비하는 것이 훨씬 수월하겠지. 특히나 본 문으로 이어지는 이런 비밀 통로를 이용할 수 있다면 말이야."

"더군다나 포구에는 적지 않은 상선들까지 드나드니 검문의 이목을 피해 외부인이 자리 잡기에 좋은 환경이지요."

"그나저나 이제는 어떡하나? 저 포구에서 그 흉수를 찾아 헤매는 것은 무모한 일인데… 다시 그들이 이 통로를 이용할 때까지 죽치고 앉아서 감시해야 하는 건가?"

호교상이 난감한 표정으로 물었다.

"언제 다시 그들이 이곳에 나타날지 모르는데 기다리고 있을 수만은 없지요. 우리가 찾아가야지요."

"하지만 저 넓은 포구에서 어떻게 그들을 찾아낼 수 있단 말인가? 포구에는 본래 살고 있는 사람만도 이천여 명이 넘고, 또 거래를 하기 위해서나 아니면 항해 중에 잠시 휴식을 취하기 위해 모여든 사람까지 합치면 족히 수천은 될 텐데?"

그러자 송문악이 묘한 미소를 흘렸다.

"제게 방법이 있습니다. 가시죠."

그리곤 더 이상 자세한 설명을 하지 않고 험준한 바위로 이루어진 해안선을 따라 포구 쪽으로 이동하기 시작했다.

"허? 방법이 있다고? 도대체 수천 명의 사람들 속에서 그놈을 찾아낼 수 있는 방법이 뭐란 말인가?"

호교상이 송문악의 의도를 짐작하지 못하겠는지 고개를 갸웃거리며 송문악을 따라 몸을 날렸다.

포구는 깊은 밤에 잠들어 있었다. 멀리 밤바다를 항해하는 배들을 위해 세워진 등대의 불빛만이 희미한 달빛 아래 빛을 발하고 있었다. 송문악은 호교상을 이끌고 그들이 나온 동굴에서 가장 가까운 마을 동쪽으로 들어섰다.

호교상은 여전히 앞으로 송문악이 어떤 방법으로 흉수를

찾아낼지 짐작하지 못했으므로 마을에 들어서면서는 더더욱 송문악의 행동을 주목하고 있었다.

"자, 이제 어떻게 할 생각인가?"

송문악이 잠시 걸음을 멈추자 호교상이 호기심 어린 표정으로 물었다. 호교상 같은 노인에게도 호기심이란 여전히 존재하는 모양이었다.

"제겐 아주 특별한 친구들이 있지요."

송문악이 호교상의 물음에 답하며 품속에서 무엇인가를 꺼내 손바닥 위에 올려놓았다. 향충이었다.

"그건 벌레가 아닌가?"

"맞습니다."

"그 벌레로 뭘 어쩌려고?"

"아마 이놈이 우리가 찾고자 하는 자가 있는 곳을 알려줄 겁니다."

송문악이 호교상에게 웃음을 지어 보이고는 향충을 가만히 땅 위에 올려놓았다. 그리곤 품속에서 옥적을 꺼낸 뒤 천천히 불기 시작했다.

피리 소리도 아닌 것이, 그렇다고 시끄러운 소음도 아닌 것이 조용히 밤공기를 타고 흘러나갔다. 그 기묘한 소리에 향충이 잠시 이리저리 몸을 움직이더니 이내 빠른 속도로 마을 속으로 기어들어 가기 시작했다.

"가시죠."

송문악이 향충에게서 눈을 떼지 않고 호교상에게 말을 건네고는 향충을 따라 마을 안으로 걸음을 옮겼다. 호교상은 그런 송문악의 모습을 물끄러미 바라보다가 가볍게 이마를 쳤다.

"아, 맞아. 유공무, 그 친구가 말하기를 귀곡육절 중 셋째인 충귀 신조가 벌레 다루는 기술이 뛰어나다고 했었지. 아마 벌레를 이용해서 사람을 추적하는 신묘한 방법이 있다고도 한 것 같군. 이제 보니 지금 저 친구가 하고 있는 것이 바로 그 벌레를 이용해 사람을 추적하는 기술이었군. 어디 얼마나 대단한 기술인지 한번 구경해 볼까."

호교상이 훌쩍 몸을 날려 송문악의 등 뒤로 재빨리 따라붙었다.

향충의 움직임이 제법 큰 건물 앞에서 멈췄다. 향충이 더 이상 움직이지 않는 것은 길이 막혔기 때문이었다. 단단한 나무로 만든 문은 빈틈이 없어 아무리 작은 향충이라도 비집고 들어갈 만한 공간이 없었던 것이다.

"이곳인가 보군."

호교상이 어느새 송문악의 손 위에 올라와 있는 향충을 신기한 눈으로 바라보며 말했다.

"아시는 곳입니까?"

"음… 하가장이 해남에 올 때 대동한 상인과 시종들이 머무는 곳이지. 그리고 큰 바다로 나가기 전에 교역을 하기 위한 상품들을 보관하는 곳이기도 하지."

"그렇다면 역시 대부인께서 움직인 사람이겠군요."

"그렇군. 그런데 이곳에 상인이나 일꾼이 아닌 무인이 거주하고 있는 것은 해남검문에 대한 실례인데……."

"그건 무슨 말씀이십니까?"

"물론 이 포구는 모든 상인들에게 개방되어 있네. 이곳은 대양을 항해하는 상인들에게는 아주 좋은 쉼터이기 때문이지. 대신 이 포구를 이용하는 상인들에겐 한 가지 조건이 있어. 바로 상단에 포함된 무인들을 반드시 본 문에 알려야 한다는 것이지. 그리고 그것은 하가장이라 하여 다를 바가 없네. 하가장이 비록 대부인의 본가라 할지라도 무림인을 함부로 해남에 들일 수는 없다네."

"그렇군요. 그럼 이곳에 고강한 무위를 지닌 무인들이 있다는 것을 해남검문에서는 모르고 있었단 말이군요."

"그렇다네. 이곳에는 단지 상인과 하인 정도만 머무는 곳으로 알려졌지. 더군다나 해남을 방문한 하가장의 수뇌부와 고수들은 이곳이 아니라 대부인의 처소에 머무는 것이 관례였거든. 아무튼 이곳에 해남검문에 알리지 않은 무인을 숨겨두고 있었다면, 하가장과 대부인은 문주께 그 연유를 설명해야 할 거야."

"들어가 보시겠습니까?"

"한번 살펴는 보고 가야겠지. 좀 더 자세한 사정을 알아야 문주와 이야기를 할 수 있을 테니."

"그럼 그렇게 하시죠."

송문악이 호교상에게 고개를 끄덕여 보이고는 훌쩍 몸을 날려 담장 위로 날아올랐다.

"역시 대단해. 저 신법은 정말 볼수록 놀랍군. 귀곡육절의 무공이 비록 약하지는 않았지만 그렇다고 강호 최절정은 아닌 것으로 알려졌었는데, 그 후인인 저 친구의 모습을 보니 귀곡육절에 대한 세간의 평가는 잘못된 것이었는지도 모르겠군. 나도 유 아우를 잘못 보았던 것 같고⋯ 놀라운 신법이야."

호교상이 송문악의 움직임에 감탄사를 쏟아내더니 이내 자신도 몸을 날려 송문악의 뒤를 따랐다.

"⋯사령!"

짜릿한 전율이 송문악의 몸을 타고 흘렀다. 호교상이 흠칫하며 송문악의 바로 뒤에서 신형을 멈췄다. 해풍에도 견딜 수 있는 튼튼한 목재로 지은 하가장의 창고 위에서였다.

송문악의 전신에서 차갑게 흘러나오는 질식할 듯한 살기, 호교상은 이 젊은 고수가 또 다른 자신의 모습을 숨기고 있다는 것을 깨달았다. 그리고 그래도 한 수 겨뤄볼 수 있으려니 생각했던 자신의 생각이 얼마나 큰 착각이었는지를 깨달았다.

'젠장! 단 일 수(一手)도 견딜 수 없을 것 같군.'

호교상이 쓴 침을 삼켰다. 평생을 익혀온 수십 년 적공이 허무하게 느껴졌다. 잠들어 있던 송문악의 살기가 드러나자 송문악은 단순히 그저 젊은 고수가 아니었다. 이 젊은 청년 고수에게서 호교상은 절대 경지에 이른 자의 기세를 느끼고 있었던 것이다.

'도대체 어떻게 이런 괴물이 탄생한 걸까? 죽은 귀곡육절 여섯이 모두 이 한 몸으로 들어온 걸까?'

하지만 호교상의 생각은 길게 이어지지 못했다. 송문악에게서 흘러나온 전음(傳音)이 호교상의 귀를 통해 들려왔기 때문이다.

─신기루입니다.

호교상은 송문악의 전음에 화들짝 놀라 그만 자제력을 잃고 몸을 일으키려다가 간신히 정신을 가다듬으며 송문악의 옆으로 다가섰다.

─자네, 지금 뭐라고 했나?

송문악에게서 흘러나오는 전율적인 살기는 더 이상 호교상의 정신을 경직시키지 못했다. 송문악이 전한 말, 신기루(蜃氣樓)라는 이 한 단어는 세상에 존재하는 그 어떤 놀라움도 떨쳐 버릴 수 있는 힘을 가지고 있었다.

─이 아래 있는 자들… 신기루의 고수들입니다.

다시 한 번 침착하면서도 살기 어린 송문악의 전음이 들려왔다.

─도대체… 그게, 그걸 어떻게 알 수 있단 말인가? 그들의 얼굴을 본 것도 아니지 않는가?

호교상이 정신을 차리고 송문악에게 되물었다.

─신기루의 고수들은 서로를 사령(司令)이라 부르지요. 몇 명의 사령이 있는지는 모르겠으나, 어쨌든 그들은 서열에 따라 일 사령, 이 사령 이런 식으로 서로를 부릅니다. 그런데 지금 이 지붕 아래에 그 사령(司令)이라는 호칭을 사용하는 자들이 있군요. 이런 식으로 서로를 부르는 자들은 강호에 오직 하나, 신기루의 고수들밖에 없습니다.

송문악의 설명에 호교상이 재빨리 머리를 낮춰 자신의 귀를 지붕에 가져다 대었다. 그러자 과연 지붕 아래에서 희미한 사람들의 말소리가 들려왔다.

"해남의 일은 몹시 중요하오. 반드시 이곳을 우리의 통제 하에 넣어야 하오."

"잘 알고 있습니다. 하지만 역시 전통이 있는 명가라 그런지 흔들기가 쉽지 않습니다. 해서 이공자의 손님으로 온 자를 건드려 본 것인데… 오히려 적의 경각심만 높여주는 꼴이 되었습니다. 십오 사령!"

"애초에 호종위가 강호에서 불러들일 정도의 인물이면 그 무위를 가늠하고 일을 시작했어야 옳소. 그 일은 삼십 사령이 너무 성급했던 것 같소."

"죄송합니다, 십오 사령!"

"지난 일이야 어쩔 수 없고, 이제 더 이상 일을 뒤로 미루지 말고 계획된 일을 시작하시오. 암습 건도 그리 시끄럽지 않게 넘어간 것 같으니 말이오. 이미 해남검문의 대공자를 우리의 수족으로 만든 지 오래요. 이공자를 제거하고 대공자를 해남의 주인으로 만들면 해남검문은 우리의 수중에 떨어지게 되어 있소. 광동에 칠 사령께서 와 계시오. 그 이야기는 그만큼 해남의 일이 중하다는 말이오. 칠 사령께서 직접 이곳에 오시게 할 수야 없지 않겠소?"

"알겠습니다. 대부인을 다시 구슬려 보지요."

"그러시구려. 더 이상 망설일 것이 없소. 해남검문주 광풍검 호상중을 제거하는 동시에 대공자 호검위를 불러들여 문주의 자리에 올리고 나서 호종위를 처리해도 늦지 않을 것이오. 어차피 호종위는 지금 연혼동에 감금되어 있으니 달리 힘을 쓸 수 없을 것이오. 호종위가 초청한 자가 아무리 무공이 뛰어나다 하더라도 감히 신기루의 사령들을 감당할 수는 없을 것이오."

"문제는 대부인입니다. 그녀가 아직 결심을 하지 못하고 있는 터라……."

"흥! 그래도 남편이라고 정이 남아 있나 보군. 정 말을 듣지 않는다면 광동의 하가장을 들이대서라도 우리의 말을 듣게 만드시오. 우리의 손에 자신의 부모와 형제들의 목숨이 달려 있다는 것을 알고 있으니 끝까지 버티지는 못할 거요. 더군다나 자신의 아들을 해남검문의 주인으로 만들어주겠다는데 말이오. 그 늙은 여우는 욕심이 많다오."

"알겠습니다, 십오 사령! 그런데 호검위는 어디에 있습니까?"

"반나절이면 돌아올 거리에 와 있소. 해룡단의 고수들도 함께 데려왔으니 일단 호상중만 제거된다면 해남검문을 장악하는 것은 그리 어렵지 않을 게요."

"알겠습니다. 그럼 그리 일을 진행하지요."

"그럼 이곳 일은 삼십 사령만 믿겠소. 난 다시 광동으로 가칠 사령을 모셔야 하오. 좋은 소식을 기다리겠소."

"이 늦은 밤에 떠나시렵니까? 쉬시고 내일 아침 일찍 움직이시는 것이……."

"아니오. 사람들의 이목을 피하기 위해서는 밤에 움직이는 것이 좋소."

"십오 사령께서 고생이십니다."

"대업(大業)을 이루기 위해서요. 이 정도는 고생이랄 수도 없소."

"그럼 제가 포구까지 모시지요."

"그럽시다."

창고 안에서 들려오던 대화가 끊겼다. 그 대신 잠시 후, 창고 문 열리는 소리가 괴기스럽게 들려왔다. 그리고 곧 창고 앞마당에 다섯 명의 인물이 모습을 드러냈다.

언뜻 보기에는 하가장에서 일하는 수많은 상인들 중 하나로 보이는 복장들, 그들은 창고 앞마당에 나선 후 재빨리 주위를 살핀 후 천천히 장내를 벗어났다.

수십 척의 배가 어두운 포구에 정박해 있었다. 해남검문의 영역에 속한 포구라 밤에 배를 노리는 자들이 있을 리 없었다.

마을 한쪽 언덕에 자리 잡은 등대에는 불을 밝히는 사람 말고 해남검문의 무사가 밤바다를 감시하기 위해 나와 있기는 했지만, 그것은 그저 형식적인 일에 지나지 않았다. 포구는 해남검문의 고수가 아닌 해남검문의 이름이 지키는 것이었다.

그래서인지 깊은 밤 포구는 평화로웠다. 정박한 상선에 밀려와 부딪치는 파도 소리만 없다면 그야말로 깊은 산속과 마찬가지인 포구였다.

그 깊고 고요한 정막이 흐르는 포구에 마을 쪽으로부터 다섯 명의 사람이 모습을 드러냈다. 희미한 초승달 빛에 의지해 길을 가던 다섯 사람은 작은 상선 앞에서 걸음을 멈추었다.

"그럼 난 그만 가보겠소. 이곳은 삼십 사령을 도와 두 분 사령들께서 책임지고 일을 진행시켜 주시오."

창고 안에서 들려오던 목소리 중 하나다.

"조심해서 가십시오, 십오 사령! 외해로 나가면 파도가 높다는 소식이었습니다."

"그건 걱정 마시오. 여기 바다에 익숙한 팔십 사령이 있으니 말이오."

그러자 다섯 명의 사내 중 한 사내가 십오 사령이라 불린 자의 옆으로 다가서며 삼십 사령에게 말했다.

"뱃길은 걱정 마시구려. 제가 잘 모시겠소이다."

"알겠소이다. 팔십 사령의 배 모는 솜씨야 신기루에서도 첫 손가락에 꼽히니 믿겠소."

"그럼 이만 가겠소. 괜히 오래 있어 봐야 사람들의 이목이나 끌 테니. 거듭 말하지만 이 해남의 일이 우리의 대업(大業)에 미치는 영향을 생각해서 반드시 신중하게 일을 처리하시오."

"그리하겠습니다, 십오 사령!"

"좋소. 그럼 삼십 사령을 믿고 그만 가겠소. 팔십 사령, 그만 갑시다."

십오 사령이 옆에 선 팔십 사령을 보며 말하자 팔십 사령이 가볍게 고개를 숙여 보이고는 자신이 먼저 작은 흑선에 올랐다. 십오 사령도 포구에 남아 있는 세 명의 신기루 고수들을 스윽 한 번 둘러보고는 이내 가볍게 배 위로 날아올라 뱃전에 내려서는 것이었다.

닻이 올려지고 돛이 내려졌다. 작은 흑선이 천천히 움직이기 시작했다. 긴 방파제에 가려진 포구 안쪽의 물결은 잔잔해서 바람을 받은 돛이 펼쳐지자 배는 이내 속도를 내기 시작했다.

포구에 남아 있던 세 명의 신기루 고수가 뱃전에 서 있는 십오 사령을 향해 소리없이 고개를 숙여 보이자 십오 사령이 입가에 미소를 지으며 가볍게 손을 흔들었다. 그리고 이내 흑선은 어둠에 쌓인 바다를 향해 나아가기 시작했다.

"돌아갑시다."

흑선이 어둠 속으로 사라지자 삼십 사령이 두 명의 동료를 보며 말했다. 십오 사령을 배웅할 때와는 달리 그의 표정이 무척 무거워 보였다.

"칠 사령께서 하가장에 와 계시다니 일이 촉박하게 되었습니다."

삼십 사령의 동료 한 명이 걱정스런 목소리로 말했다.

"그러게 말이오. 힘으로 하자면 그리 어려운 일은 아니나 소리없이 해남검문을 장악해 이곳을 우리의 거점으로 만들려니 힘이 드는구려."

"과연 대부인이 호상중을 제거하는 데 협조할까요?"

다른 한 사내가 의심스럽다는 듯 삼십 사령에게 물었다.

"말을 듣지 않으면 말을 듣게 해야지 않겠소?"

"무슨 방법이라도 있으신 겁니까?"

"대공자가 있지 않소?"

"그렇다면 대공자가 우리의 손에 제압되어 있다는 것을 대부인에게 말하실 생각이십니까? 위험한 일입니다. 자칫 그녀가 반발을 한다면 해남검문을 조용히 접수한다는 계획은 포기해야 할 겁니다. 그녀가 호상중에게 우리의 존재를 이야기하고 호상중이 해남의 전력을 모아 대항한다면, 어쩌면 해남검문을 포기해야 하는 상황이 올 수도 있습니다."

"물론 그럴 수도 있소. 하지만 난 대부인이란 여자가 감히 자신의 아들과 광동 하가장을 걸고 모험을 할 거라고는 생각지 않소. 본시 여인이란 남편보다는 자식을 더 소중하게 생각하는 법이니 말이오. 그러니 어디 한번 시험을 해봅시다. 대부인 하성란이 과연 보통의 여인네처럼 자신의 자식을 더 생각할지, 아니면 단 한 번도 진실한 정을 주지 않았던 남편을 더 생각할지 말이오. 하하하!"

"음, 듣고 보니 삼십 사령님의 말씀이 맞을 것 같군요. 해남검문주 호상중은 오직 이부인 심옥영만을 마음에 두고 있는 사내이지요. 결국 그런 호상중의 태도 때문에 대부인이 우리와 손을 잡았던 것이니까요."

"가봅시다. 가서 과연 여인의 한이 서릿발을 내리게 할 수 있는지 확인해 봅시다."

두런두런 이야기를 나누면서 삼 인의 신형이 다시 마을 쪽으로 사라져 갔다. 그리고 그들이 사라진 자리에 불쑥 두 명의 신형이 솟아올랐다. 송문악과 호교상이었다.

"아아, 아무도 모르는 사이에 해남은 백척간두의 위기에 빠져 있었구나."

호교상이 탄식을 흘려냈다.

"설마 신기루의 고수들이 이곳까지 들어와 일을 벌이고 있을 줄은 저도 짐작조차 하지 못했습니다. 그리고 이건 제가 알고 있는 신기루의 행보와는 너무나도 다르군요. 그들이 오지에 신기루를 만들어내지 않고 이렇게 직접 강호의 한 문파를 노리다니!"

송문악도 무척이나 놀란 듯한 모습이었다.

"그들이 말하는 대업(大業)이란 뭘까? 혹 해남도 근방에서 신기루를 만들어내려는 것인가?"

호교상이 스스로에게 묻듯 중얼거렸다.

"원강 하구에 신기루가 나타난 지 팔 년이 지났지요. 서서히 새로운 신기루를 강호에 드러낼 준비를 할 시기는 맞습니다만……."

"역시 저들에게 물어보는 수밖에는 방법이 없겠군."

호교상이 고개를 돌려 마을 안쪽으로 사라지고 있는 하가장의 상인 모습을 한 신기루 세 사령를 응시했다. 그의 눈에서 한가닥 새파란 살광이 토해진다. 미친 늙은이로 살아왔지만 해남검문에 대한 애정은 여느 해남검문의 문도들과 다를 바가 없는 호교상이었다.

"그들보다는 저쪽을 쫓는 것이 좋을 것 같습니다."

송문악이 밤바다 속으로 멀어지는 흑선을 가리키자 호교상이 의아한 눈빛으로 물었다.

"독 안에 든 쥐를 잡는 것이 더 쉽지 않겠나?"

"물론 그렇긴 합니다만, 일단 저쪽이 아는 것이 더 많지 않겠습니까? 그리고 이곳에 남은 자들이 사라진다면 당연히 저들은 해남검문이 자신들의 음모를 알아챘다고 생각하고, 전혀 다른 방도를 꾸밀 가능성이 큽니다. 만약 그들이 힘으로 이곳을 차지하려 한다면 아마도 해남검문은 무척 큰 피해를 입게 되겠지요. 반면 저 배 위에 탄 두 명이 망망대해에서 사라진다면 그들은 혼란에 빠지게 될 겁니다. 저 두 사람이 사라진 이유를 영원히 알 수 없을 테니 말입니다. 더군다나 저 두 사람은 사라지고 포구에 남아 있는 세 사람은 건재하다면 더더욱 혼란에 빠지겠지요."

"흠흠, 자네의 말이 확실히 일리가 있구먼. 하지만 자네의 말 중에 틀린 것이 있어."

"가르침을 주십시오."

"저들이 힘으로 해남을 치려 한다면 해남의 피해가 커지는 것이 아니라 해남의 뿌리가 뽑히겠지. 자네는 그저 나를 생각해서 그 정도로 말했겠지만 말일세. 자네의 말을 듣고 보니 배 위에 탄 자들을 쫓는 게 맞는 것 같군."

"문제는 저들을 따라잡을 수 있느냐는 겁니다."

신기루의 고수 십오 사령과 팔십 사령을 태운 흑선은 이미 희미한 잔영만을 남겨두고 포구를 벗어나고 있었다.

"난 늙어서 배를 몰기 힘들지만, 이 포구에는 배에 관한한 귀신이라 불리는 사람이 한 명 있지. 그라면 어렵지 않게 저들을 따라잡을 수 있을 거야."

"그분이 우릴 도와줄까요?"

"당연히 도와줄 수밖에 없지. 왜냐하면 그놈은 나에게 꼼짝을 못하는 놈이거든!"

"풍귀! 이놈, 이 형님이 오셨다. 어서 일어나거라!"

호교상이 포구의 가장 바깥쪽에 정박해 있는 작은 배 위로 뛰어들며 호통부터 쳐댔다. 그러자 배 안쪽 선실에서 우당탕거리는 소리가 들려오더니 선실로부터 주향을 풍겨대며 볼품없어 보이는 노인 한 명이 모습을 드러냈다.

"이런, 젠장! 형님은 잠도 없수? 이 한밤중에 도대체 무슨 일이우?"

호교상의 말로는 이 풍귀라는 사람이 자신의 말에 꼼짝하지 못한다고 했지만 그의 태도로 보건대 그리 고분고분 호교상의 말을 들어먹을 것 같지는 않아 보였다.

"어서 배를 띄워라! 이 형님께서 급히 가야 할 곳이 있다."

"제길, 미쳤으면 곱게 미치지. 꼭 잊을 만하면 나타나서 한

밤중에 배를 몰라고 하는 거유?"

"말이 많구나. 그동안 술만 처먹더니 간덩이가 제법 부은 모양이지?"

호교상이 움직일 생각을 하지 않는 풍귀라는 노인을 바라보며 두 손을 맞잡고 뼈마디를 우두둑거렸다. 그러자 풍귀라 불린 노인이 기겁을 하며 재빨리 물에 던져 넣었던 닻을 끌어 올렸다.

"아, 알았수, 형님. 뭐, 하루 이틀 하는 일도 아닌데 얼른 준비하지유."

한번 손을 움직이기 시작하자 풍귀라 불린 노인은 순식간에 배를 바다로 몰고 나가기 시작했다. 풍화촌에서 자라 능숙한 뱃사람들을 많이 보았던 송문악조차도 감탄을 금할 수 없을 정도로 대단한 솜씨로 배를 몰아나가는 풍귀였다.

"아마도 해남에서 저놈이 가장 배를 잘 몰 거야. 단지 술을 너무 처먹어서 나처럼 미친 늙은이 취급을 받고 있는 거지. 본래는 성에 머물던 무사였는데 술을 너무 처먹어서 성 아래로 쫓겨난 거지."

호교상이 어느새 돛을 펴고 키를 잡아 능숙하게 배를 몰고 있는 풍귀를 보며 중얼거렸다.

"잘 아는 사이신가 보군요."

"내가 정신을 차린 후 강호행을 할 때면 항상 저 술귀신 도움을 받았지. 해남검문의 사람 중 내가 제정신을 차렸다는 것을 아는 두 명 중 한 명이 바로 저 술귀신일세."

그러자 송문악의 눈이 반짝였다.

"두 명 중 한 명이라면 또 다른 한 사람이 어르신의 진면목을 알고 있다는 말이군요."

송문악의 물음에 호교상이 고개를 끄덕였다.

"그렇다네. 또 다른 한 명이 내가 정신을 차렸다는 것을 알고 있지."

"그 사람이 대체 누굽니까?"

송문악이 재차 묻자 호교상이 고개를 돌려 물끄러미 송문악을 바라봤다.

"자넬 믿을 수 있을까?"

"의심이 가신다면 말씀하지 않으셔도 됩니다."

송문악이 살짝 미소를 지어 보였다.

"젠장! 자넨 이미 내가 말할 것이란 걸 알고 있군. 좋아, 말해주지. 내가 제정신을 차리고 있다는 것을 알고 있는 또 한 사람의 해남검문도는 바로 해남검문주일세!"

"옛?"

송문악이 화들짝 놀라 호교상을 바라봤다.

"뭘 그렇게 놀라나. 이러니저러니 해도 나 또한 해남검문의 문도, 문주에게 내 상태를 알리는 것은 당연한 일이었지. 더군다나 과거 내가 전대 문주님을 따라 신기루를 찾아 떠날당시까지 난 지금의 문주와 무척 친한 사이였다네. 뭐, 항렬

로는 내가 숙부지만 나이는 큰 차이가 없었으니까. 당연히 정신을 차린 나는 가장 먼저 문주를 찾아갔지. 그런데 그때 문주가 나에게 한 가지 부탁을 하더란 말이야."

"무슨 부탁을 하셨습니까?"

"흐흐, 나더러 그냥 그대로 미친 늙은이로 살아달라는 거야. 거참, 이십 년 만에 정신을 차린 사람에게 그런 부탁을 하다니 참으로 너무하더군. 하지만 어쩔 수 없었지. 문주의 부탁을 들어줄 수밖에……."

"왜 어쩔 수 없이 문주님의 부탁을 들어주신 겁니까?"

"아마도 문주는 이미 그 당시에 오늘날 이런 일이 일어날 것을 예상하고 있었던 모양이지. 나에게 미친 늙은이로 살며 해남검문의 주변에서 일어나는 일들을 살펴달라고 하더군. 그리고 당시가 바로 대부인이 하가장의 식솔들을 해남으로 불러들여 자신만의 세력을 형성하기 시작하던 때였지. 결국 언제가 불거질 문파의 분란에 대비해 나를 광노로 남겨두고자 했던 것일세."

"그렇군요. 그렇게 된 일이군요. 그렇다면 문주께서는 어느 정도 오늘의 일에 대한 대비를 해놓으셨겠군요."

호교상이 고개를 끄덕였다.

"저 신기룬지 뭔지 하는 작자들이 개입하지 않는다면 해남검문은 결코 타인의 손에 넘어가지 않을 걸세. 대부인이 아무리 신묘한 책략을 부려도, 하가장에 아무리 많은 재물이 있다고 해도 대해남검문을 손에 넣을 수는 없지. 문주는 무서운 사람이라고!"

호교상의 말에는 진득한 자신감이 배여 있었다. 송문악은 문득 단 한 번 마주한 적이 있는 해남검문주 광풍검 호상중의 얼굴을 생각했다. 그리고 그의 모습을 떠올리자 불현듯 수십 년 거친 해풍을 건디며 해남검문의 높은 성 절벽에서 자라나는 해송(海松)이 떠올랐다.

그때 키를 잡고 있던 풍귀의 목소리가 들려왔다.

"형님, 저놈들이우?"

송문악과 호교상이 풍귀의 말에 어두운 밤바다로 시선을 돌렸다. 그러자 한 척의 작은 흑선이 두 사람의 눈에 들어왔다.

"오냐, 바로 저놈들이다. 어서 따라붙어라!"

"알았수. 형님, 꼭들 잡으슈!"

풍귀의 목소리가 들려오는가 싶더니, 갑자기 세 사람이 타고 있던 배가 위태로운 각도로 기울어지기 시작했다. 그리곤 바람처럼 신기루의 두 고수가 타고 있는 흑선을 향해 돌진하기 시작했다.

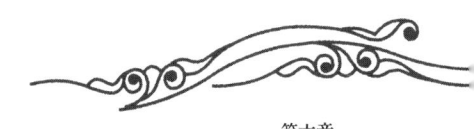

第六章

선상결투(船上決鬪)

*검*푸른 해남도의 앞바다, 한 척의 소선이 크게 원을 그리며 다른 한 척의 배 앞으로 육박해 들어갔다. 앞선 배도 느린 속도는 아니었지만 한껏 바람을 머금고 돌진하는 추격선의 속도를 감당할 수는 없었는지 순식간에 두 배의 사이가 좁혀졌다. 그리고 어느 순간 뒤쫓던 배가 앞선 배를 추월하더니 앞선 배의 앞을 가로막으며 항해를 방해했다.

"웬 놈들이냐?"

앞길을 가로막힌 흑선에서 진중한 음성이 흘러나왔다. 흑선의 뱃전에는 어느새 검은색 무복 차림의 두 사람이 모습을 드러내고 있었다. 신기루의 고수 십오 사령과 배를 몰던 팔십 사령이었다.

"잠시 배를 멈추거라!"

호교상이 뱃전에 모습을 보인 두 신기루 사령을 보며 소리쳤다.

"웬 놈들이냐? 이 배는 광동 하가장의 배다. 더군다나 이곳은 해남검문의 앞바다, 감히 이곳에서 해적질을 하다니 간덩이가 부은 놈들이구나?"

아마도 신기루의 두 고수는 송문악과 호교상이 탄 배를 해적선으로 판단한 모양이었다.

"저놈들이 우릴 해적으로 보는 모양이군."

호교상이 송문악을 돌아보며 희쭉 실소를 흘렸다.

"잘됐습니다. 우릴 해적으로 생각한다면, 아마 우리와 만나는 것을 귀찮아할지언정 두려워하진 않을 겁니다. 일단 장단을 맞춰주지요."

"알겠네. 이 일은 나에게 맡기게."

호교상이 고개를 끄덕이고는 고개를 돌려 흑선 위에 선 두 신기루 고수를 바라보며 소리쳤다.

"핫하하! 재물을 찾는 데 하가장의 배면 어떻고, 해남검문의 앞마당이면 어떠냐? 더군다나 지금은 칠흑같이 어두운 밤, 네놈들 앞을 막았다고 누가 우리를 탓하겠는가? 그러니 목숨이 아까우면 그만 배를 멈추고 가지고 있는 재물을 모두 내놓도록 하여라. 설마 이 망망대해에 해남검문의 고수가 나타나기를 바라지는 않겠지?"

"배짱이 대단한 놈들이구나. 보복이 두렵지 않느냐?"

"흐흐, 네놈들 목숨 걱정이나 하거라!"

호교상이 음침한 살소(殺笑)를 흘려냈다. 정말 한 명의 해적이라도 된 듯 자연스러운 모습이었다.

그런 호교상의 모습에 흑선에 타고 있던 신기루의 고수 둘이 차가운 미소를 흘려냈다. 그들의 눈에는 호기를 부리는 이 작은 해적선의 해적들이 가소롭게 보일 뿐이었다.

"귀찮게 되었군."

십오 사령이 중얼거렸다.

"어차피 작은 조무래기들에 지나지 않습니다. 배의 크기로 보건대 모두 합쳐 십여 명을 넘지 못하는 소규모 해적선입니다. 모두 베고 가지요."

팔십 사령의 말에 십오 사령이 잠시 생각에 잠기더니 이내 고개를 끄덕였다.

"어쩔 수 없군. 그렇게 하세."

십오 사령의 허락이 떨어지자 팔십 사령이 뱃전으로 한 걸음 다가가 건너편 배를 향해 소리쳤다.

"이보시오. 배 안의 물건을 모두 내준다면 목숨은 살려준다는 약속을 할 수 있소?"

제법 간곡한 바람을 담은 목소리다.

"껄껄껄, 그놈들, 장사치들이라 그런지 눈치가 빠르구나.

오냐, 일단 네놈들이 내놓는 물건을 한번 보고 나서 네놈들을 죽일지 살릴지 결정할 테니 배를 세우고 돛을 내려라."

호교상이 득의한 목소리로 말하자 팔십 사령이 재빨리 배의 돛을 내려 바다 한가운데에 흑선을 정지시켰다. 한 척의 배가 움직임을 멈추자 두 척의 배가 급격하게 가까워지더니 이내 쿵 소리를 내며 배와 배가 한쪽 면을 맞대었다. 그러자 호교상과 송문악이 훌쩍 날아올라 신기루의 두 고수가 타고 있는 흑선으로 올라섰다.

송문악 등이 자신들의 배로 건너오는 모습을 지켜보던 신기루의 두 고수는 잠시 어이없다는 표정을 지어 보이더니 이내 설마하는 목소리로 두 사람을 향해 물었다.

"설마 너희 두 사람이 전부는 아니겠지?"

그러자 호교상이 퉁명스럽게 대답했다.

"왜, 우리 두 사람뿐이라면 생각을 달리할 모양인가 보지? 말투가 바뀐 것을 보니 말이야."

순간 팔십 사령의 눈에서 새파란 살광이 번뜩였다.

"네놈들이 두 명이든 열 명이든, 아니면 백 명이든 그런 것은 아무 상관 없다. 왜냐하면 몇 명이 되었든 오늘 이곳에서 모두 물고기 밥이 될 테니 말이다."

"이제 보니 우릴 이곳으로 유인한 모양이군?"

호교상이 짐짓 이제야 순순히 자신들을 배에 태운 상대의 의도를 알아챈 듯 말하자 팔십 사령이 입가에 차가운 미소를 머금었다.

"이제 알았나 보군. 맞았어. 너흰 지금 죽을 자릴 찾아온 것이다."

그러자 호교상이 살짝 턱을 들며 느긋한 어조로 말했다.

"흐흐, 누가 죽을지는 두고 봐야 아는 거지."

순간 신기루의 십오 사령과 팔십 사령이 동시에 살짝 눈을 좁혔다. 유인을 당한 자의 얼굴에 드러났던 당황이 순식간에 사라졌다면 상대 또한 지금의 상황을 예상하고 있었다는 이야기였다. 다시금 이 바다 위의 불청객에 대한 의문이 두 사람의 머릿속에 떠올랐다.

"어디서 온 자들이냐?"

상황이 생각보다 심각해질 수도 있다는 생각에 십오 사령이 앞으로 나서며 물었다. 어느새 그의 손은 허리춤에 매달린 검을 잡아가고 있었고, 가늘고 긴 눈에서 흘러나오는 새파란 안광은 더 이상 자신의 의지와 다른 상황이 전개되는 것을 용납하지 않겠다는 듯 강맹했다.

"바로 그 질문에 대한 대답을 듣기 위해 온 사람들이다. 네 놈들이야말로 어디서 온 놈들이기에 감히 해남검문을 상대로 음모를 꾸미고 있었던 것이냐?"

호교상 또한 십오 사령 못지않은 단호함으로 신기루의 두 고수에게 질문을 던졌다. 그 순간 신기루의 두 고수는 이 불청객들이 생각보다 자신들에 대해 많은 것을 알고 있다는 것을 깨달았다. 해남검문을 상대로 일을 꾸미고 있는 것을 알고 있다면, 어쩌면 이들은 자신들의 가장 중요한 비밀도 알고 있을지 몰랐다.

"우리에 대해 제법 많은 것을 알고 있군."

"알 만큼 알고 있으니 찾아온 것이 아니겠는가."

서로가 자신들의 목적을 숨기지 않아도 될 만한 상황이었다. 너른 바다에 존재하는 것은 둥실 떠 있는 배 두 척, 상황은 명료했다. 서로가 서로의 목숨을 원하고 있다는 것… 하지만 그래서 더욱 신기루의 고수들은 이 두 불청객의 정체가 궁금했다.

"알 만큼 안다? 우리에 대해 무엇을 알고 있느냐?"

"흐흐흐, 이 모든 상황에 대한 설명으로 충분한 한 단어를 알고 있지."

호교상이 슬쩍 송문악을 보며 대답했다. 그러자 송문악이 가볍게 고개를 끄덕였다. 그때 십오 사령의 질문이 재차 들려왔다.

"그 한 단어를 말해보라."

그러자 뜸들이지 않고 호교상의 입에서 낮고 빠른 말이 불쑥 튀어나왔다.

"신기루(蜃氣樓)!"

순간 신기루 두 고수의 눈에서 지금까지완 차원이 다른 살광이 솟구쳤다.

차창!

그리고 순식간에 허리춤에 매달려 있던 장검이 검집을 벗어나 그들의 손에 들려졌다.

"과연, 죽을 자리를 찾아왔구나!"

십오 사령이 매서운 살기를 줄기줄기 흘려내며 성큼 두 사람 앞으로 다가섰다.

"글쎄, 누가 죽을지는 두고 봐야 안다니까."

호교상 또한 어느 틈에 한 자루 검을 뽑아 들고 있었고, 송문악은 아주 천천히 흑도를 뽑아갔다.

스르룽!

도갑을 벗어나는 흑도가 묘한 울음을 흘려냈다. 그러자 송문악의 발도(拔刀)를 지켜보던 십오 사령의 눈동자가 살짝 흔들렸다. 흑도를 뽑아 드는 송문악의 자세에서 절정고수의 기운을 느꼈기 때문이다.

"해남검문의 문도들이냐?"

질문에 자신이 없다는 것은 상대의 정체에 대한 확신이 없다는 뜻이었다.

"서로에 대해 알아가는 것은 승패를 결한 이후에 해도 늦지 않지."

호교상의 응대에 십오 사령이 고개를 끄덕였다.

"좋아, 강호의 법칙대로 하지. 하지만 그 한 단어를 입에 올림으로써 너희들이 살아날 가능성은 완전히 사라졌다는 것

을 미리 말해두마. 알지 말아야 할 것을 안 자가 갈 곳은 지옥 밖에 없는 법이다!'

초로의 나이에 가는 눈을 가진 십오 사령의 검이 천천히 수평으로 세워지더니 호교상의 이마를 겨누었다.

"젠장, 저자는 자네가 맡게."

호교상이 십오 사령의 검끝에서 살짝 비켜나며 송문악에게 말했다. 그러자 송문악이 사양치 않고 성큼 호교상을 겨누었던 십오 사령의 검끝을 향해 한 걸음 걸어나갔다. 순간 십오 사령의 눈에 이채가 서렸다.

"젊은 쪽이 고수였던가?"

"단지 궂은일을 젊은 사람이 맡은 것뿐이오."

송문악이 흑도를 들어 가슴 앞에 세우며 대답했다.

"역시, 발도(拔刀)의 모습부터 심상치 않더니… 넌 해남검문의 인물이 아니구나."

"얼굴도 모르는 사람을 암살하러 사람을 보냈소?"

순간 십오 사령이 잠시 무엇인가를 생각하더니 이내 고개를 끄덕였다.

"이제야 알겠군. 그대가 바로 해남검문의 이공자 호종위가 불러들였다는 그 젊은 고수군."

"제대로 보았소."

"결국 뒤를 밟혔군. 포구에서부터 따라온 것인가?"

"우린 제법 솜씨 좋은 뱃사람을 알고 있었소."

"과연 암살을 보낸 자들이 실패할 만한 인물이군. 그들은 광동 하가장의 식솔들 중에서도 고수로 꼽히는 자들이었는데 그들이 실패했다기에 상당한 솜씨를 지닌 자일 거란 생각은 했지. 그런데 이제 보니 상상했던 것 이상이야. 하지만 오늘 그대는 결정을 잘못했어. 우릴 따라올 것이 아니라 해남검문주를 찾아갔어야 했어. 그랬다면 적어도 오늘 이 차가운 밤바다에서 죽음을 맞이하지는 않았을 터인데."

"신기루의 고수를 그냥 보내주기엔 너무 아쉬웠으니까."

송문악이 들고 있던 흑도를 한 번 빙그르르 돌려 다시 자신의 몸 앞에 세우며 호흡을 가다듬었다. 그리곤 서서히 단전 깊숙한 곳으로부터 육양공을 끌어올리기 시작했다.

차가운 바닷바람을 순식간에 밀어낼 듯, 후끈한 육양공의 열기가 순식간에 끌어올려졌다. 이제 송문악의 육양공은 그 진퇴를 순식간에 이뤄낼 만한 경지에 올라 있었다.

송문악의 전신에 육양공의 공력이 감돌기 시작하자 신기루 십오 사령의 눈동자에 은은한 감탄의 기색이 떠올랐다. 그는 이 젊은 고수가 노고수를 대신해 자신을 상대하러 나선 것이 결코 우연이 아니라는 사실을 깨달은 것이다.

"놀랍구나. 너와 같은 나이에 이런 기도라니……."

"모든 게 다 그대들, 신기루 덕분이오."

"신기루에 대해 많은 것을 알고 있나 보군."

"물론, 신기루에 속한 자들 말고 무림에서 신기루에 대해

나만큼 아는 사람도 없을 것이오. 그리고 오늘 난 조금 더 신기루에 대해 알게 되겠지. 바로 당신의 입을 통해!"

송문악이 들고 있던 흑도를 가볍게 앞으로 눌렀다. 그러자 흑도가 까닥이는 듯싶더니 번개처럼 한가닥 도기가 십오 사령을 향해 날아갔다.

"과연!"

십오 사령이 감탄사를 흘려내며 훌쩍 몸을 옆으로 날려 송문악의 도기를 피해내는 동시에 가볍게 배의 난간 위로 올라섰다. 그리고 그 순간 송문악의 신형은 이미 십오 사령을 향해 무서운 속도로 돌진해 들어가고 있었다.

드디어 팔 년을 미루어두었던 신기루에 대해 송문악의 첫 공격이 시작되고 있었다.

까가강!

흑선 위에서 수십 차례의 격음이 울려 퍼졌다. 두 쌍의 치열한 싸움이 일각이 넘게 계속되고 있었다. 그 두 싸움 모두 강호에서 흔히 볼 수 없는 절정고수들의 격돌이었다. 흑선과 맞닿은 배 위에서는 풍귀가 두 쌍의 싸움에서 눈을 떼지 못하고 있었다.

"젠장, 내가 저 미치광이 형님에게 대들지 않은 것이 얼마나 다행인지 모르겠군."

풍귀의 입에서 자신도 모르게 안도의 한숨이 새어 나왔다.

겉으로 보기에는 송문악과 십오 사령의 싸움보다 호교상과 팔십 사령의 대결이 치열했다. 검과 검을 마주한 두 사람 사이에서는 끊임없이 번쩍이는 검광이 발해졌고, 그때마다 천둥 치는 소리가 터져 나왔다.

반면 송문악과 십오 사령은 도와 검의 싸움이라 그런지 허공에서 서로의 도기와 검기가 부딪치는 경우가 극히 드물었다. 대신 그들은 서로의 빈틈을 노리고 끊임없이 흑선 위를 움직이고 있었다.

일격을 가하기 위해서는 몇 번의 움직임이 필요했다. 자칫 몸의 중심이 흐트러지면 여지없이 상대에게 자신의 살을 내줘야 하는 상황이 발생할 것이란 것은 송문악도 십오 사령도 익히 알고 있는 사실이었다. 그리고 그런 찰나는 예기치 않은 계기로 찾아오기 마련이다. 밤바다의 흐름을 알 수 없는 파도 또한 그런 예기치 않은 상황 중 하나였다.

갑자기 네 사람이 뒤엉켜 도검을 휘날리고 있는 흑선이 빙그르르 선회하기 시작했다. 조류의 방향이 바뀐 것이다. 막 십오 사령이 난간을 밟고 허공으로 솟구쳤을 때의 일이었다.

송문악은 난간 아래쪽 배의 갑판을 밟고 서 있었다. 배의 갑작스런 움직임에서 중심을 지켜내기가 십오 사령보다 수월한 위치였다. 당연히 송문악의 공세가 발아래 디딜 곳을 잃고 중심이 흐트러진 십오 사령에게 몰려들었다.

우웅!

송문악의 강맹한 일초의 공격이 십오 사령의 하체를 베어 갔다. 송문악의 도법은 간결했지만 강력했다. 애초에 흑도에 새겨진 육절기인 무극산의 도법은 강맹함을 그 위주로 하는 도식이었다. 육절기인이 귀곡육보에 남긴 무공 중 강력하기로 따진다면 흑도의 도초가 가장 앞섰다. 육양공의 공력을 온전히 실어낼 수 있는 병기요, 도초였다.

십오 사령이 자신의 하체를 횡으로 쓸어오는 송문악의 흑도를 심각한 눈으로 바라보며 일검을 내뻗었다.

깡!

오랜만에 두 사람이 만들어내는 소성이 야공에 울려 퍼졌다. 하지만 중심이 흐트러진 십오 사령의 검이 육양공을 흠뻑 머금은 송문악의 흑도를 감당할 수는 없었다. 십오 사령이 흑도의 강력한 힘에 밀리며 뒤로 물러났다.

하지만 애초에 십오 사령도 송문악의 흑도를 맞받아칠 생각은 아니었다. 십오 사령의 몸이 흑도에 밀려나는 힘을 빌어 허공에서 빙글 한 바퀴 회전하더니 이내 방향이 틀어진 배의 안쪽으로 내려섰다. 상대의 힘을 이용해 위기를 벗어나는 멋진 한 수, 송문악이 속으로 혀를 내둘렀다.

'신기루의 고수들이 대단한 것은 알고 있었지만 과연 무서운 자들이구나. 자신의 허점을 오히려 역으로 이용해 위기에서 벗어나다니… 오래 걸릴 싸움이야.'

내심 적의 무공에 감탄하면서도 송문악은 재차 흑도를 직선으로 내리그었다. 여전히 기선은 송문악에게 있었던 것이다.

"놀라운 공력이다!"

일단 배 안으로 내려선 십오 사령이 송문악의 공격을 받으면서도 여유가 생겼는지 송문악의 막강한 공력을 칭찬했다. 그러면서 자신의 몸을 일직선으로 쪼개오는 송문악의 도를 향해 들고 있던 검을 기묘한 형태로 뻗어냈다. 동시에 그의 검에서 푸른 검기가 일렁였다.

구우웅!

괴기스런 공력의 충돌음이 들려왔다. 적을 향해 일직선으로 내려쳐지던 송문악의 흑도가 묘한 진기의 충돌에 의해 그 목표를 비껴나 옆으로 흘러갔다. 순식간에 두 사람의 위치가 뒤바뀌었다.

"대단한 초식이오."

송문악이 자신도 모르게 감탄사를 흘려냈다.

"무당의 태극검이구나!"

송문악의 감탄에 대한 대답은 십오 사령이 아닌 팔십 사령과 치열한 격돌을 벌이고 있던 호교상에게서 흘러나왔다. 그것으로 보아 호교상은 싸움에 어느 정도 여유를 가지고 있는 듯했다.

"태극검을 알아보는 자가 있다니… 과연 해남의 저력도 무시할 수 없군. 하지만 그래서 너희들이 죽어야 할 이유는 또한 가지 늘어났구나."

"무당 출신인가 보구려?"

송문악이 십오 사령을 보며 물었다.

"후후, 정말 놀라운 일이야. 설마 이 해남의 바다 한가운데
에서 내 밑천을 드러내는 일이 있을 줄이야. 그리고 넌 내 검
이 무당검이라는 사실을 알고도 그리 놀라지를 않는구나."

"미리 말했듯 난 그대들에 대해서 그대들이 생각하는 것보
다 많은 것을 알고 있소."

순간 십오 사령의 얼굴에 살짝 그늘이 졌다.

"그 말은 내가 무당검을 쓸 것이란 것을 알고 있었다는 말
이냐?"

"물론 당신이 무당에서도 극소수만이 익힐 수 있다는 태극
검을 익혔다는 것을 알지는 못했소. 하지만 적어도 그대가 구
파일방 중 한곳의 절정무공을 익히고 있을 거란 사실은 짐작
하고 있었지."

송문악의 대답에 십오 사령이 좀 더 짙은 의혹이 담긴 눈으
로 송문악을 노려봤다.

"도대체 네놈은 신기루에 대해서 어디까지 알고 있는 것이
냐?"

"신기루에 구파일방의 그림자가 드리워져 있다는 것 정도
는 알고 있소."

순간 십오 사령의 눈이 경악으로 물들었다.

"네가 어떻게 그 사실을 알고 있단 말이냐? 그것이야말로 본 루가 백 년간 지켜온 최대의 비밀이거늘……."

"그 대단한 비밀을 알기 위해 너무 많은 사람들이 죽어갔소."

송문악의 흑도가 다시 십오 사령을 향해 대각선으로 그어졌다. 검을 든 오른쪽 어깨를 노리고 쳐낸 일도였다.

"반드시 오늘 이곳에서 너희 두 놈을 죽이겠다."

씹어 뱉듯 말을 던져 낸 십오 사령이 자신을 어깨를 쳐오는 송문악의 흑도를 바라보며 천천히 걸음을 옮겼다. 그런데 천천히 움직였다고 느낀 순간, 십오 사령의 신형은 흐릿한 잔영만을 남긴 채 송문악의 시야에서 벗어나고 있었다. 또한 그의 손에 들린 검이 현묘한 기운을 뿜어내며 부드러운 곡선을 그려내 송문악의 흑도를 감싸듯 움직였다.

송문악은 십오 사령의 움직임과 검의 초식이 지금껏 상대해 온 것과는 다른 경지에서 펼쳐지고 있다는 것을 깨달았다. 그간 자신의 신분을 숨기고자 드러내지 않았던 본신의 내력을 모두 쏟아내는 십오 사령의 검법은 부드러우면서도 강맹하고, 느린 듯하면서도 바람처럼 빨라 좀체 종잡을 수 없는 움직임으로 송문악을 육박하고 있었다.

'무당의 태극검이 검 중 제왕이라 불린다더니 과연 그렇군. 이토록 현묘한 검법을 지닌 자가 존재하다니!'

어느새 공세를 취했던 송문악이 수세에 몰리고 있었다. 끊어질 듯하면서도 이어지는 십오 사령의 초식은 좀체 송문악에게 반격의 기회를 주지 않고 있었다.

"네가 본 문의 태극검을 이겨낸다면 오늘 이곳에서 살아갈 수 있을 것이다. 하지만 난 천하에 본 문의 태극검을 파회할 사람이 있다고는 생각지 않는다."

십오 사령은 더 이상 자신이 무당의 사람임을 숨기지 않았다. 그는 자연스럽게 자신의 검이 무당의 태극검임을, 그래서 그 고절한 태극검이 자신의 믿음을 배신하지 않을 것임을 자신있게 입에 올리고 있었던 것이다.

"무림에 구파일방만 있는 것은 아니오."

송문악은 천천히 흑도를 휘둘러 끊임없이 자신의 빈틈을 공격해 오는 십오 사령의 공격을 막아내며 두 손으로 잡고 있던 흑도에서 한 손을 떼어냈다.

도는 중병기(重兵器)이다. 그중에서도 송문악의 흑도는 장도였다. 당연히 두 손으로 잡고 온몸의 진기를 실을 때 그 위력이 온전해질 수 있었다. 그런데 송문악이 도에서 한 손을 떼어낸 것이다. 그러자 도에 실리는 공력이 현저하게 줄어들었다.

자신의 검에 느껴지는 상대의 진기가 약해진 것에 득의한 십오 사령의 검이 더욱 현란하게 움직이며 송문악을 압박했다. 순간 송문악의 발이 미묘한 보법을 펼쳐 내기 시작했다. 그러자 순식간에 송문악의 신형이 십오 사령이 만들어내는 검기의 그늘에서 벗어나는 것이었다. 영보(影步)였다.

갑작스런 송문악의 움직임에 송문악을 놓친 십오 사령이 한 번 잡은 선기를 놓치지 않기 위해 공력을 끌어올리며 송문악을 따라잡으려는 순간, 이미 십오 사령의 검역에서 벗어나 있던 송문악이 자유로운 한 손을 자신의 품속으로 가져갔다. 그리고 십오 사령이 다시 눈에 들어온 송문악을 향해 태극검의 신묘한 검초를 펼쳐 내려는 순간 품속에 들어갔던 송문악의 왼손이 십오 사령을 향해 쭉 뻗어 나왔다.

반짝이는 빛들이 허공을 수놓았다. 하나처럼 보이던 빛은 순식간에 이십여 개로 불어나더니 눈 깜짝할 사이에 십오 사령의 전신을 파고들었다.

"암기 따위를!"

십오 사령의 눈에 은은한 분노가 감돌았다. 무림 고수를 자처하는 사람들의 대결에서 암기가 출현한다는 것은 상대에 대한 예의가 아니었다. 하지만 송문악은 애초에 그런 무림의 예의 같은 것을 따질 사람도 아니거니와, 설혹 그러한 강호의 예의를 안다고 해도 신기루 고수에게 예의 따위를 지키고 싶은 마음이 없는 사람이었다.

비무가 아닌 목숨을 건 대결, 예의를 찾는 것은 힘있는 자의 오만에 지나지 않는다.

십오 사령이 분노의 빛을 내보이면서도 자신의 전신을 향해 닥쳐드는 이십여 개의 눈에 보이지 않을 정도로 작은 암기들을 향해 검을 휘저었다. 그러자 그의 앞에 있던 공기가 무섭게 소용돌이치기 시작했다. 덕분에 송문악이 쏘아낸 암기들이 그 공기의 소용돌이에 휘말려 갈 길을 잃고 허공에서 어지럽게 흔들렸다.

순간 송문악의 왼손이 살짝 움직였다. 그러자 허공에서 방황하던 암기들이 송문악 쪽으로 물러나는 듯하더니 이내 방향을 틀어 허공으로 치솟다가 급격하게 꺾여지며 유성우처럼 십오 사령의 머리를 향해 떨어져 내렸다.

"음!"

십오 사령의 입에서 작은 침음성이 흘러나왔다. 처음 자신의 전면으로 파고들던 암기와 지금 그의 머리 위에서 쏟아져 내리는 암기에 실린 진기의 강도가 확연히 달랐기 때문이었다. 자신의 정수리를 향해 떨어져 내리는 이십여 개의 암기는 마치 강력한 진기를 머금은 도기(刀氣)인 듯한 착각이 들 정도로 매서웠다.

"핫!"

절정고수의 입에서 기합성을 듣는 것은 그리 흔한 일이 아니다. 진기와 호흡의 진퇴가 자유로운 절정고수들은 입으로 소리를 내지 않아도 충분히 자신의 전력을 쏟아낼 수 있기 때문이다. 그런데 지금 십오 사령의 입에서 작은 기합성이 흘러나왔다. 그만큼 송문악이 펼치는 암기술이 그를 위협하고 있다는 증거였다.

기합성과 함께 십오 사령의 검이 묘한 각도로 치솟아오르며 이십여 개의 암기 사이로 파고들었다.

따다당!

동시에 허공에 수십 개의 소음이 만들어졌다. 그리고 검을 앞세운 십오 사령의 신형이 마치 물을 가르는 고기처럼 이십여 개의 암기를 뚫고 허공으로 치솟아올랐다. 그를 향해 쏟아지던 암기들은 십오 사령이 뻗어낸 검기에 밀려 그의 신형을 건드리지도 못하고 그의 몸 좌우로 스쳐 지나갔다.

그렇게 십오 사령이 송문악이 던져 낸 이십여 개의 암기로부터 벗어나려는 순간, 송문악이 재빨리 왼손을 움직여 암기를 회수하면서 동시에 신형을 날려 오른손에 들고 있던 흑도로 십오 사령의 하단부를 공격해 들어갔다.

"음!"

다시 한 번 십오 사령의 입에서 신음성이 흘러나왔다. 송문악이 펼친 이십여 개의 암기를 뚫고 나오면서 끌어올렸던 진기를 미처 다스리기도 전에 재차 상대의 강력한 일도가 자신의 몸을 반으로 가를 듯한 기세로 아래로부터 솟구쳐 올랐던 것이다.

상대에게 숨 돌릴 여유를 주지 않는 연환 공격, 이런 공격은 공격을 하는 자가 자신이 사용하는 여러 가지 병기에 완전히 익숙할 때만이 가능한 공격법이다. 그리고 십오 사령은 미처 알 수 없었지만 송문악은 자신이 가지고 있는 여섯 개의 기병, 즉 귀곡육보을 완벽하게 연성한 무인이었다.

그긍!

다시 한차례 격돌음이 일어나자 십오 사령의 몸이 한쪽으로 쏠리며 급격하게 하강했다. 송문악의 일도를 겨우 막아내기는 했으나 그 순간 무리한 진기의 운용으로 내부가 진탕되고 몸의 중심이 흐트러지는 것을 감수할 수밖에 없었던 것이다.

송문악은 일단 한 번 잡은 승기를 놓치지 않았다. 과거 포양호에서 남궁무기와 승부를 결한 적이 있기는 했지만 송문악으로서는 이 신기루의 십오 사령이 그가 강호에서 만난 첫 번째 절정고수라고 할 수 있었다. 그리고 평범한 고수가 아닌 절정의 무공을 지닌 자들과의 대결에서는 단 한 치의 빈틈이 승부에 치명적인 영향을 미친다는 것을 송문악은 알고 있었다. 한 번 잡은 기회를 놓치면 반드시 그에 상응하는 위기가 찾아오는 법.

'승부를 낸다!'

송문악이 입술을 지그시 깨물었다. 다행인 것은 꽤 오랫동안 상대를 상대하면서도 그의 육양공이 마르지 않는 샘물처럼 끊임없이 솟아나고 있다는 사실이었다. 이런 지구력은 여섯 개의 우물을 가진 육양공의 가장 큰 장점이라 할 수 있었다.

반면 송문악을 상대하는 십오 사령은 허공에서 간신히 송문악의 일도를 막아낸 이후 급격하게 진기가 쇠락하고 있었다. 팽팽하게 당겨진 진기의 흐름이 한순간 흐트러지면서 같은 움직임에도 이전과는 비교할 수 없을 만큼 진기의 소모가 많아진 십오 사령이었다. 더군다나 두 사람의 싸움은 이미 이각을 넘기고 있었다.

까깡!

싸움이 일어난 이후 가장 큰 소음이 장내에 울려 퍼졌다. 송문악의 흑도가 십오 사령의 검을 정면으로 내려치고 있었다. 그간 태극검의 현묘한 검초로 흑도를 비껴내던 십오 사령도 이 한 수의 공격에는 미처 태극검의 묘리를 발휘하지 못하고 그저 온전히 자신의 힘으로 흑도를 받아내고 있었다. 그리고 그 타격은 작지 않았다.

"욱!"

한줄기 신음성을 내며 십오 사령의 신형이 대여섯 걸음이나 뒤로 물러났다. 그의 입가에 비치는 희미한 선혈, 내장이 손상된 것이 분명했다. 송문악의 사정도 그리 좋아 보이지는 않았다. 그의 안색은 하얗게 탈색되어 마치 어두운 밤을 타고 나타난 귀신처럼 창백했다.

하지만 두 사람이 받은 타격은 그 근본이 달랐다. 십오 사령의 자세가 크게 흐트러지며, 그가 수습할 수 없을 만큼의 허점이 송문악에게 노출되고 있었던 것이다.

송문악이 잠시 멈췄던 걸음을 다시 움직였다. 잠시간의 휴

식으로 고갈된 듯하던 육양공의 공력이 다시 물밀듯이 단전에 채워지고 있었다. 그 도도한 육양공의 공력을 바탕으로 송문악이 흑도를 앞세우고 비틀거리는 십오 사령의 품속으로 뛰어들었다.

삭!

두 사람의 도검이 부딪치며 만들어냈던 지난 시간의 충돌음들이 거짓말처럼 느껴질 만큼 미세한 소음이 송문악과 십오 사령 사이에서 만들어졌다. 하지만 그 작은 소리는 이 긴 싸움의 끝을 알리는 소리였다.

"크억!"

십오 사령의 입에서 도저히 절정에 이른 고수의 입에서는 흘러나올 것이라 생각할 수 없는 비명 소리가 터져 나왔다. 혼신의 힘을 뽑아내 애써 피해냈다고 생각했던 송문악의 도초가 그의 한쪽 다리를 베어버린 것이었다.

뒤이어 송문악의 흑도가 한쪽 다리를 잘려 중심을 잃은 십오 사령의 명치를 파고들었다. 도는 검과 달리 베는 것을 주로 삼는 병기였지만 송문악의 흑도는 마치 검처럼 무서운 속도로 상대의 가슴 한복판을 찔러대고 있었다.

붉은 선혈이 희미한 달빛 아래 비산했다. 강호를 지배하는 신비 단체 신기루의 십오 사령의 몸에서 솟구치는 선혈이었다. 동시에 그의 신형이 흑선의 한쪽 구석에 주저앉듯 무너져 내렸다.

우우웅!

송문악의 마지막 일도가 사선을 그리며 십오 사령의 목을 향해 떨어져 내렸다. 단번에 상대의 목을 자를 듯한 기세, 십오 사령이 눈을 감았다. 이승과 저승은 찰나의 시간에 지나지 않을 것이라 생각했는지 그의 얼굴은 편해 보였다.

하지만 다음 순간 그는 자신의 이승에서의 삶이 아직 끝나지 않았음을 깨달았다. 송문악의 흑도가 정확히 자신의 목 한 치 앞에서 멈춰 섰던 것이다.

"베라!"

십오 사령이 감았던 눈을 뜨고 송문악을 노려보며 외쳤다.

"쉽게 보낼 수는 없소. 그대에게 듣고 싶은 말이 있거든!"

송문악이 싸늘한 시선으로 십오 사령을 내려다보며 말했다.

"넌 나에게서 본 루에 대해 단 한 마디도 들을 수 없을 것이다."

그 와중에서 도를 잡지 않은 송문악의 왼손이 번개처럼 움직여 십오 사령의 혈도를 제압했다. 상대의 자결을 방비하기 위해서였다.

"말을 하지 않아도 좋아. 하지만 대신 죽음을 맞이할 때까지는 조금 시간이 걸릴 거야."

"놈! 잔혹하군."

십오 사령이 송문악을 노려보며 냉갈했다. 그러자 송문악

이 무뚝뚝한 표정으로 십오 사령을 내려다보다가 불쑥 입을
열었다.

"누구는 당신보다 더한 상처를 입은 몸으로도 보름을 버텼
어. 그러니 엄살은 그만 떨어!"

말끝에 시퍼런 살광을 번쩍인 송문악이 천천히 신형을 돌
려 아직도 치열한 공방을 계속하고 있는 광노 호교상과 신기
루 팔십 사령의 싸움을 바라봤다.

싸움의 양상은 여전했다. 팽팽한 접전, 단지 광노 호교상의
얼굴에 좀 더 여유가 있어 보였다. 어쩌면 신기루 십오 사령
을 송문악이 제압했기에 좀 더 많은 여유가 생겨났는지도 몰
랐다.

송문악이 몇 걸음 앞으로 걸어나가 두 사람이 격전을 벌이
고 있는 곳으로 다가갔다.

"끼어들지 말게!"

호교상이 자신과 신기루 팔십 사령 쪽으로 다가오는 송문
악에게 소리쳤다. 송문악이 호교상의 말에 걸음을 멈췄다. 싸
움을 자신의 힘으로 끝내려는 호교상의 의지를 읽었기 때문
이다.

송문악의 개입을 제지한 호교상과 신기루 팔십 사령의 싸
움은 점점 더 치열해지기 시작했다.

흑선의 한쪽을 온통 자신들의 싸움터로 사용하는 두 사람

의 격돌은 목숨을 건 싸움이 아니라면 누구라도 감탄할 만한 일대 장관을 연출하고 있었다.

해남검문의 거칠기 그지없는 검이 광풍처럼 신기루 팔십 사령을 몰아치면 적은 그에 못지않은 신묘한 신법과 초식으로 호교상의 공격을 받아넘기면서 호교상의 빈틈을 노리고 검을 찔러 넣었다.

하지만 두 사람의 팽팽한 대결도 어느덧 종착역을 향해 다가가고 있었다. 두 사람 모두 자신의 전력을 쏟아내는 싸움이었으므로 서서히 진기가 소진되어 가고 있었던 것이다. 당연히 양측 모두 힘이 충만할 때는 보이지 않던 초식의 허점이 드러나기 시작했다.

힘이 떨어지고 허점이 드러나기 시작하자 오히려 싸움은 더욱 살벌해졌다. 상대의 허점은 두 사람 모두 일검에 승패를 결정지으려는 모험적인 초식을 전개하게 만들었던 것이다.

"핫!"

어느 순간 팔십 사령의 입에서 기합성이 터져 나오며 그의 검이 번개처럼 호교상의 옆구리를 찔러갔다. 필살의 의지가 서린 공격에 놀란 호교상이 훌쩍 몸을 허공으로 솟구쳤다. 순간 호교상의 허리 아래쪽이 노출되자 신기루 팔십 사령이 호교상을 따라붙으며 그의 두 무릎을 쓸어갔다.

"젠장!"

호교상의 입에서 욕지거리가 흘러나왔다. 그가 몸을 솟구친 곳은 배의 난간 쪽으로, 적의 공격을 피해 더 뒤로 몸을 날리면 그는 차가운 바다 속으로 떨어져 내릴 터였다. 그렇다고 뒤로 물러나지 않자니 고스란히 자신의 두 다리를 적에게 내줘야 할 상황. 진퇴양난의 상황에서 호교상의 눈이 번쩍였다. 그리곤 그가 미련없이 신형을 배의 난간 밖으로 물렸다.

"음!"

바다 쪽으로 몸을 날리는 호교상의 움직임을 예상하지 못했는지 신기루 팔십 사령의 입에서 당황스런 음성이 흘러나왔다. 하지만 호교상을 향해 뻗어냈던 그의 검은 여전히 푸른 검기를 머금은 채 호교상을 따라붙고 있었다.

그런데 막 호교상의 몸이 팔십 사령의 공세를 피해 검은 바다 속으로 떨어져 내리려는 순간, 호교상의 입에서 한가닥 기합성이 터져 나오면서 마치 흑선에서 누군가 그를 잡아당기는 것처럼 빙글 원을 그리며 다시 흑선으로 되돌아갔다.

그리고 사람들은 이내 그 이유를 알 수 있었다. 호교상의 한쪽 손에 배의 난간과 돛대를 잇고 있는 팽팽한 돛줄이 잡혀 있었던 것이다. 호교상은 적의 공격에 몸을 바다 위로 날리는 동시에 난간에 있던 돛줄을 잡아챈 후 자신의 몸이 허공에서 정지하는 순간, 돛줄의 반탄력을 이용해 큰 원을 그리며 자신을 공격하던 적을 빙 돌아 오히려 적보다 더 안쪽에 떨어져 내렸던 것이다.

"이제 네놈 차례다!"

위치가 뒤바뀌며 공수(攻守)의 주인도 변했다. 이제는 호교상이 폭풍처럼 신기루 팔십 사령을 몰아치고 있었고, 신기루 팔십 사령은 구석에 몰아넣었던 적이 위기를 벗어나자 허탈감 때문인지 금세 수세에 몰리는 지경에 이르렀다.

따다당!

해남의 검은 호쾌하다. 거친 파도를 몰아오는 태풍처럼 한번 시작된 공격은 쉴 틈을 주지 않고 적을 몰아치는 것이 해남검의 특징이었다. 그리고 호교상은 해남검문에서 그 해남검을 가장 오래 익혀온 노고수였다. 더군다나 과거 그는 해남 제일의 기재로 손꼽혔던 인물, 비록 상대가 신기루의 고수라 하더라도 밀릴 것이 없는 호교상이었다.

폭풍처럼 몰아치는 호교상의 공격에 신기루 팔십 사령이 결국 배의 난간에 등을 기댈 정도로 밀려났다.

"이제 그만 끝을 보자!"

호교상이 궁지에 몰린 적을 향해 일갈을 내뱉으며 허공으로 치솟았다. 이각을 넘게 싸워온 노인의 몸 어디에서 저런 힘이 나올까 하는 의문이 들 정도로 호쾌한 도약을 신보인 호교상이 허공에서 그대로 팔십 사령의 머리 위로 떨어져 내리며 검을 뿌려댔다.

우우웅!

호교상이 떨쳐 낸 검에서 태풍 소리가 울려 나왔다. 해남삼십육검의 절초들이 하나같이 거친 태풍을 닮았다고는 하지만, 지금 호교상이 펼쳐 내는 검만큼 강맹한 초식을 펼칠 수 있는 해남 고수는 아마도 현재의 해남에는 존재하지 않을 것이다.

"늙은이! 기고만장이군."

신기루 팔십 사령의 입에서도 독한 음성이 흘러나오며 자신을 향해 떨어져 내리는 호교상을 향해 마주 검을 뻗어냈다.

"칠살검!"

순간 호교상의 입에서 경악성이 터져 나왔다. 신기루 팔십 사령이 펼친 최후의 검초식을 그는 한순간에 알아봤다. 과거 그가 해남제일의 기재로 불리던 시절, 전대 문주 해신검 호경봉을 수행해 신기루에 도전했던 당시 해남검문의 고수들을 멸절의 길로 이끌었던 정체불명의 고수 중 한 명이 사용했던 바로 그 형산파의 칠살검이 지금 생사를 결하고 있는 신기루 팔십 사령의 손에서 펼쳐지고 있는 것이다.

"놈! 그것으로 네 운명은 끝이다. 내가 죽어도 반드시 네놈을 벤다."

호교상의 눈이 시퍼런 살광으로 번뜩이며 입에서는 노호성이 터져 나왔다. 동시에 그의 검초식에 실린 공력이 극한에 이르며 검에서 뻗어 나온 시퍼런 검기가 일 장으로 늘어났다.

"흡!"

자신의 진실한 내력을 드러내면서까지 칠살검을 펼쳐 호

교상에게 대응하려 했던 신기루의 팔십 사령이 입으로 헛바람을 뿜어내며 다급하게 검을 휘둘렀다. 순간 그의 검에서 뻗어 나온 일곱 갈래의 검기가 호교상을 향해 마주 뻗어 나갔다. 순식간에 두 사람이 양쪽에서 발출한 검기들이 교차했다.

"크악!"

"우욱!"

두 마디의 비명 소리가 뱃전을 울렸다. 동시에 싸움이 끝이 났다. 광풍처럼 몰아치던 검풍이 잦아들었다. 바다도 다시 평온을 찾은 듯했다. 그리고 드러난 참상은 그야말로 비참했다.

신기루의 팔십 사령은 어깨 부위부터 그 반대쪽 옆구리까지 길게 검상을 입고 배의 갑판 위에 쓰러져 있었다. 길게 이러진 검상으로부터는 검붉은 피가 끊임없이 쏟아져 나오고 있었고, 그의 동공에서는 급격하게 생기가 빠져나가고 있었다.

호교상의 사정도 그리 좋지는 않았다. 마지막 격돌에서 신기루 팔십 사령이 펼쳐 낸 형산파의 칠살검은 호교상에게도 적지 않은 상처를 입혔던 것이다.

한쪽 허벅지와 옆구리, 그리고 검을 들지 않았던 왼쪽 어깨에서 적지 않은 선혈이 흘러나오고 있었다. 하지만 호교상은 작지 않은 자신의 상처에 아랑곳하지 않고 서늘한 시선으로 죽음을 맞이하고 있는 신기루의 고수를 응시하고 있었다.

"괜찮으십니까? 상처가 깊습니다."

송문악이 재빨리 호교상의 곁으로 다가들었다.

"난 괜찮네. 오히려 지난 수십 년간 쌓여 있던 응어리를 풀은 듯 시원하구먼."

"그래도 일단 치료를 하시는 것이……."

"됐네. 상처가 깊은 것은 아니야. 그저 지혈만 하면 족하네."

호교상이 고개를 저으며 상처 부위의 혈도를 짚어 지혈을 한 후, 천천히 숨이 끊긴 팔십 사령의 머리맡에 쭈그리고 앉았다.

"칠살검을 썼으니 이자는 형산 출신이겠지?"

"그렇겠지요."

"이자가 과거 우리 해남검문의 일행에 독수를 펼쳤던 그자들 중 하나일까?"

호교상의 중얼거림에 송문악이 고개를 저었다.

"그의 나이로 보건대 그것은 불가능한 일입니다. 어르신과 해남검문의 전대 문주께서 신기루의 고수들로부터 공격을 당한 것은 이미 수십 년 전의 일입니다. 아마 이자는 당시 채 스무 살도 되지 않았을 겁니다."

송문악의 말에 호교상이 고개를 끄덕였다.

"그렇겠지. 어쩌면 그때 우리 일행을 공격했던 자들은 이미 모두 죽었을지도 몰라. 당시 그들은 모두 절정의 무공을 가지고 있던 자들이었으니 그 나이가 적지 않았을 것이 분명해. 아! 강호의 원한은 대를 이어 전해진다더니 과연 그렇군. 이자는 결국 선대의 빚으로 인해 나에게 죽임을 당한 것이야."

호교상이 씁쓸하게 말했다.

"과거의 원한뿐만이 아니지요. 지금 당장 이자들은 해남검문을 상대로 음모를 꾸미고 있었으니까요."

"그렇군. 자네의 말이 맞군. 신기루는 결코 과거의 일이 아니지. 지금도 신기루는 강호를 지배하고 있지. 그 선대들이 만들어놓은 강호의 전설을 이용해서 말이야."

"이제 그들이 만든 그 피의 역사를 멈추게 할 때가 됐지요. 벌써 백 년이나 이어진 피의 역사가 아닙니까?"

"자네는 자신이 있는가?"

호교상이 송문악을 돌아봤다.

"오늘 경험해 보니 신기루의 고수들은 제가 생각했던 것보다도 훨씬 무섭더군요. 하지만 한 가지 얻은 소득도 있습니다."

"그게 뭔가?"

"바로 어르신 같은 분들이 도와주신다면 신기루를 상대하는 것도 불가능하지만은 않을 것 같다는 것입니다. 보십시오. 우린 오늘 벌써 두 명의 신기루 고수를 제거하지 않았습니까? 이렇게 하나씩 해결하다 보면 결국 끝이 있겠지요."

"핫하하! 이제 보니 자넨 이 늙은이를 자네의 일에 끌어들일 기회만 노리고 있었구먼!"

"신기루를 상대하는 일은 어르신의 일도 되지요."

송문악이 살짝 미소를 지으며 대답하자 호교상이 천천히 고개를 끄덕였다.

"자네 말이 맞네! 신기루를 상대하는 일은 이 광노 호교상의 일이기도 하지."

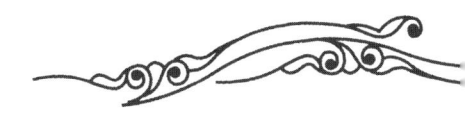

第七章

변화의 그림자

"이거 영 소득이 없는걸?"

호교상이 송문악을 돌아보며 말했다. 신기루의 고수 둘이
타고 있던 흑선을 바다 속에 수장시키고 풍귀가 모는 배를 타
고 해남검문으로 귀향하는 바다 위에서였다.

"쉽게 입을 열 거라는 생각은 하지 않았습니다."

송문악이 담담히 대답했다.

처참한 지경으로 구겨진 신기루 십오 사령을 앞에 두고 나
누는 두 사람의 대화였다.

"크큭, 내가 말하지 않았느냐? 나에게서 들을 말은 아무것
도 없을 거라고. 빨리 날 바다 속에 처넣는 게 너희들의 수고

를 더는 일이다. *끄응!*"

몸은 망가질 대로 망가져 있지만 눈빛만은 아직도 살아 있는 신기루 십오 사령이 조롱하듯 말을 내뱉었다.

"대단하군, 대단해. 비록 전문적으로 사람의 입을 열게 하는 기술을 가지고 있지는 않지만 적지 않은 고통을 느꼈을 터인데 아직 이런 여유를 부리다니 말이야. 이것 보게, 송 소협. 난 더 이상 이 작자의 입을 열 방법이 없을 것 같네."

십오 사령의 취조를 맡은 것은 호교상이었다. 본시 늙은이가 손이 독한 법이라며 호교상이 자청해서 나선 일이었다. 하지만 채 반 시진이 지나기도 전에 호교상은 십오 사령의 인내심에 두 손을 들고 말았다. 호교상이 가한 고통은 그리 적지 않은 것이었으나 십오 사령은 눈빛 하나 흔들리지 않고 그 고통을 견뎌냈던 것이다.

"저도 달리 특별한 방법은 없을 것 같습니다. 죽음도 고통도 두려워하지 않는 사람의 입을 여는 것은 불가능하지요."

송문악도 달리 방법이 없는지 고개를 저었다.

"제길, 그럼 어쩔 수 없이 이놈을 바다에 던져 버려야겠군. 해남검문으로 데리고 갈 수도 없지 않은가? 우리가 오늘 이 두 놈을 제거한 것을 신기루의 작자들이 알면 안 되니 말일세."

"크크크, 생각 잘했다. 어서 날 죽이거라."

십오 사령이 비릿한 웃음을 흘려내며 자신의 죽음을 재촉했다. 그런 십오 사령을 송문악이 물끄러미 내려다보다 문득 입을 열었다.

"그런데… 광동의 하가장 사람들이나 대부인도 그대들이 신기루라는 강호제일의 전설을 움직이는 사람들이란 사실을 알고 있소?"

"흠, 빨리 죽여주는 답례로 그 정도 대답은 할 수 있지. 물론 그들은 우리가 신기루를 움직이는 사람들인 줄 모르고 있지. 신기루의 전설은 백 년을 이어왔는데 함부로 그 이름을 들먹일 수는 없는 일이 아닌가?"

십오 사령의 대답에 송문악이 고개를 끄덕였다.

"그렇다면 대부인도 모든 것을 알고 이들을 끌어들인 것은 아니군요. 대화로 일을 해결할 수도 있다는 말이지요."

"그렇긴 해. 대부인이 문주를 암살하자는 이들의 요구를 아직 수락하지 않고 있는 것을 보아 문주나 해남검문에 대한 애정이 아주 없는 것은 아닌 것 같으니……."

호교상이 고개를 끄덕였다.

"그럼 이제 이자를 보내줄까요?"

"그렇게 하지."

호교상이 동의하자 송문악이 십오 사령에게 다시 눈길을 주었다.

"당신 원하는 대로 이곳에서 당신을 보내주겠소. 선택하시오. 죽은 후 바다로 들어가겠소, 아니면 살아서 바다로 들어

가겠소?"

송문악의 물음에 십오 사령이 히죽 웃음을 흘려냈다.

"흐흐, 죽는 마당에 호사를 누리는군. 죽을 방법까지 선택할 수 있고 말이야. 살아서 바다 속을 구경하는 것도 제법 재미있는 일이겠지."

"알겠소. 당신 뜻대로 해주겠소."

송문악이 고개를 끄덕이고는 혈도를 짚혀 몸을 가눌 수 없는 십오 사령을 잡아 일으켰다. 그의 소원대로 바다 속에 그를 던져 넣을 생각인 것이다.

그런데 송문악이 막 십오 사령을 이끌고 배의 난간으로 다가갔을 때 갑자기 뒤쪽에서 풍귀의 목소리가 들려왔다.

"저기 말이우, 형님! 그자를 나에게 한번 맡겨보지 않겠수?"

갑작스런 풍귀의 말에 송문악과 호교상 모두 의아한 눈빛으로 풍귀를 돌아봤다. 그러자 키를 잡고 있던 풍귀가 어느새 두 사람 곁으로 다가와 기이한 눈빛을 발하며 말을 이었다.

"내가 두 양반이 하시는 일을 가만히 보고 있자니 그야말로 기도 안 차서 말이오."

"아니, 그게 무슨 말인가?"

호교상이 풍귀가 하는 말을 알아듣지 못하고 되물었다.

"기껏 잡은 고기를 그냥 풀어주겠다니 기가 막히지 않수, 형님!"

"하지만 고문도 죽음도 두려워하지 않는 위인을 어떻게 할 수 있겠나? 소원대로 죽여주는 수밖에는……."

"쯧쯧, 송 소협은 나이가 젊으니 그렇다 치고, 형님은 그 나이를 먹고도 사람을 그렇게 모른단 말이오?"

"이런 망할 놈을 보았나? 내가 모르긴 뭘 모른단 말이냐?"

"대저 사람이란 동물은 아무리 의지가 굳어도 고통을 이겨내지 못하는 동물이란 말이오."

"하지만 이자는 견뎌내지 않았느냐?"

"흐흐흐, 그건 형님이 그자가 견딜 수 있을 만큼만 고통을 주었기 때문이지요."

풍귀가 음소를 흘리며 말하자 호교상이 눈을 가늘게 뜨며 물었다.

"그렇다면 넌 이자의 입을 열 수 있단 말이냐?"

그러자 풍귀가 살짝 턱을 치켜들며 말했다.

"맡겨주슈. 내 쭉 보고 있자니 우리 세 사람 중 이자의 입을 열 수 있는 사람은 나밖에 없는 것 같수."

"도대체 풍귀 자네가 어떻게 이자의 입을 열 수 있단 말인가?"

호교상이 이해할 수 없다는 듯이 고개를 갸웃거렸다.

"본시 사람에게서 자복을 받아내는 일은 생각보다 단순한 일이 아니우. 그것도 기술이라고 전문적으로 그 기술을 익힌 사람들만의 방법이 따로 있는 법이우."

"네가 그 기술을 익혔단 말이냐?"

"아, 내가 말 안 했던가요? 내 본시 춘추각 출신이 아닙니까? 워낙 많은 놈들을 다치게 해서 쫓겨나긴 했지만 말이우."

"그래? 춘추각에 있었다면 자복을 받아내는 방법을 잘 알고 있긴 하겠군. 어떤가, 풍 아우에게 이자를 맡겨보는 것이⋯⋯?"

호교상이 송문악을 보며 물었다. 그러자 송문악이 이미 만신창이가 되어 있는 신기루 십오 사령을 바라봤다. 그러자 신기루 십오 사령이 피식 웃음을 흘렸다.

"쓸데없는 짓! 신기루의 고수들은 그 어떤 자가 와도 입을 열지 않는다. 이미 그 정도의 수련은 모두 마쳤으니까."

그러자 풍귀 역시 웃음을 흘리며 대답했다.

"그래? 하지만 난 사람이 아무리 수련을 한다 해도 고통에 익숙해진다는 말은 믿을 수가 없어. 오늘 내가 그걸 증명해 보이지."

"결국 넌 나에게서 아무런 답도 얻지 못할 것이다."

십오 사령이 풍귀를 노려봤다.

"뭐, 그래도 큰 상관은 없어. 어차피 나에게 손해나는 일은 아니니까. 오늘 별스런 놈 한 명 구경했다 치면 그만이지. 송 소협, 나에게 이자를 맡겨주겠소?"

이번에는 풍귀가 송문악을 바라봤다. 송문악이 살짝 아미를 좁혔다. 이런 식으로 상대의 입을 여는 것은 정말 마땅치 않은 일이었다. 하지만 입을 열 수만 있다면 신기루 십오 사령은 송문악에게 무척 중요한 정보를 줄 수 있는 자였다.

"어르신께 맡기지요."

송문악이 고개를 끄덕였다. 그러자 풍귀가 성큼성큼 다가와 십오 사령을 어깨에 둘러멨다.

"좋아. 이제 우리 서로 누구의 말이 맞는지 알아보자구. 이봐, 신기루 십오 사령이라고 했던가? 내가 왜 술귀신이 되었는지 아나? 그건 바로 너 같은 놈들을 워낙 많이 다루다 보니 술을 먹지 않으면 견딜 수가 없어서 이렇게 된 거야."

십오 사령을 둘러멘 풍귀가 배의 작은 선실로 움직였다. 선실로 들어서면서 송문악과 호교상에게 큰 소리로 외쳤다.

"시간이 좀 걸릴 겁니다. 별로 보기 좋은 모습을 아닐 테니 이곳에서 쉬고 계시우, 형님!"

그리곤 이내 어두운 선실로 사라지는 풍귀였다.

"이제 보니 저놈, 아주 징그러운 놈이었군."

호교상이 신기루 십오 사령을 들쳐 메고 선실로 사라진 풍귀를 보며 말했다.

"모르고 계셨습니까?"

"나야 뭐, 그저 문주에게 중원무림으로 드나들 때 배를 몰 사람 한 명 구해달라고 해서 만난 것뿐이니까. 그런데 저런 지독한 놈일 줄이야 누가 알았겠나? 평소에는 그저 나처럼 술에 빠져 사는 폐인인 줄 알았지?"

"해남에도 드러나지 않은 기인(奇人)들이 많이 있군요."

"사실 젊어서 기재 소리를 듣던 사람 중 평범한 삶을 사는 사람들이 여럿 있긴 하지."

호교상이 고개를 끄덕였다.

"그게 해남의 저력이겠지요. 평범하게 살다가도 해남검문이 위기에 처하면 그들 모두 손에 검을 들 테니까요. 명문의 저력이란 바로 그런 것이겠지요."

"헐헐, 나도 해남검문 사람으로서 자네가 그렇게 본 문을 칭찬해 주니 고맙군. 그나저나 돌아가면 제법 바빠지겠어."

"무슨 일부터 하실 생각인지요?"

"먼저 문 내의 일을 해결해야겠지. 아무래도 후계자 문제를 매듭지어 놓는 것이 중요할 것 같네. 다른 때라면 내가 나설 일은 아니지만, 신기루라는 강적이 해남에 눈독을 들이고 있으니 어쩔 수 없이 나라도 나서서 그 일을 매듭지어야겠지."

"해남에 머물고 있는 신기루 고수 삼 인은 어찌하실 생각이십니까?"

"자네 생각은 어떤가?"

호교상이 되묻자 송문악이 잠시 생각에 잠겼다. 그리곤 잠시 후 천천히 입을 열었다.

"제 생각에는 그들 스스로 해남검문을 떠나게 하는 것이

상책인 듯합니다. 괜히 그들을 잡아두거나 혹은 제거했을 경우, 신기루의 고수들이 해남검문으로 몰려들 가능성이 있으니까 말입니다."

"스스로 떠나게 만든다?"

"해남검문의 후계자 문제를 매듭짓고 대부인의 행보에 제약을 가하여 그들이 음모를 꾸밀 수 있는 여지를 없애면 당연히 스스로 물러나지 않겠습니까?"

"그 뒤에는?"

"그건 문주님의 뜻에 달렸겠지요. 만약 전대 문주님의 원한과 오늘날 해남검문을 넘본 신기루에 대가를 치러주시겠다면 고수를 대륙으로 보내실 것이고, 신기루와 더 이상 엮이고 싶지 않다면 그저 그들이 떠나는 것으로 만족하시겠지요."

"자넨 어쩔 생각인가?"

"그들이 이곳을 떠난다면 저에겐 기회가 되겠지요."

"그들을 따라가겠다는 말인가?"

"신기루의 행사는 워낙 은밀해서 그 꼬리를 잡기가 여간 어려운 것이 아니지요. 이런 기회는 흔치 않습니다. 더군다나 광동 하가장에 신기루의 고수들이 몰려 있다면 저에겐 그만한 기회가 없지요."

"음… 위험한 일이네. 난 비록 생애의 이십여 년을 광인으로 살았지만 그 이후에는 끊임없이 해남삼십육검을 수련해 왔네. 그런 내가 오늘 신기루의 고수 한 명과 겨우 승부를 보앉어. 물론 자네의 무공이 나보다 뛰어나다는 것은 알고 있지만 홀로 신기루의 아성에 도전하는 것은 정말 위험한 일이야."

"이미 정해진 일이고, 근 십여 년을 준비한 일입니다. 물러서거나 혹은 중도에 그만둘 수 없는 일이지요."

송문악이 호교상에게서 시선을 돌려 어둠에 싸인 바다를 응시했다. 그의 손이 허리춤에 매달린 흑도의 손잡이를 힘주어 잡고 있었다. 신기루의 꼬리가 잡힌 이상 이제 그는 과거의 혈한(血恨) 속으로 한발 들어서 있는 것이나 마찬가지였다.

'생각보다는 조금 빠르군.'

무공에 대한 자신은 어느 정도 갖추어져 있었다. 하지만 그가 신기루를 상대하려던 시기보다는 조금 빠른 감이 없지 않았다.

'무각 형님, 그리고 천학, 귀령파파 두 분과 얼마간 계획을 세워 일을 진행하려 했었는데……'

무각과 천학 장사성, 그리고 귀령파파 이설은 송문악이 신기루를 상대할 때 가장 강력한 동료가 되어줄 수 있는 사람들이었다. 그 세 사람은 각자 가지고 있는 능력도 능력이거니와 송문악에 대한 애정 또한 대단한 사람들이었으므로 송문악이 어떤 일이든 믿고 의논할 수 있는 인물들이었다.

그런데 미처 그들을 만나기도 전에 먼저 신기루의 고수들과 조우하게 된 것이다. 그렇다고 그들을 만나기를 기다리느라 찾아온 기회를 놓쳐 버릴 수는 없었다. 해남검문의 일이 잘못되었다는 것을 아는 순간 광동 하가장의 신기루 고수들 또한 꼬리를 감출 수 있기 때문이었다.

'그들을 추격하다 보면 자연히 만나게 되겠지.'

천학 장사성, 귀령파파 이설과 헤어진 지도 이미 삼 년이 지나고 있었다. 살황 고산앙과의 살수행, 그리고 포양호에 이은 해남도까지의 여정이 송문악의 여행을 길어지게 만들고 있었던 것이다. 더군다나 무각과는 팔 년이 넘는 시간을 만나지 못하고 있었다. 불현듯 송문의 마음속에 세 사람에 대한 그리움이 생겨났다. 호교상이 다시 입을 연 것은 바로 그때였다.

"본 문의 일이 잘 해결된다면 나도 자네와 함께 내륙으로 가겠네."

"그래주시겠습니까?"

"자네 일만은 아니지. 내 일이기도 하네. 사실 신기루로 인해 허비한 시간으로 따지자면 내가 자네보다 더 많다고 할 수 있지. 유 아우의 일도 있고… 그런데 방해가 되지 않겠나?"

"방해라니요? 저로서는 정말 행운이지요."

"글쎄, 모르겠군. 만약 누군가와 벌건 대낮에 싸움을 벌인다면 내가 자네에게 도움이 되겠지만 자네가 신기루의 음모자들과 그런 싸움을 할 리는 없고, 오히려 내가 자네의 혹이 될 수도 있어."

"수십 년 동안 광노로 살아오신 어르신입니다. 그런 걱정은 하지 않습니다."

"하하, 그렇긴 해. 아직도 난 해남검문에서는 미친 늙은이니까. 그나저나 언제나 끝이 나려나?"

호교상이 고개를 돌려 풍귀와 십오 사령이 들어가 있는 선실을 바라봤다. 의외로 두 사람이 선실로 들어간 이후 선실에서는 아무런 소리도 나지 않고 있었다. 보통 누군가의 입을 열기 위해 고문을 가할 때는 당하는 사람의 비명이 흘러나오기 마련인데 선실에서는 아무런 소리도 들리지 않는 것이었다.

"기다려 볼 수밖에요."

"그러세. 밤은 아직도 많이 남았으니……."

배는 서서히 포구 쪽으로 향하고 있었으나 돛을 완전히 펴지 않아 그 속도는 매우 느렸다. 송문악과 호교상은 가끔 선실 쪽으로 관심을 두긴 했지만 풍귀가 선실에서 나올 때까지 그를 방해하지 않고 이런저런 이야기를 나누며 시간을 보내고 있었다.

그렇게 반 시진 정도의 시간이 흘렀을 때였다.

탕!

갑자기 선실 문이 거칠게 열렸다. 그리곤 선실 안에서 들어

갈 때처럼 십오 사령을 어깨에 둘러멘 풍귀가 모습을 드러냈다.

"이제 끝났는가? 뭐 알아낸 것이라도 있나?"

호교상이 궁금한 표정으로 두 사람을 향해 걸어오는 풍귀를 향해 물었다.

"어! 독한 놈이더이다."

쿵!

풍귀가 머리를 절레절레 흔들며 십오 사령을 갑판 위에 내려놓았다. 그러자 호교상의 얼굴에 이내 실망스런 기색이 떠올랐다.

"흥, 네놈이 그럴 줄 알았지. 매일 술이나 처먹는 놈이 무슨 재주가 있겠어. 어디 보자. 이것 봐라. 이자의 상태를 보니넌 거의 손도 대지 않은 모양이구나. 들어갈 때와 별로 달라지지 않은 모습인데?"

호교상이 풍귀를 보며 쏘아붙였다.

"흐흐, 형님, 그게 무슨 말씀이오? 이 풍귀를 너무 무시하는구만… 자, 이제 궁금한 게 있으면 이자에게 물어보시오. 아마 대답을 해줄 거요."

풍귀가 득의한 웃음을 지으며 갑판에 내동댕이친 십오 사령을 가리켰다.

"아니, 그럼 이자가 입을 열었단 말이냐? 내가 보기엔 전혀 손을 대지 않은 것 같은데?"

"몸에 상처를 내는 것은 초보자들이나 하는 짓이오."

풍귀가 손을 털며 말했다.

"좋아. 네 말이 사실인지는 이자의 대답을 들어보면 알 수 있겠지."

호교상이 여전히 풍귀에 대한 의심을 버리지 못하는 표정으로 십오 사령을 일으켜 앉혔다.

"이봐, 정말 묻는 말에 대답하기로 한 건가?"

호교상이 십오 사령의 앞에 쭈그리고 앉아 눈을 맞추며 물었다. 십오 사령의 얼굴에는 지친 표정이 역력했다.

"묻고 싶은 것이 있으면 빨리 묻고, 어서 죽여라."

십오 사령이 힘없는 목소리로 대답했다.

"허? 정말이네. 어떻게 한 거지?"

호교상이 풍귀를 보며 물었다.

"남의 밑천은 왜 건드리려 하시오? 어서 궁금한 것이 있으면 묻기나 하시오. 그도 갈 길이 바쁜 사람 아니우."

풍귀가 퉁명스럽게 대답했다. 그러자 호교상이 살짝 인상을 쓰고는 송문악을 돌아봤다.

"묻고 싶은 것은 자네가 많겠지?"

그리곤 십오 사령의 앞자리를 송문악에게 내주었다. 송문악이 호교상 대신 십오 사령 앞에 자리를 잡고는 그의 눈을 주시하며 천천히 입을 열었다.

"신기루에는 몇 명의 고수가 있소?"

그러자 십오 사령이 힘겨운 목소리로 대답했다.

"일백십!"

"그럼 일 사령부터 백십 사령까지 있겠구려."

그러자 십오 사령이 희미하게 고개를 저었다.

"십방성인 열 분과 일백 사령!"

송문악이 고개를 끄덕였다. 십오 사령은 생각보다 순순히 송문악의 질문에 대답하고 있었다.

"그들 모두가 구파일방 출신이오?"

순간 힘을 잃었던 십오 사령의 눈에 한가닥 기광이 스치고 지나갔다.

"역시 생각보다 많은 것을 알고 있군."

"구파일방에서 신기루의 진실한 내력을 알고 있는 사람이 있소?"

이번 질문에는 십오 사령이 즉시 대답하지 않았다. 그의 동공에 망설임의 기색이 보였다.

"이봐, 또다시 그 짓을 하자는 건 아니겠지?"

십오 사령이 대답하기를 망설이자 풍귀가 넌지시 십오 사령을 바라보며 말했다. 그러자 십오 사령이 고개를 끄덕이며 대답했다.

"다시 그대와 둘이 있기는 싫군. 좋아, 말해주지. 내가 알기로 현재의 구파일방의 문도 중 신기루의 진실을 알고 있는 자는 오직 각 문파에 한 명씩밖에 존재하지 않는다."

"구파일방의 장문인들인가?"

그러자 십오 사령이 고개를 저었다.

"장문인일 수도, 그렇지 않을 수도 있겠지."

"그들이 십방성인인가?"

그러자 십오 사령이 다시 움찔거리더니 이내 고개를 끄덕였다.

"맞아, 그들이 바로 십방성인이다. 그들은 구파에 어린 제자들이 입문하면 그중 재질이 뛰어난 아이를 선별해 비밀리에 신기루 일백 사령 후보로 키우지. 그리고 일백 사령에 결원이 생기면 그들 중 가장 뛰어난 자를 일백 사령으로 임명하지. 십방성인에 의해 키워진 고수들은 자신이 신기루 일백 사령에 임명되고 나서야 신기루의 진실을 알게 되지."

"그 십방성인이 어떤 자들인지 말하라."

그러자 십오 사령이 천천히 고개를 저었다.

"십방성인의 진면목을 알고 있는 사람들은 그리 많지 않아. 상위 열 명의 사령과 십방성인의 측근에서 그들을 보필하는 일부의 사령들밖에 없다. 그들조차도 오직 자신이 모시는 십방성인의 정체만을 알 뿐이지. 그 이외의 대부분의 사령은 십방성인을 직접 대면할 기회조차 잡기 어렵지."

"단 한 사람의 정체도 모른다? 그건 말이 안 되는군. 당신 스스로 십방성인에 의해 신기루의 사령이 되었다고 했어. 그렇다면 당신을 신기루의 사령으로 키운 사람은 알고 있어야 하는 것 아닌가?"

"신기루의 사령으로 키워지는 순간조차도 십방성인의 얼굴은 볼 수 없다. 십방성인들께서는 언제나 자신의 진면목을 드러내지 않으면서 사령들을 키워내니까."

"역시 믿기 어려워. 신기루의 사령들은 하나같이 절정의 무공을 익힌 고수들이다. 그런데 그런 자들이 자신을 키운 사람의 정체를 모른다는 것은……."

"후후, 신기루의 사령들은 아주 어려서부터 키워지지. 그들에게 십방성인과 자파에 대한 비밀스런 의무는 마치 신앙처럼 주입된다. 그대라면 그 상황에서 절대적 존재와 삶의 의미로 각인된 의무감에 의문을 표할 수 있겠는가? 그것은 아주 훗날, 세상을 알 정도의 나이가 되었을 때나 가능한 일이지. 혹은 그런 의문조차 갖지 못하고 죽어가기도 하고……."

"그대는 그런 의문을 가진 존재 중 하나라는 이야기군."

"신기루 십오 사령은 거저 얻어지는 지위가 아니니까."

"좋아. 그 의문으로 그대는 그대를 신기루의 사령으로 만든 존재에 대해 뭘 알아냈는가?"

"흐흐, 내가 날 신기루의 사령으로 키워낸 사람의 정체를 알았을 때, 이미 그는 죽었다는 것을 알았지. 그리고 그 자리는 내가 모르는 또 다른 십방성인이 차지하고 있더군. 신기루가 강호에 나타난 지 이미 백 년이 넘었지. 처음 신기루를 만든 최초의 십방성인들은 모두 이 세상 사람이 아니란 이야기야."

십오 사령의 말에 송문악이 고개를 끄덕였다. 백 년이 넘게 이어진 조직이라면 이미 몇 차례 그 주인들이 변했다고 해서 놀랄 일은 아니었다. 아무리 무공을 익힌 고수들의 수명이 일반인보다 길다고 하여도……

"그대는 무당의 사람이지?"

십오 사령이 고개를 끄덕였다. 굳이 부인할 필요가 없는 일이었다. 태극검을 보았으니 누구라도 짐작할 만한 일인 것이다.

"현재 무당을 대표하는 십방성인이 누군지 전혀 짐작조차 하지 못한단 말인가?"

"짐작을 들으려고 날 이 지경으로 만든 건가? 사실만을 원하는 줄 알았는데……?"

"짐작이 가는 사람이 있긴 있단 말이군."

"짐작이라도 듣길 원하는가?"

십오 사령이 송문악을 보며 물었다. 그러자 송문악이 잠시 생각에 잠겼다가 천천히 고개를 저었다.

"됐어. 짐작이라면 나도 할 수 있는 일이지. 그보다 역시 신기루의 목적은 신기루를 통해 구파일방에 위협이 될 만한 문파나 고수를 제거하는 것이겠지?"

"제대로 알고 있군. 도대체 그런 사실들을 어떻게 알 수 있었지? 그것은 오직 신기루 일백 사령만이 알고 있는 비밀인데……."

"질문은 내가! 그대는 답만 하면 그뿐이야. 자, 이제 몇 가지만 더 답을 해주면 당신이 가고 싶어 하는 곳으로 보내주지."

"어서, 어서……."

십오 사령이 고개를 끄덕였다.

"신기루의 본거지는 어디에 있나?"

"천하가 모두 신기루의 안방이다."

"광오하군. 내가 묻는 것은 신기루 일백 사령이 어디에서 먹고 자느냐 하는 것이다."

"신기루 일백 사령은 천하에 산재해 있다."

"한곳에 모이는 일이 없단 말인가?"

"물론 신기루의 사령들이 고향처럼 생각하는 곳이 없는 것은 아니야. 하지만 그곳에 신기루의 일백 사령이 모두 모이는 경우는 극히 드물지."

"그곳이 어딘가?"

"신기루의 사령으로 선택되면 누구나 삼 년을 머무는 곳, 우린 그곳을 백인탑이라 부르지. 하지만 그 위치는 아무도 모른다. 오직 십방성인과 상위 열 명의 사령만이 알고 있고, 아주 특별한 경우 신기루 일백 사령이 모두 집결해야 할 일이 있을 경우에도 상위 열 명의 사령의 인도에 의해서만 백인탑에 갈 수 있지. 그곳이 그립군. 그곳에서 수련하던 시절이 말이야······."

"그 위치조차도 전혀 짐작할 수 없나?"

"중원이 아니라는 것은 말해줄 수 있다. 운남을 넘어 그 어느 한곳··· 아름다운 곳이지. 하하하!"

십오 사령이 실없이 웃음을 터뜨렸다. 하지만 그의 웃음 속에 묻어나는 그리움은 진실처럼 느껴졌다. 송문악은 문득 천하를 조롱하듯 살아가는 이 신기루 사령들의 삶 또한 그리 좋은 것만은 아닐지도 모른다는 생각이 들었다.

'빨리 끝내야겠어.'

송문악은 재빨리 질문을 이었다.

"해남검문에 나와 있는 사령들은 그 셋이 전부인가?"

"포구에서부터 우릴 주시하고 있었군. 역시 대단한 고수들이야. 그처럼 감쪽같이 기척을 숨기다니······."

"백 년을 숨긴 자들에 비하겠나? 대답이나 하구려."

"흐흐, 하긴··· 그들 셋이 전부다."

"해남검문의 대공자는 어디에 있나?"

"흐흐. 호검위, 그자는 너무 성급했어. 미끼로 해룡단을 던져 주니 덥썩 물더군. 그는 해룡단에 잡혀 있지. 하지만 이야기는 잘 풀렸어. 우리가 그를 해남검문의 문주로 만들어주기로 하고, 그는 우리가 해남검문을 이용하는 것에 동의하는 것으로 이야기를 끝냈지."

"그럼 해룡단 역시······."

"두 명의 사령이 해룡단을 움직이지."

"대업(大業)이란 뭔가?"

연이은 송문악의 질문에 십오 사령의 입에서 나오는 대답이 뚝 끊겼다. 그의 눈동자가 그가 입을 열기 시작한 이후 가장 심하게 흔들렸다. 대답은 쉽게 나오지 않았다.

"그냥… 죽여줄 수는 없겠지?"

"쉽게 대답할 문제가 아닌가 보군."

"고민 중일세. 다시 한 번 견뎌볼까 하고……."

십오 사령이 풍귀를 바라봤다. 송문악 등 삼 인의 눈에 이채가 서렸다. 풍귀의 고문을 다시 견딜 생각을 할 만큼 입에 올리기 어려운 일이란 도대체 무엇일까? 신기루의 고수가 지금껏 송문악의 질문에 순순히 입을 열었다는 것은 풍귀의 고문이 그토록 견디기 힘들었다는 것을 말해주는 것이었다. 그런데 지금 십오 사령은 그 고문을 다시 견뎌볼까 고민을 하고 있었다. 포구에서 그가 입에 올린 대업(大業)의 실체에 대한 물음 앞에서…….

"처음엔 그저 다시 신기루를 강호에 출현시키는 것으로 생각했었지. 하지만 다시 생각해 보니 그게 아니겠다는 생각이 들더군. 다시 한 번 같은 일을 반복하는 것도 나는 상관없어. 또한 그대가 입을 열지 않는다 하더라도 난 그 일에 대해 입을 열 인물 세 사람을 이미 알고 있고. 그들은 적어도 당신보다 인내심이 강하지 못할 것이 확실하니 그들에게 대답을 들는 것이 더 좋을 수도 있겠지. 어떻게 하겠나? 어차피 내 귀에 들어올 일, 편하게 죽는 쪽이 좋지 않겠나?"

송문악의 말은 틀리지 않았다. 그 일이 그토록 중요하다면 해남의 포구 마을에 남아 있는 세 명의 신기루 고수에 대한 처리를 다시 생각해 볼 필요가 있었다. 애초에 그들을 그냥 광동 하가장으로 물러나게 할 생각이었으나, 그들이 언급한 대업(大業)이 그토록 중요한 일이라면 그들을 제압해 그들의 입을 열 수도 있는 문제였다.

"어쩌겠나?"

송문악이 여전히 대답이 없는 십오 사령에게 대답을 재촉했다. 그러자 십오 사령이 작은 한숨을 내쉬었다.

"휴, 어쩔 수 없군. 만약 십 년 전만 되었어도 난 결코 이 질문에 입을 열지 않았을 것이다. 하지만 나이가 드니 절대적이라고 생각했던 것들에 대한 회의가 생기는군. 그와 마찬가지로 루에 대한 맹목적인 충성심도 변하기 마련이더군. 대업(大業)이란 바로 그 루에 대한 맹목적인 충성심에 대한 반발일세."

"그 말은……?"

"일백 사령은 일평생 십방성인 아래의 음지에서 루(樓)에 대한 충성심과 자신의 출신 문파에 대한 사명감으로 어둠 속에 살기를 강요당한다. 하지만 그들에게는 천하를 조롱할 수 있는 힘과 지혜, 그리고 백 년간 축적된 저력이 있지. 해서…

일백 사령 중 어둠 속에서 벗어나기로 결심한 사령들이 생겨났지. 어때, 이 정도면 충분하겠지?'

송문악과 호교상, 그리고 풍귀의 얼굴에 경악스런 빛이 떠올랐다. 신기루가 내부로부터 변화를 일으키고 있었던 것이다.

"대업의 주재자가 누군가? 광동에 와 있다는 칠 사령이란 자인가?"

"이 일의 가장 위에 누가 있는지는 나도 모른다. 단지 이 해남의 일을 주도하는 사람은 그가 맞다. 자, 이제 내가 해줄 수 있는 말은 모두 한 것 같군. 이제는 다시 저 인간의 손에 나를 맡긴다 해도 정말 더 이상 해줄 말이 없어. 그만 날 죽여줘. 더 이상 견디기 힘들군."

순간 송문악의 눈이 반짝였다. 그리곤 풍귀를 돌아봤다.

"지금까지도 고통이 계속되고 있었던 겁니까?"

"물론 저 안에서만큼은 아니지만 고통이 아주 사라진 것은 아니오. 사람은 간사해서 고통에 대한 기억조차도 금세 잊어버리거든. 그는 견딜 수 있을 만큼의 고통을 견디고 있었지요. 송 소협!"

풍귀가 고개를 끄덕였다.

송문악이 몸을 일으켰다. 그리곤 호교상을 돌아봤다.

"제가 들을 말은 다 들은 것 같습니다."

"나도 더 이상 그에게 들을 말이 없네."

"알겠습니다. 그럼 그를 보내주도록 하지요."

송문악이 천천히 십오 사령을 일으켜 세웠다. 그러자 십오 사령의 눈에 기쁨의 빛이 스치고 지나갔다. 죽음이 누군가에 는 기쁨이 될 수도 있는 모양이었다.

"그만 보내주겠다."

"좋아. 얼른 날 자유롭게 해주게."

"알겠다."

송문악이 십오 사령의 신형을 번쩍 들어 올려 배의 난간에 올렸다. 그때였다. 갑자기 십오 사령이 입을 열었다.

"그런데 나도 한 가지 묻고 싶군."

"뭔가?"

"너는 대체 어떤 자인가?"

십오 사령의 질문에는 정말 송문악에 대한 궁금함이 담겨 있었다.

"난 청명검 송무군의 아들이며, 귀곡육절의 전인인 송문악 이라 한다."

"귀곡! 역시 귀곡… 육절기인 무극산의 절기를 익혔겠 군."

"귀곡을 알고 있군."

"어찌 귀곡을 모를 수가 있단 말인가? 육절기인 무극산과 귀곡주 방국진은 한동안 신기루를 가장 곤란하게 만들었던 존재들이었는데……. 그런데 이제는 그 전인이 다시 신기루를 향해 검을 뽑았구나. 하지만 조심하라. 자네의 선조들은 모두 죽임을 당했어."

"그래서 난 조금 다른 방법으로 싸워볼까 하는 중이지."

"좋아, 재미있는 싸움이 되겠군. 그 싸움을 보지 못하는 것이 아쉽긴 하지만… 그만 보내주게."

"잘 가시오."

송문악의 손에 힘이 들어갔다. 동시에 배의 난간에 올려져 있던 십오 사령의 신형이 검푸른 바다 속으로 떨어져 내렸다. 높게 인 파도가 순식간에 십오 사령의 신형을 삼켜 버렸다.

새벽이 오기 전에 송문악과 호교상은 포구에 도착했다. 풍귀는 자신이 언제나 머물던 곳에 배를 정박시켰다.

"함께 가보지 않을 텐가?"

"시킬 일이 있으면 부르슈."

퉁명스럽게 대답을 내뱉고는 선실로 들어가 버리는 풍귀를 일별하고 송문악과 호교상은 은밀한 움직임으로 그들이 해남검문의 성으로부터 포구로 내려왔던 길을 되짚어 이동하기 시작했다.

두 사람이 해남검문의 성 북서쪽의 동굴 입구를 통해 다시 성의 최북단에 올라섰을 때, 동녘은 서서히 밝아오고 있었다. 한바탕 혈풍이 몰아친 해남의 밤은 그렇게 지나가고 있었던 것이다.

　　　　＊　　　　＊　　　　＊

　"문주께서 보자시네."

　새벽 찬바람 속에서 헤어졌던 호교상이 송문악을 찾아온 것은 그날 정오가 되기 전이었다. 그는 이미 해남검문주 호상 중을 만나 지난밤의 일들을 전한 것이 분명했다.

　"언제……?"

　"지금 즉시!"

　"생각보다 빠르군요."

　"저들이 대부인을 움직일 시간을 주지 않으시려는 생각인 듯하더군."

　"제가 필요합니까? 전후 사정이 드러난 이상 제가 없어도 해남의 일을 마무리 지으실 수 있을 것 같은데……?"

　"내키지 않는가?"

　"타 문파의 일에 깊이 관여하는 것은 저로서는 좋을 것이 없지요."

　"흐흐, 자네는 이미 이공자에게 금전을 받지 않았는가? 그 대가로 해남에 온 것이고."

　"하지만 이 일은 이공자가 요구하는 일이 아니지요."

　"너무 그렇게 빡빡하게 굴지 말게. 문 내의 일이야 문주가 스스로 처리할 것이네. 문주는 아마도 그 이후의 일을 자네와

의논하려는 듯하더군. 아마도 가보면 이공자도 볼 수 있을지 모르네."

그제야 송문악이 자리에서 일어섰다.

"그렇다면 가서 뵙지요."

"역시 신기루가 자네에겐 약이군."

호교상이 고소(苦笑)를 흘리며 송문악을 데리고 앞장을 섰다.

숙소를 나서자 우보와 청목이 송문악을 따라붙었다. 우보와 청목이 일행에 포함되자 이제는 호교상이 송문악을 데리고 가는 것이 아니라 호교상이 세 사람의 뒤를 따르는 듯한 형상이 되었다. 덕분에 해남검문주 호상중의 집무실로 향하는 동안 이 네 사람의 일행을 목격한 해남검문의 문도들 중 호교상이 광노가 아닌 해남검문의 원로 고수로서 문파의 중대사를 해결하기 위해 움직이는 중이란 사실을 알아챈 사람은 아무도 없었다.

"너희들은 이곳에서 기다리거라."

해신전(海神殿), 대대로 해남검문의 문주가 집무실로 사용하는 전각이다. 해남검문이 똬리를 틀고 있는 해남도를 비롯해 광동과 남해 일대에서 해남검문주는 해신이라 일컬어진다. 그래서인지 문주의 집무전 또한 해신전이라 불리고 있었다.

그 해신전(海神殿) 앞에 당도하자 호교상이 우보와 청목을 문주의 집무실 밖에 머물게 하고는 송문악만 데리고 해신전 안으로 들어갔다. 해신전 안으로 들어서면서 광노 호교상은 다시 광노에서 노련한 해남검문의 노검수로 돌아왔다.

"제법 멋진 곳이지?"

호교상이 길게 이어진 이 장 넓이의 복도를 걸으며 송문악에게 말을 건넸다.

"경계가 없군요."

보통 한 문파의 수장이 머무는 곳이라면 그 경계가 철저해야 함에도 해남검문주 호상중의 거처에 이르는 복도에서는 전혀 경계의 빛을 찾아볼 수 없었다.

"물론 사람이 지키지는 않지."

호교상이 대답했다.

"그렇다면 건물 자체가 스스로 외부의 침입을 막겠군요."

"하하, 역시 자네는 똑똑한 사람이야. 내가 한 마디를 일러 주면 열 마디를 알아듣는군. 자네의 짐작이 맞네. 사람들은 바다에서 올려다보는 해남검문의 성에 감탄하지만, 사실 해남검문에서 가장 감탄할 만한 작품은 바로 이 해신전이라네. 이 해신전은 그야말로 용담호혈의 건물이라 할 수 있지. 해신전의 입구에는 단 한 명의 호위무사도 존재하지 않지만 해남검문에서 가장 외부의 인물이 침입하기 어려운 곳이라네. 문주만이 알 수 있는 기관과 진식으로 움직이는 이 해신전은 누군가 해신전에 발을 들여놓는 순간, 이미 그 움직임이 해신전 중심부에 있는 문주의 호위무사들에게 낱낱이 읽혀지게 되지. 그리고 그 침입자가 예정되지 않은 인물이라면 그 즉시 곳곳에 설치된 기관들이 작동해 순식간에 불청객을 불귀의 객으로 만든다네. 내 장담하건대 당금 무림의 그 어떤 고수라도 이 해신전을 뚫을 수 없을 걸세."

호교상의 말을 들으며 송문악이 묵묵히 고개를 끄덕였다. 하지만 그의 머릿속에서는 호교상이 자신하는 해신전의 기관에 대한 의구심이 떠오르고 있었다.

'살황 어른이 이곳을 뚫는다면 어떻게 될까?'

살황은 무공으로 상대를 제압하는 사람이 아니었다. 거의 본능적인 움직임과 눈앞의 상대까지도 실체를 느낄 수 없는 절정의 영보(影步)가 살황의 무기였다. 그 살황 앞에서도 과연 이 해신전의 기관은 난공불락을 자신할 수 있을까. 송문악이 작게 고개를 저었다.

'오직 그 결과로서만 가부를 말할 수 있을 것이다.'

그 살황에게 살법을 전수받은 송문악이었다. 무공은 오히려 살황을 능가한다. 송문악에게 불현듯 해신전의 기관에 도전하고픈 호승심이 떠올랐다.

'하하, 나도 무림인이 다 됐군. 호승심이 생겨나다니……'

송문악이 흠칫 자신의 마음을 깨닫고는 쓸쓸한 웃음을 지었다. 그는 자신도 모르는 사이에 강한 상대에 대한 호승심이 자연스럽게 일어나는 무림인이 되어 있었던 것이다.

"다 왔네."

송문악의 생각이 호교상의 말에 뚝 끊겼다. 어느새 이십여 장의 긴 복도가 끝나 있었다. 복도의 끝은 거대한 문이 가로막고 있었는데, 호교상의 말이 끝나자마자 미세한 소음을 내며 문이 좌우로 열렸다.

호교상이 송문악을 이끌고 문 안으로 들어섰다. 그러자 이번에는 지나온 복도와는 사뭇 다른 상황이 송문악을 맞이했다. 장방형의 오 장여 공간에 좌우에 세 명씩, 여섯 명의 고수가 문을 통해 안으로 들어서는 두 사람을 맞이했던 것이다.

"문주께 광노가 왔음을 알려주시오."

호교상의 말이 정중하다. 이것은 광노가 아닌 해남의 노고수로서의 호교상이라 하더라도 의외의 모습이었다. 지난 며칠간 호교상과 함께 움직여 온 송문악은 이 광노 호교상이 누군가에게 이렇듯 정중한 모습을 보일 수 있다는 것을 전혀 상상할 수 없었다. 그런데 지금 그가 문주의 방을 지키고 있는 여섯 명의 호위무사에게 최대한의 예의를 차리고 있는 것이다.

"기다리시오."

반면 호교상의 말에 대꾸를 하는 호위무사의 말투는 예상 외로 차갑다. 호교상이라면 그 배분으로 보아 해남검문 최고의 어른임에도 불구하고 호위무사의 말투는 딱딱하기 그지없었다. 그런데 호교상은 그런 호위무사의 반응이 당연하다는 듯 전혀 불쾌한 기색을 내보이지 않았다.

"기다리겠소."

호교상의 대답이 있자 여섯 명의 호위무사 중 한 명이 소리 없이 몸을 뒤로 뺐다. 그러자 그의 뒤쪽에 있던 벽에 하나의 출구가 생겨나며 그의 신형이 순식간에 그 출구로 사라지는 것이었다.

'대단한 고수들이다. 절대 호 어르신의 아래가 아니다. 해남검문이 남해의 최강자로 군림하는 데는 다 이유가 있었군. 용담호혈의 기관진식과 절정의 고수… 대부인을 통해 문주를 암살하려 하는 데에는 다 그 이유가 있었어. 아무리 신기루라 하더라도 이 절대의 방어막을 뚫고 호상중을 암살하는 것은 거의 불가능했을 테니까.'

송문악이 내심 여섯 명의 고수에게서 느껴지는 절정의 기운에 감탄하고 있을 때, 이번에는 문득 정면의 벽이 좌우로 갈리며 열렸다. 그리고 앞서 사라졌던 노고수의 무심한 음성이 그 안쪽에서 들려왔다.

"안으로 드시오. 문주께서 입실을 허락하셨소."

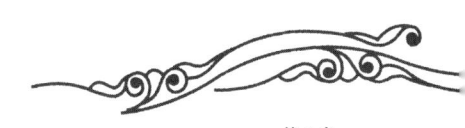

第八章

해남광풍(海南狂風)

시원하게 펼쳐진 푸른 바다가 시야 가득 들어왔다. 해남검문주 호상중의 거처는 바다 쪽으로 십여 개의 창을 가지고 있었는데, 송문악과 호교상이 안으로 들어왔을 때는 그 십여 개의 창이 모두 밖으로 열려 있었다.

창을 통해 들어오는 바닷바람과 따가운 햇살, 그것들을 등에 지고 해남검문주 호상중이 두 사람을 기다리고 있었다. 송문악이 호상중을 보는 것은 이번이 두 번째였다. 해남검문의 성에 온 첫날, 그는 해남검문의 춘추각에서 호상중을 대면했었다.

일대 고수의 기운이 자연스럽게 뿜어져 나오는 기도, 강호 대문파를 이끄는 자의 냉엄함, 그리고 수십 년 강호의 풍상을 겪은 자의 노련함까지 춘추각에서 호상중이 내보이던 모습이 고스란히 이곳까지 이어져 있었다.

하지만 달라진 점도 있었다. 당시 호상중에게서 볼 수 없었던 다른 한 가지 모습을 송문악은 놓치지 않았다. 당시의 호상중은 천하의 모든 난제를 단칼에 잘라낼 듯한 호기를 지니고 있었지만, 지금 송문악을 맞이하는 호상중의 얼굴에는 풀리지 않는 난제(難題)를 가슴속에 품은 자의 고뇌가 담겨 있었다.

"문주!"

호교상이 살짝 허리를 굽혀 해남검문의 주인에게 예를 취했다.

"어서 오십시오, 숙부님!"

그런 호교상의 인사에 호상중도 정중하게 고개를 숙였다. 호상중과 호교상은 나이 차이가 그리 많이 나는 것은 아니지만 숙질 간이었기에 호상중 또한 호교상을 함부로 대할 수 없었다.

"청 소협을 데리고 왔소이다, 문주."

호교상이 곁에 선 송문악을 호상중에게 소개했다. 그가 송문악의 본명을 말하지 않고 송문악이 가명으로 사용하는 청명이라는 이름을 언급한 것으로 보아 호교상은 아직 송문악의 진실한 내력을 호상중에게 이야기하지는 않은 것 같았다.

'역시 신중하신 분이야.'

송문악이 내심 호교상의 신중함에 고마움을 느끼며 한 걸음 앞으로 나섰다.

"다시 뵙게 되어 영광입니다."

"어서 오시오, 청 소협. 일전에는 문의 일을 처리하느라 손님에 대한 예를 차리지 못했구려. 당시의 일을 이 늙은이가 늦게나마 사과하리다."

호상중의 목소리가 은근하다. 그는 송문악을 처음 보았던 춘추각에서의 일을 사과하고 있었다. 당시 춘추각에서는 이 공자 호종위에 대한 치죄가 막 시작되려던 찰나였으므로 송문악에 대한 대접도 지나치리만큼 삭막했던 것이 사실이었다.

"괘념치 마십시오. 당시 사정에서는 당연히 그럴 수밖에 없었다는 것을 잘 알고 있습니다."

"음, 그렇게 생각해 주신다니 고맙구려. 자, 이쪽으로 앉읍시다. 숙부께서도 이리 앉으시지요."

호상중이 얼굴에 드리운 그늘을 한 꺼풀 벗어내며 송문악과 호교상 두 사람을 창 쪽에 마련된 의자로 인도했다. 두 사람이 호상중이 안내하는 대로 창가에 자리를 잡고 앉자 호상중도 두 사람의 맞은편에 앉은 후 심각한 표정으로 입을 열었다.

"숙부께 이미 청 소협과 숙부께서 지난밤 겪으신 일에 대해 들었소. 손님을 청해놓고 암중인으로부터 암습을 받게 한 것도 미안한데 보이지 않은 곳에서 본 문을 위해 힘을 써주었다니 이처럼 고마울 데가 없소이다. 덕분에 본 문은 큰 위기에서 벗어날 수 있게 되었구려."

"아시겠지만 제가 해남검문으로 온 것은 파랑검 호종위 대협의 초청 때문입니다. 더불어 전 호 대협께 적지 않은 금자를 받은 몸이지요. 그러니 제가 해남을 위해 한 일은 당연한 일이라고 할 수 있습니다. 그리고… 해남검문의 위기는 아직 완전히 해소된 것은 아니지요."

송문악의 말에 호상중이 천천히 고개를 끄덕였다.

"나도 청 소협이 종위와 함께 온 내역을 모르는 것은 아니오. 하지만 아무리 돈을 받고 초정에 응한 신분이라도 지난밤 청 소협과 숙부께서 해내신 일들은 본 문의 존망이 걸린 중요한 일이었으니 어찌 내가 감사의 말을 드리지 않을 수 있겠소. 본 문의 일이 마무리되면 청 소협께 따로 사례를 하리다. 또, 비록 보이지 않는 세력에 의해 위협을 당하고 있다고는 하나 일단 음모의 전모를 안 이상 내부의 일을 처리하지 못할 만큼 해남검문이 허약하지는 않소. 단지 내가 걱정하는 것은 본 문의 일을 마무리 지은 후의 일이오."

호상중의 표정에서는 해남검문의 저력에 대한 자신감과 함께 언뜻 미지의 적에 대한 깊은 두려움이 내비치고 있었다. 호교상이 전한 신기루의 실체와 그 힘에 대해서만큼은 아무리 해남을 호령하는 호랑이라 할지라도 두려움을 느낄 수밖에 없었던 것이다.

　"숙부께 듣기로 청 소협은 오래전부터 그들을 주시하고 있었다고 들었소."

　"개인적인 은원이 얽혀 있었기 때문이지요."

　"지금에 와서 보면 나 또한 그들에 대한 원한이 적은 것은 아니오. 나의 아버님이신 전대 문주께서 그들의 손에 세상을 뜨신 것이 거의 확실한 이상 나 또한 그들과는 한 하늘을 이고 살기 힘든 사람이라 할 수 있소. 마음 같아서는 당장 본 문의 삼천(三天) 오풍대(五風隊)를 이끌고 그들을 찾아 나서고 싶구려."

　해남검문을 대표하는 조직으로 삼천(三天) 오풍대(五風隊)를 꼽는다. 이 여덟 개의 단체는 오랫동안 해남검문을 대표하는 조직으로 강호에 널리 알려져 왔다.

　무천(武天), 상천(商天), 법천(法天)은 각각 해남검문의 무공과 상업, 그리고 내부의 규율을 전담하는 곳으로 해남검문 최고의 요인들로 구성된 조직들이었고, 흔히 강호에서 해남오풍대(海南五風隊)라 부르는 다섯 개의 조직은 각 방면에 뛰어난 재능을 지닌 해남검문의 주력 고수들을 모아 만든 조직으로, 실질적으로 해남검문의 대소사를 주관하는 곳으로 알려져 있었다.

　물론 해남검문에는 이 여덟 개의 조직 말고도 다양한 조직들이 있었으나, 그 의미와 실력 면에서 삼천, 오풍대와 견줄

만한 조직은 존재하지 않았다. 그래서 해남검문의 정식 제자로 입문하는 젊은이들은 누구라도 이 여덟 개의 조직 중 한곳에 자신의 이름을 올리는 것을 일생 최대의 목표로 삼는 것이었다.

"문주, 그렇게 감정적으로 대응할 일이 아닙니다. 과거의 원한보다는 내일의 해남검문의 안위를 생각해서 행동해야 할 때이지요."

호교상이 우려가 담긴 목소리로 말하자 호상중이 고개를 끄덕였다.

"숙부께서 걱정하시는 대로 제가 정말 삼천, 오풍대를 이끌고 강호로 나가지는 못하지요. 하지만… 오늘처럼 문주라는 자리가 불편한 적이 없었습니다. 이 해남검문의 문주라는 자리가 살부(殺父)의 원한을 갚는 것조차도 조심스럽게 만드는군요."

"지난 백여 년의 세월 동안 신기루(蜃氣樓)의 음모 속에 죽어간 강호의 고수들이 수천입니다. 그토록 많은 원한을 강호에 뿌린 자들이니 반드시 그 대가를 받게 될 겁니다. 그게 세상의 이치이지요."

"후후, 세상이 언제나 바른 쪽으로 돌아가는 것은 아니지요."

호교상의 말에 호상중이 씁쓸하게 대답하며 실소를 흘렸다. 맞는 말이었다. 세상이 어찌 항상 정(正)을 따라 흐르겠는가.

'옳고 그름을 따지는 것조차도 어려운 것이 세상사지.'

송문악이 호교상과 호상중의 말을 들으며 생각했다.

'강호무림에서 옳고 그름을 따지는 것은 의미가 없어. 그저 자신의 눈앞에 다가온 이익과 야망, 그리고 원한을 갚기 위해 도검을 드는 것으로 족할 뿐이야. 신기루(蜃氣樓)의 그 백열 명의 고수들도 그 출신으로 보자면 누구보다도 정(正)의 이름에 가까운 구파일방 출신들이 아니던가. 그들은 스스로 자신들이 무림을 지배하는 것이 강호 정의(正義)를 지키는 일이라고 생각하고 있을지도 모르지. 하지만 그들은 또한 누군가에게는 강호의 가장 악독한 마인들이지. 그러니 옳고 그름을 따질 수는 없다. 선악은 동전의 양면과 같다. 그들이 내게 추악한 마인이듯 나 또한 그들에게는 혈귀의 이름으로 남을 테니까.'

"그래, 청 소협은 어떻게 그들을 상대해 나갈 생각이오?"

문득 송문악의 상념이 끊겼다. 호상중이 송문악을 보며 향후의 일을 물었기 때문이다. 그리고 그 질문을 하기 위해 아마도 호상중은 송문악을 이곳으로 부른 것이리라.

송문악이 호상중의 물음에 잠시 생각을 정리한 후 천천히 입을 열었다.

"사실대로 말씀드리자면, 지난밤 신기루 십오 사령으로부터 신기루에 대한 이야기를 듣기 전까지는 전 신기루를 향한

제 복수가 성공할 확률이 거의 없다고 생각하고 있었습니다."

"음, 그 말은 십오 사령의 이야기를 들은 후에는 어느 정도 자신이 생겼다는 말이오?"

호상중이 흥미로운 표정을 지으며 송문악에게 물었다.

"적어도 그들과 싸워 나갈 방법은 찾게 되었다고 할 수 있지요. 그 이전까지는 그들과 어떤 식으로 싸워 나가야 할지 그 방향을 잡지 못하고 있던 상태였습니다. 그게 수련을 핑계 삼아 지금껏 제가 그들과 격돌하지 않고 강호를 떠도는 이유이기도 했습니다."

"어떻게 그들을 상대할 것인가?"

호교상이 재빨리 물었다.

"십오 사령에게서 얻은 정보 중에 두 가지 중요한 정보가 있습니다. 하나는 그들의 총 인원이 일백십 명에 지나지 않는다는 사실이고, 다른 하나는 지금껏 어둠 속에서 은밀히 움직였던 신기루의 고수 중 밝은 곳으로 나오려 하는 자들이 있다는 것입니다."

"생각보다 적은 인원이기는 하지만 그들 모두 절정에 이른 고수들일뿐더러 그들이 구파일방과 연결되어 있다면 그 일백십이란 숫자는 그리 큰 의미를 둘 숫자 같지는 않소만."

호상중이 신중한 어조로 말했다. 역시 거대 문파를 이끌고 있는 수장답게 드러난 사실뿐 아니라 그 이면에 숨어 있는 의미들까지 놓치지 않는 지적이었다.

"물론 그들이 신기루를 강호에 드러낼 때를 생각해 보면 그들이 움직일 수 있는 인원은 그 일백십 명보다 훨씬 많겠지요. 하지만 신기루를 공격하는 입장에서 보자면 그 일백십 명만 제거한다면 결국 신기루는 와해되는 것이지요. 왜냐하면 그들이 강호에서 움직이는 수많은 사람들은 자신들이 신기루라는 조직을 위해 일하고 있다는 것조차 모를 테니까 말입니다."

"결국 머리를 베면 몸통은 자연히 사라진다는 말이군."

호교상이 고개를 끄덕였다.

"맞습니다. 십오 사령에게서 신기루의 구성원이 일백 사령과 열 명의 십방성인들이란 말을 듣기 전까지 전 신기루를 상대하려면 적어도 그들의 힘에 비견할 수 있을 만큼의 세력을 키워야 하지 않을까 하고 생각했었지요. 그런데 구파일방을 암암리에 움직일 수 있는 신기루와 같은 힘을 지닌 세력을 키운다는 것은 애당초 거의 불가능한 일이지요. 해서 그들을 상대할 확실한 방책을 세우지 못하고 있었던 터였습니다. 그런데 이제 그들이 일백십 명의 고수들로 이루어진 조직이란 것을 알았으니 그 일백십 명의 신기루 고수들을 하나씩 제거해 나가는 방법이 생긴 거지요."

"음… 청 소협의 말이 틀린 것은 아닐세. 또 가만히 생각해 보면 그 방법 말고는 신기루를 상대할 방법이 없기도 하고…

또한 지금 본 문과 광동 하가장에 들어와 있는 신기루 고수들이 그들의 심장부로 들어갈 수 있는 연결 고리가 될 수도 있겠지. 하지만 그러자면 그들의 꼬리를 놓치지 않고 추적할 능력을 갖춘 은밀하고 빠르게 움직일 수 있는 사람들이 필요할 텐데."

"제게는 이 일을 도와주실 수 있는 몇 분의 친인들이 있습니다."

송문악이 호상중의 말에 답하며 장사성과 귀령파파, 그리고 무각을 떠올렸다.

'그리고 어쩌면 살황 어른도 이 일에 관여하실 수 있을 거야. 물론 쉽지는 않겠지만……'

"음, 청 소협을 도와주실 분들이 있다면 좋은 일이지. 그래도 역시 사람이 부족하겠군."

"문주, 나도 본 문의 일이 해결되면 청 소협과 함께 신기루의 고수들을 쫓겠소."

"숙부께서도요?"

"그렇소, 문주. 문주도 알다시피 난 정신을 차린 이후 줄곧 과거 전대 문주님을 공격했던 자들의 흔적을 찾아 강호를 돌아다녔소. 하지만 그들의 실체를 찾을 수 없었지. 그런데 이제 죽을 나이가 되어 그 원한을 풀 기회가 생겼는데 가만히 앉아 있을 수는 없지 않겠소?"

"위험한 일입니다."

호상중이 걱정스런 눈빛으로 말했다.

"흐흐흐, 그놈들과 함께 저승으로 갈 수 있다면 나야 손해 날 것도 없지. 어차피 난 죽을 나이가 아니겠소?"

"숙부께서 그리하시겠다면 어쩔 수 없지요. 사실은 저도 강호로 나가 본 문의 원한을 갚고 싶은 마음이 굴뚝같습니다."

"그런 말 마시오. 문주는 본 문의 중심이오. 아무리 어려운 환란도 중심이 굳게 서 있으면 헤쳐 나갈 수 있지만, 문파의 중심이 흔들리면 가벼운 바람에도 나무의 뿌리가 뽑히는 법이오이다. 문주가 본 문을 지키고 있어야 밖에서 움직이는 문도들도 든든한 법이오. 더군다나 이제 곧 본 문은 작지 않은 풍파를 겪어야 하지 않소이까?"

호교상이 고개를 저으며 말하자 호상중이 고개를 끄덕였다.

"숙부님의 말씀하신 바를 모르는 것은 아닙니다. 저 또한 제가 본 문을 떠나 강호로 나갈 수 없다는 것을 잘 알고 있습니다. 단지 제 마음이 그렇다는 이야기지요."

그러자 호교상이 빙그레 미소를 지었다.

"나도 문주께서 직접 강호로 나가실 거란 생각은 하지 않았소. 문주께서는 젊은 나이에 해남검문을 맡아 전대 문주께서 일을 당하신 이후 위기에 처한 본 문을 역사상 최고의 성세로 이끈 분이니 당연히 경솔하게 행동하지는 않을 거라 믿고 있었소. 그런데 문주……."

"말씀하시지요."

"본 문의 일은 어떻게 풀어내실 생각이오?"

호교상이 묻자 호상중의 표정이 순식간에 변했다. 싸늘한 한기가 그의 전신에서 일어났다.

"본 문을 위협에 빠뜨리려 한 자들은 일벌백계의 처분을 받을 것입니다."

"그렇다면 대부인을……?"

"일단은 그녀의 선택을 기다려 보겠습니다. 과연 나에게 독을 가져올 것인지, 아니면 해남검문을 위해 진실을 이야기 할 것인지……. 그녀의 선택에 따라 스스로의 운명도 달라지 겠지요."

"이건 내가 할 말은 아니지만, 대부인이 스스로 진실을 이 야기한다면 외부의 사람을 끌어들인 일들은 그냥 넘겨주시는 게 좋을 것 같소. 사실 대부인께서 그리된 것은 문주의 잘못 도 없다고는 할 수 없을 거요. 그리고 대부인이 잘못되면 광 동 하가장과의 관계는 완전히 단절될 테니 그건 본 문을 위해 결코 좋은 일이 아니오."

호교상은 호상중이 대부인 하성란을 제쳐 두고 이부인 심 옥영에게 지나치게 기울어져 있던 과거를 이야기하고 있는 것이었다.

"휴, 저도 그녀의 마음을 이해하지 못하는 것은 아닙니다. 하지만 그렇다고 해도 본 문을 타인의 손에 넘기는 일을 꾸밀 수는 없는 일이지요. 물론 그녀의 마지막 선택을 두고 볼 일입니다만… 어쨌든 숙부님의 말씀 기억해 두겠습니다."

"좋소. 그럼 이제 정작 중요한 것을 묻고 싶구려."

호교상이 크게 고개를 끄덕이고는 지금까지와는 또 다른 진지함으로 물었다. 그러자 호상중은 이미 호교상의 질문이 무엇인지 알고 있다는 듯 무겁게 입을 열었다.

"차기 문주를 정하는 일을 묻고 싶은 것이겠지요?"

"그렇다오. 이제는 결정을 해야 할 시기요. 이번에 본 문에 큰 격랑이 지나가면 문도들의 마음이 무척이나 심란해질 거요. 문을 안정시키기 위해서도 역시 후계 문제는 정리를 해둘 필요가 있소. 물론 이공자겠지요?"

어쩌면 이공자 호종위가 해남검문의 후계자가 되는 것은 당연한 일이었다. 대부인 하성란이 외부의 인물을 끌어들여 해남검문을 위기로 몰아넣은 일과 대공자가 연관이 없을 수 없었다. 지금 상황에서는 대공자 호검위는 후계자가 아닌 해남검문의 죄인으로 거론되어야 할 인물이었다. 그런데 의외로 호상중이 천천히 고개를 저었다. 그러자 호교상이 화들짝 놀라며 되물었다.

"아니, 그럼 대공자를 후계자로 정할 생각이란 말이시오?"

그러자 호상중이 좀 더 강하게 고개를 저었다.

"물론 검위에게는 더더욱 본 문을 맡길 수 없지요."

"그렇다면 도대체 누구에게 해남검문을 맡기겠다는 것이오?"

대공자 호검위과 이공자 호종위, 이 두 사람을 제외한다면 해남검문의 문주 자리를 이어받을 인물이 있을 리 없었다.

"전… 용무(龍武)를 생각하고 있습니다."

"용무(龍武)를?"

호교상이 놀란 눈을 하며 되물었다.

호상중이 대답 대신 무겁게 고개를 끄덕였다.

"하지만… 하지만 그 아이는 이제 겨우 열일곱이오."

뭔가 특별한 이유를 가져다 대야 할 것 같은 생각에 호교상이 꺼내든 것은 호용무의 나이였다. 열일곱, 대해남검문의 후계자로 인정받기엔 너무 어린 나이였다. 더군다나 그 위에는 지난 십여 년의 세월 동안 치열하게 해남검문의 주인이 되기 위해 싸워왔던 백부 호검위와 자신의 아버지 호종위가 있었다.

"제가 얼마나 더 살 수 있겠습니까?"

그런데 호교상의 반발에 호상중이 엉뚱한 물음으로 대답을 대신했다.

"갑자기 그건 왜……?"

"제가 십 년 안에 죽지는 않겠지요?"

"그런 말이 어디 있소? 문주의 나이가 칠십을 넘었다고는 하나 나에 비하면 그리 많은 나이가 아니오. 더군다나 문주께서는 절정에 이른 무공을 가진 고수, 어찌 십 년을 말하시오? 백수를 넘기고도 남을 거요. 죽으면 이 늙은이가 먼저 죽겠지."

"백 살까지는 아니더라도 십 년 이상만 살 수 있다면 말입니다. 용무, 그 아이를 지켜줄 시간으로는 충분하지 않겠습니까?"

"충분한 시간이라고 보시오? 십 년이 지나도 용무는 스물일곱이오. 스물일곱의 나이는 물론 한 사람의 사내로서 자신의 일을 책임질 수 있는 나이이기는 하나 해남검문과 같은 대문파를 이끌기에는 여전히 어린 나이요."

"저도 그 나이 때쯤 본 문의 문주가 되었지요."

"그건 이야기가 다르오. 문주는 전대 문주의 유일한 아들이 아니었소? 더군다나 당시 문주께서는 비록 나이는 어렸지만 해남검문의 그 누구보다도 뛰어난 무공을 지니고 있었소."

"전 십 년 후면 용무, 그 아이가 당시의 저보다 훨씬 뛰어난 인물이 될 거라고 생각합니다만… 숙부께서는 누구보다도 가까이서 지켜보셨으니 그 아이의 재능을 잘 알고 계시지 않습니까?"

"물론 그 아이의 재질이 뛰어나긴 하오. 하지만 난 그래도 문주께서 대공자와 이공자를 미뤄두고 용무를 후계자로 정한 이유를 잘 모르겠소."

호교상이 여전히 고개를 갸웃거리자 호상중이 작은 한숨을 내쉬며 대답했다.

"용무에게 해남을 맡기려고 하는 것은 그 아이의 재질이 뛰어나기 때문이기도 하지만, 그것보다는 현 상황이 그 아이가 본 문을 맡을 수밖에 없게 되었기 때문입니다. 본 문이 오늘날 이런 위기에 처한 것은 결국 검위와 종위 두 사람이 후계 싸움을 벌였기 때문이지요. 물론 제 실수도 있었습니다. 좀 더 일찍 후계자를 정해 본 문이 두 사람을 중심으로 양분되는 것을 막았어야 했지요. 하지만 어쨌든 전 그 시기를 놓쳤습니다. 더불어 두 사람 또한 자신들이 본 문의 주인이 될 시기를 놓쳤다고 봐야 합니다. 두 사람 중 한 명이 문주가 된다면 싫으나 좋으나 본 문에는 적지 않은 피가 흐를 것입니다. 피가 흐르면 본 문의 성세도 기울겠지요. 전 그런 결과를 알면서도 두 사람 중 한 명에게 본 문을 맡길 수는 없습니다. 검위에게 아직 자식이 없으니 용무가 후계자가 된다면 본 문의 분열을 막을 수 있을 겁니다. 용무에게는 제 아비의 호탕함과 검위의 치밀함이 모두 담겨 있지요. 좋은 재목입니다."

호상중은 호용무를 차기 문주로 정한 나름대로의 이유를 설명하면서도 그리 얼굴색이 밝지 않았다. 아마도 자신의 두 아들이 형제로서 융합하지 못한 것에 대한 실망감 때문인 듯했다.

"음, 문주의 말씀을 듣고 보니 이해가 가는구려. 허허! 용무(龍武)라… 뛰어난 아이이기는 하지. 자넨 어떻게 생각하는가?"

호교상이 한쪽에서 두 사람 이야기를 듣고 있던 송문악에게 물었다. 그러자 송문악이 살짝 미소를 지으며 대답했다.

"제가 어찌 해남검문의 후계 문제를 거론할 수 있겠습니다. 다만, 용무 아우가 뛰어난 재능을 가지고 있다는 것은 확실하지요. 그리고 저야 아우가 해남의 주인이 되는 것이니 당연히 환영할 일이기도 하고요."

"청 소협은 어느새 용무와 친분을 쌓았소?"

호상중이 궁금한 듯 물었다.

"파랑검 호 대협을 연혼동에서 보았을 때, 호 대협께서는 제게 부인과 아드님의 안위를 부탁하셨습니다. 해서 그간 용무 아우와 안면을 익힐 수 있었지요."

송문악의 대답에 호상중이 천천히 고개를 끄덕이다가 불쑥 입을 열었다.

"오 일 안에 본 문의 일을 마무리 지으려 합니다."

갑작스런 호상중의 말에 호교상이 놀란 눈으로 호상중을 바라봤다.

"너무 서두르는 것 아니시오?"

"그렇지가 않습니다. 시간을 끌면 오히려 일거에 난국을 해소하기가 어려울지도 모릅니다. 오늘 성란, 그녀의 거처로 가볼 것입니다. 그녀가 과연 어떤 선택을 할지, 그에 따라 저들을 상대하는 방법도 달라지겠지요."

"삼천과 오풍대에는 대부인의 사람들도 여럿 있다오."

"하지만 무천과 폭풍일대(暴風一隊), 그리고 살풍삼대(殺風三隊)의 사람들은 온전히 제 사람들이지요. 그들을 모두 동원할 생각입니다."

"무천과 일대와 삼대라면 해남 최고의 고수들이니 그리 걱정할 바는 아니지만……."

"이미 장로원의 원장로께도 기별을 넣어놓았습니다."

"장로원까지 움직일 생각이시오?"

호상중이 고개를 저었다.

"그저 만약을 준비해 원 장로께만 일의 진행을 알린 것뿐입니다."

"그렇게 하시구려. 장로원까지 움직이면 문도들이 동요할수도 있을 테니……. 그나저나 대공자가 걱정이야. 듣자하니이미 저들의 수중에 들어 있는 것 같던데……."

호교상이 걱정스럽게 말하자 호상중이 단호한 어조로 대답했다.

"검위의 목숨은 성란, 그녀에게 달려 있습니다. 그녀가 그들을 떠나 본 문을 위해 자신의 욕심을 포기한다면 검위, 그 아이를 무사히 돌아오게 할 수 있는 방법이 있을 겁니다."

호상중의 말에서 송문악은 이미 해남검문주 호상중에게는 흘러가는 상황에 따라 해남검문의 분란을 종식시킬 준비가 되어 있음을 알 수 있었다.

'해남에 광풍이 부는구나.'

송문악이 고개를 돌려 창밖으로 펼쳐진 바다를 바라봤다.

*   *   *

하늘이 어두워진 것은 하루 전 오후부터였다. 바다의 날씨는 변덕이 심해 찬연한 햇살에 은빛 물결을 찰랑이다가도 이내 검은 구름 아래 폭풍을 일으키곤 한다. 파도가 사람 크기만큼 솟구쳤다. 그 바다를 바라보는 삼 인이 있었다. 송문악과 호교상, 그리고 어젯밤 늦게 연혼동에서 나온 호종위였다.

"지랄 같은 날씨군."

호교상이 해변의 바위에 부딪쳐 발끝까지 튕겨 오르는 물방울들을 내려다보며 투덜거렸다.

"그나마 비가 오지 않는 것이 다행이군요."

호종위가 거친 파도가 몰아치는 바다에서 시선을 떼지 않고 대답했다. 해남검문주 호상중은 백일폐관의 명을 풀고 호종위를 연혼동에서 은밀히 불러냈다. 그리고 그에게 한 가지

해남광풍(海南狂風) 265

명을 내렸다.

"네 형은 네가 구해내라."

호종위는 순순히 호상중의 명에 따랐다. 자신의 아들 호용무가 차기 해남검문주로 결정되었기 때문은 아니었다. 오히려 그것보다는 수십 년 동안 해남검문을 놓고 경쟁해 온 형, 호검위에 대한 애증 때문이었다. 그의 운명을 다른 사람의 손에 맡기고 싶지 않았던 것이다.

"비도 곧 올 것 같아. 하늘이 심창치가 않아. 그들이 과연 이 파도를 뚫고 오늘 중에 돌아올 수 있을까?"

호교상이 검은 구름으로 가득 찬 하늘을 보며 중얼거렸다.

"형님이 해룡단을 치기 위해 데리고 간 고수 오십은 모두 해풍사대 소속입니다. 그들은 바다에 관한 한 천하에 따를 자가 없는 사람들이지요. 아무리 파도가 높다 하더라도 돌아오지 못할 리 없습니다."

"물론 그렇긴 하지만, 과연 해풍사대의 고수들이 모두 무사한지 그것을 모르니까 걱정이란 말이야."

호교상이 걱정스런 표정으로 대답했다.

"형님과 함께 출전한 해풍사대의 고수들은 대부분 형님을 따르는 사람들이었습니다. 신기루가 형님의 신변을 제압하고 있다고는 해도 어차피 형님을 통해 본 문을 통제할 생각이었다면 굳이 그들을 제거하지는 않았겠지요."

"듣고 보니 그도 그렇군."

호교상이 호종위의 말에 고개를 끄덕일 때 송문악이 입을
열었다.

"오는군요."

송문악의 말에 호종위와 호교상이 급히 송문악이 가리킨
곳으로 눈길을 주었다. 그러자 집채만 한 크기의 파도를 넘으
며 위태롭게 포구를 향해 다가오고 있는 다섯 척의 배가 두
사람의 눈에 들어왔다.

"다섯 척이라… 일행이 늘었군."

호교상이 중얼거렸다. 애초에 호검위가 해룡단을 치기 위
해 끌고 나간 배는 모두 두 척이었다. 해남오풍대 중 해전과
바다에 익숙한 고수들로 이루어진 해풍사대(海風四隊)의 절반
에 가까운 고수들, 그리고 상천(商天)의 이인자 방숙을 대동
하고 해룡단 정벌에 나섰던 호검위 일행이 오히려 다섯 척의
배로 늘어나 있었다.

"역시 그들이 함께 오나 봅니다."

호종위가 선두에 선 두 척의 배와는 조금 다른 모양을 한
뒤쪽 세 척의 배를 노려보며 말했다.

"준비해야 할 시간이군."

호교상이 파도를 타고 넘실거리는 다섯 척의 선박에서 시
선을 거두고는 천천히 움직이기 시작했다. 그러자 송문악과

호종위가 호교상을 따라 은밀히 어둠 속으로 사라졌다.

다섯 척의 배는 거리낌없이 거친 바람을 뚫고 해남 포구로 들이닥쳤다. 그와 동시에 다섯 척의 배에서 백여 명의 넘는 고수들이 일거에 쏟아져 나왔다. 그러자 일단의 인물들이 마을에서부터 포구로 달려나와 그들을 맞이했다.

"어서 오시오, 대공자. 기다리고 있었소이다."

그리고 그중 한 명이 앞으로 나서며 막 배에서 내리는 오십대 중반의 사내를 맞이했다. 배에서 내린 오십대 중반의 사내는 자신을 마중하는 사내를 흘끔 쳐다보았다. 날카로운 그의 눈빛 속에 적지 않은 적의가 담겨 있었다. 하지만 사내를 마중 나온 자는 그런 상대의 눈빛에 전혀 동요하지 않았다. 그러자 적의를 드러낸 오십대 중반의 사내가 차가운 음성을 흘려냈다.

"어머니는 어디 계시오?"

"대부인께서는 문주의 빈소를 지키고 계시오이다, 대공자!"

그러자 배에서 내린 오십대 중반의 사내, 해남검문의 대공자 호검위가 다시 한 번 상대를 노려보며 물었다.

"그대의 동료들은 어디 있소?"

그러자 며칠 전 포구에 있는 광동 하가장의 장원에서 신기루 십오 사령과 밀담을 주고받던 삼십 사령이 희미한 미소를 지으며 대답했다.

"그들은 만약의 일을 대비해 곁에서 대부인을 보호하고 계시지요."

명백한 협박의 의미가 들어 있는 대답에 호검위가 눈가에 분노를 드러냈다.

"어머니께 무슨 일이 생긴다면 나의 검은 그대들을 향할 것이오."

"그럴 리가 있겠습니까? 대공자와 우린 이미 한 배를 탄 사람들입니다. 대공자께서는 이제 곧 해남검문의 주인이 되실 테고, 우리와 함께 무림을 향해 나가실 겁니다. 이제 해남검문은 강호에서 구파일방을 넘어서는 명성을 얻게 될 겁니다."

"흥, 물론 당신들은 그 해남검문을 지배하겠지."

"지배라니요? 당치 않습니다. 그저 서로 돕는 것이지요."

음흉한 삼십 사령의 말에 호검위가 자신도 모르게 인상을 찡그릴 때 뒤늦게 도착한 세 척의 배에서 내린 고수들 중 일부가 두 사람의 곁으로 다가왔다. 그리고 그중 청수한 인상의 검객이 호검위와 삼십 사령을 보며 말했다.

"두 분, 이곳에서 한가롭게 이야기나 나누고 있을 시간이 있습니까?"

그러자 호검위의 비위를 건드리고 있던 삼십 사령의 얼굴빛이 변하며 다가온 검객에게 정중하게 허리를 숙여 보였다.

"어서 오십시오, 여 노사. 여 노사께서 오시기를 기다리고 있었습니다."

그러자 여 노사라 불린 자가 가볍게 고개를 까딱여 삼십 사령의 인사를 받은 후 되물었다.

"그래, 위의 일은 어떻게 되었소?"

"연락드린 대로 해남검문주의 죽음 이후 문주전은 대부인과 우리 쪽 사람들이 장악한 상태입니다. 이제 대공자께서 성으로 올라가 문주의 위에 오르면 모든 일이 끝나게 되겠지요."

"이공자 호종위는?"

"그는 아직 연혼동에 머물러 있습니다. 백일폐관은 그 스스로 깰 수 있는 것이 아니니까요. 새로운 신임 문주의 의사에 따라 그의 생사도 결정되겠지요."

삼십 사령이 슬쩍 대공자 호검위를 돌아보며 말했으나, 호검위는 수백 척 절벽 위의 검은 구름에 휩싸인 해남검문의 성을 뚫어지게 응시할 뿐 삼십 사령의 말에 가타부타 관심을 보이지 않았다.

"갑시다, 대공자. 일을 마무리 지을 시간이오."

여 노사라 불린 노고수가 호검위를 재촉했다. 그의 재촉을 받자 호검위가 굳은 얼굴로 고개를 끄덕였다.

"좋소. 가봅시다. 이미 호랑이 등에 올라탔는데 더 이상 망설일 이유가 없소. 해풍사대는 나를 따르라."

호검위가 단호한 눈빛을 발하며 자신의 뒤에 도열해 있는 오십여 명의 해풍사대의 고수들에게 명을 내렸다. 그리곤 가장 선두에 서서 절벽 위, 해남검문의 성에 이르는 돌계단이 있는 곳을 향해 달려나가기 시작했다.

"곰이 재주를 넘겠다는군."

앞서 달려나가는 호검위를 보며 여 노사라 불린 초로의 노인이 중얼거리자 신기루 삼십 사령이 그의 말을 받았다.

"해남검문을 장악하는 일은 그에게 맡겨도 될 듯합니다. 문주의 죽음 이후 대부인이 문주의 집무전을 장악했으므로 대공자 호검위만 집무전에 도착하면 모든 일은 어렵지 않게 끝날 듯합니다, 십구 사령님!"

"알겠소. 그동안 삼십 사령이 수고가 많았소. 일단 우리의 정체가 드러나면 안 되니 저자가 재주를 넘도록 놓아둡시다. 광동 하가장이 이미 우리의 손에 들어온 것이나 다름없는 상황이고, 또한 해남검문주 호상중의 죽음에 대부인 하성란이 관여된 이상 그녀와 호검위가 우리를 배반할 일은 없을 거외다. 자, 천천히 그의 뒤를 따릅시다. 이곳에서의 일이 마무리되면 드디어 우리도 음지를 벗어나 양지로 나설 거점을 마련하게 될 것이오."

그러자 삼십 사령이 매우 조심스런 목소리로 물었다.

"그런데 과연 해남에서 이 정도로 일을 벌여도 문제가 없겠습니까?"

"흠… 사실 이번 일은 우리의 대업을 성취하기 위해 무리하게 진행된 감이 없지 않아 있소. 하지만 지난번 포양호의 싸움으로 인해 루(樓)에서도 남궁세가와 해남검문의 성장을 주시하고 있었기 때문에 해남검문에 루의 근거를 마련하는 것을 심각하게 생각하지는 않을 거요. 단지 우리가 이렇게 깊게 해남검문을 장악한 것을 드러내지만 않는다면 말이오."

"그렇다면 해남검문을 장악한 이후에도 한동안은 전면으로 나서면 안 되겠군요."

"그야 당연한 일이오. 확실한 것은 알 수 없지만 아직 우리의 대업(大業)에 동참하지 않는 루(樓)의 사령들이 적지 않은 것으로 알고 있소. 그들이 우리가 해남검문에서 벌인 일을 알게 된다면 당연히 십방성인께 우리의 일을 전할 것이고, 십방성인들이 사전에 우리의 대업을 눈치 채게 된다면 대업의 성공은커녕 우리의 생사조차도 장담하기 어려울 것이오. 당연히 철저한 보안이 유지되어야 할 일이오."

"알겠습니다. 최대한 조심하도록 하겠습니다. 그나저나 지금쯤이면 십오 사령께서 광동 하가장에서 칠 사령님을 만나고 계시겠군요."

두 사람은 천천히 호검위와 해남검문의 해풍사대 고수들의 뒤를 따라 계단 쪽으로 이동하고 있었다. 두 사람의 뒤쪽에는 세 척의 배를 타고 포구로 들어온 고수 중 일부가 뒤따르고 있었고, 나머지는 포구에 남아 자신들이 타고 온 배를 지키고 있었다.

"그럴 거요. 이곳에서 올 소식만을 기다리고 있을 거요. 이곳의 일이 마무리되면 아마도 신기루를 음지에서 양지로 끌어내기 위해 본격적으로 움직이실 거외다."

"어둠 속에서 살아가는 것도 그리 오래 남지 않았군요."

삼십 사령이 감회가 깃든 목소리를 흘려내자 십구 사령이 조금 딱딱한 음성으로 대답했다.

"그렇소. 대업의 성취는 바로 이 해남으로부터 시작될 거요. 이제 천하는 신기루의 이름을 꿈속의 전설이 아닌 눈앞의 현실로 받아들여야 할 때가 된 것이오."

십구 사령의 눈에서 한가닥 기광이 번쩍였다.

사방으로 펼쳐진 바다를 내려다보며 절벽 위에 우뚝 솟은 해남검문의 성에 오르기 위해서는 수천 개의 돌계단을 거쳐야 한다. 돌계단의 양옆으로는 무성한 원시림과 위태로운 절벽이 펼쳐져 있어 오직 급한 경사를 타고 만들어진 이 돌계단만이 해남검문의 성에 이르는 유일한 길이었다.

그 돌계단을 해남검문의 대공자 호검위와 오십여 명의 해풍사대 고수들이 치달아 오르고 있었다. 계단의 높이가 높아갈수록 주변의 풍경은 점차 어두워졌다. 날이 저무는 시간이기 때문만은 아니었다. 오히려 그것보다는 하늘을 뒤덮은 먹구름이 더 큰 이유였다.

그리고 이런 을씨년스러운 날씨는 높은 곳으로 오를수록 수많은 변화를 일으키게 마련이었다. 한줄기 광풍이 불어왔다. 그러자 절벽의 중턱에서 일어난 무성한 안개들이 끝없이 펼쳐진 돌계단 중앙으로 밀려들었다.

"쯧쯧, 날씨하고는……. 서둘러야겠군. 잘못하다간 저들의 모습을 놓치겠어."

호검위와 해풍사대를 멀찍이서 뒤쫓던 십구 사령이 혀를 차며 갑자기 밀어닥친 안개 속으로 사라진 호검위 일행을 찾으려는 듯 고개를 빼들었다.

"그래 봐야 그들이 갈 곳은 하나밖에 없지요."

삼십 사령이 십구 사령의 걱정이 별일 아니라는 듯 대답했다.

"물론 그렇긴 하지만, 그래도 눈앞에서 해남검문이 우리의 수중에 들어오는 것을 확인하는 것이 좋겠지."

"알겠습니다. 그럼 조금 서두르지요."

삼십 사령이 고개를 끄덕인 후 그들의 뒤를 따라 돌계단을 오르고 있는 고수들을 돌아봤다.

"서둘러 해남검문의 성으로 오른다. 속도를 높여라!"

그리곤 자신이 먼저 앞서 간 호검위와 해풍사대의 뒤를 쫓아 속도를 높이기 시작했다.

신기루 일백 사령의 무공이란 강호의 일반 무사들과는 차원이 다른 것이다. 백여 년이 넘는 동안 강호를 암중으로 지배해 온 자들의 무공이었다. 삼십 사령이 경공을 발휘하며 신형을 뽑아 올리자 그의 몸이 가파른 돌계단을 마치 평지를 달리는 것처럼 순식간에 거슬러 올랐다. 그리고 그 뒤를 십구 사령이 뒤처지지 않고 따라붙었다.

반면 그들을 뒤따르던 자들은 미처 두 사람의 속도를 따라잡지 못해 순식간에 두 사람과의 간격이 벌어지는 것이었다.

"서둘러라!"

뒤따르던 무리 중 누군가가 냉엄한 명령을 발했지만 애초에 무공의 경지가 다른 십구 사령과 삼십 사령을 따라붙는 것은 무리가 있어 그들이 기를 쓰고 공력을 끌어올려도 두 사령의 모습은 쉽게 그들의 눈에 들어오지 않았다.

그런데 바로 그때였다.

안개 속으로 앞서 사라진 두 고수의 뒤를 쫓아 정신없이 경공을 펼치고 있던 고수들이 미처 눈치 채지 못하는 사이 돌계단 양편에 펼쳐진 원시림 속에서 희미한 그림자가 나타나는가 싶더니, 일순 공기를 찢어놓을 듯한 파공음이 사방에서 터져 나왔다.

쐐애애액!

동시에 수십 개의 강전이 어둠을 뚫고 정신없이 돌계단을 오르고 있는 불청객들을 향해 쏟아져 내렸다.

"악!"

"크아아악!"

"조심해! 기습이닷!"

순식간에 돌계단을 오르던 자들의 전열이 흐트러졌다. 눈 깜짝할 사이에 이곳저곳에서 강전을 맞은 고수들이 나뒹굴었다.

"전열을 흩뜨리지 마라!"

일행 중 누군가 다급하게 소리쳤지만 한 번 흐트러진 전열을 다시 정비할 여력이 침입자들에게는 없었다. 그 덕에 강전의 기습을 받은 이후 이들은 단 한 발자국도 앞으로 전진하지 못하고 오히려 차츰 계단 아래로 밀려나기 시작했다.

그리고 어느 순간 앞서 간 신기루 두 사령과 뒤따르던 고수들 사이로 한 떼의 고수들이 날아들었다.

"감히 해남검문의 영역을 침범하다니! 간덩이가 부은 놈들이구나. 보아하니 해룡단 놈들 같은데, 오늘 해남에서 해룡단의 이름은 사라질 것이다."

신기루의 두 고수를 따라 해남검문의 성으로 치달아 오르던 해룡단 고수들을 막아선 자들 사이에서 차가운 음성이 흘러나왔다. 그리고 뒤이어 차가운 살검이 해룡단의 고수들 위로 쏟아져 내렸다.

"한 놈도 살려 보내지 마라!"

누군가의 노기 어린 명령, 동시에 이곳저곳에서 해룡단의 무인들을 노리고 달려든 해남검문 고수들의 검날이 번쩍이기 시작했다.

"악!"

"우욱!"

강전의 공격에 기세가 꺾인 해룡단 고수들의 진형이 해남검문 고수들의 날카로운 공세에 순식간에 무너져 내리기 시작했다.

"물러나지 마라. 전열을 정비하고 적을 맞아라!"

해룡단 고수들을 통솔하는 우두머리가 동료의 선혈로 번들거리는 머리카락을 휘날리며 위에서부터 날아내리는 해남검문 고수 두 명을 일검에 베어내며 소리쳤다.

어쩌면 그의 손에 죽은 두 명이 해남검문 고수 중 처음으로 죽은 자들일지도 몰랐다. 하지만 일단 두 명의 적을 베어내자 그의 곁에 있던 해룡단의 고수들도 재빨리 그의 뒤쪽으로 모여들며 전열을 정비하기 시작했다. 그리하여 양편이 본격적인 혈전을 벌이려는 순간, 갑자기 어둠 속에서 한 개의 강전이 서늘한 파공음을 만들어내며 날아들었다.

"하앗!"

해룡단의 우두머리는 불현듯 날아든 강전이 자신의 심장을 향하고 있다는 것을 깨닫고는 힘찬 기합성을 터뜨리며 날아오는 강전을 향해 묵직한 진기가 실린 검을 흩뿌렸다.

"헛!"

하지만 다음 순간 그의 입에서 다급한 헛바람이 새어 나왔다. 자신을 향해 다가들던 강전이 갑자기 허공에서 그 모습을 감춰 버린 것이었다. 그리고 목표를 놓친 그의 검이 허무하게 허공을 가를 즈음 모습을 감추었던 철시가 불쑥 그의 가슴 앞에 나타났다.

"큭!"

한마디 비명이 그의 입에서 흘러나왔다. 그와 동시에 그의 신형이 허공으로 붕 떠오르더니 가파른 돌계단 수십 개를 지나쳐 아래쪽으로 떨어져 내렸다. 그의 가슴에 꽂힌 검은색 강전은 송문악이 지니고 있는 귀곡육보 중 하나인 철궁에 의해 쏘아진 화살이었다.

갑작스런 우두머리의 죽음은 간신히 전열을 정비하려던 해룡단 고수들에게 치명타를 가했다. 우두머리의 죽음으로 당황하는 해룡단 고수들 위로 해남검문 검객들의 검이 쏟아져 내렸다.

"으아악!"

그때부터 일방적인 도륙이 시작됐다. 처음 오십여 명에 가깝던 해룡단 고수들의 숫자가 순식간에 십여 명으로 줄어들었다. 그리고 그 십여 명의 목숨도 찰나지간에 사라질 운명에 처한 그 순간, 갑자기 위쪽에서 공격을 퍼붓고 있던 해남검문의 고수들 머리 위에서 날카로운 노성이 터져 나왔다.

"포구로 물러나라! 함정에 빠졌다."

동시에 짙은 안개 속에서 신기루 십구 사령과 삼십 사령, 그리고 몇 명의 정체불명의 고수들이 나타나더니 마치 새가 하늘을 날듯 허공을 격하고 날아올라 해남검문의 고수들과 해룡단 고수들의 머리를 뛰어넘어 급히 아래쪽 계단 위에 내려섰다.

그리곤 뒤도 돌아보지 않고 자신들이 타고 온 배가 정박해 있는 포구를 향해 달려 내려가기 시작하는 것이었다.

第九章

폭풍 속으로

*해*남검문의 성을 떠받치고 있는 수백 척의 절벽은 수많은 굴곡과 동혈을 품고 있다. 그 수많은 굴곡 중 포구나 바다에서 그 안쪽이 들여다보이지 않는 한 험지에서 갑자기 검은 선체에 검은 돛을 단 세 척의 배가 폭풍이 몰아치는 바다로 튀어나왔다.

보통 아무리 노련한 뱃사람이라도 폭풍이 부는 날은 돛을 펴고 바다로 나오지 않는다. 돛은 적당한 바람에는 유용한 동력을 제공하지만 폭풍 속에서는 배를 전복시키는 위험스런 도구이기 때문이다.

그런데 근래에 들어 보기 드문 강풍이 몰아치는 바다로 검은 돛을 펴고 나온 세 척의 흑선은 높은 파도와 강풍에 위태롭게 흔들리면서도 무서운 속도로 파도를 넘어 해남의 포구 쪽으로 돌진하기 시작했다.

그 세 척의 배 중 가장 앞에 나서서 격랑을 헤쳐 나가고 있는 배의 선두에 송문악과 호교상, 그리고 호종위가 거친 해풍을 맞으며 서 있었다.

"일은 계획대로 되어가고 있군. 이제 해룡단 놈들만 격멸시키면 일단 해남도에서 그들의 세력은 완전히 소멸될 거야."

호교상이 광인의 눈빛을 버리고 노고수의 차가운 눈빛을 드러내며 말했다.

"생각 같아서는 신기루의 고수 모두를 제거하고 싶지만, 일단 그들을 광주로 살려 보내야 한다는 것이 아쉽군요."

호종위가 입맛을 다셨다.

"아서게. 과욕은 화를 부르기 마련일세. 신기루와의 싸움은 해남이 아닌 육지에서 하는 것이 좋아. 이곳에서 그들이 전멸한다면 우리가 신기루의 비밀을 눈치 챘을 것을 걱정해 분명 좀 더 강한 자들이 해남으로 들어올 거야. 그들을 살려 보내는 것만 못하네."

호교상이 고개를 저었다.

"알고 있습니다. 단지 눈앞에서 본 문의 원수를 살려 보내야 한다는 것이 아쉬울 뿐이지요."

"그 화풀이는 해룡단 놈들에게 하세. 그들을 소멸시키는 것도 오랫동안 본 문의 속을 썩인 골칫덩이를 제거하는 일이니."

"꿩 대신 닭이라… 그것도 괜찮지요."

호종위가 입가에 진득한 살기를 머금으며 미소를 지었다. 그때였다. 배의 망루 위에서 커다란 음성이 들려왔다.

"적입니다!"

적의 출현을 알리는 소리에 송문악 등 세 사람이 집채만 한 파도와 어느새 흩날리기 시작한 빗방울로 희미해진 전면을 뚫어지게 응시했다. 그러자 과연 넘실대는 파도 넘어 어스름히 네 척의 배가 위태롭게 파도를 넘는 것이 보였다.

"모두 네 척이군."

"아마도 본 문의 배 중 한 척을 더 끌고 나선 모양입니다."

"그렇군. 역시 만만한 놈들이 아니야. 그 와중에도 네 척이나 되는 배를 출항시킨 것을 보면……."

그러자 지금껏 침묵을 지키고 있던 송문악이 입을 열었다.

"이런 날씨라면 저들을 따라잡기 어렵지 않겠습니까?"

세 사람이 해남검문의 쾌선을 타고 적을 추격하기 시작한 것은 신기루와 해룡단 고수들의 공세를 돌계단 위에서 격퇴한 후 제법 시간이 흐른 뒤였다.

그들은 적이 계단 아래로 후퇴를 시작하는 순간 빠른 속도로 밀지에 감추어둔 배를 몰아 바다로 나왔지만 적은 이미 포구를 떠나 한참을 항해한 뒤였다.

"껄껄껄. 이보게, 송 소협. 그건 송 소협이 잘못 생각한 걸세. 우린 바로 이 날씨 때문에 저들을 따라잡을 수 있을 걸세."

호교상이 호탕한 웃음을 터뜨리며 송문악의 우려에 대답했다.

"이 날씨 때문이라뇨?"

"흐흠, 보시게. 보통 폭풍이 치는 날에 항해를 하는 배들은 절대 돛을 펴지 않는다네. 돛을 펴는 순간 배가 강풍에 전복될 위험이 있기 때문이지. 저들을 보게. 돛을 펴지 않고 있지 않은가?"

호교상의 말에 송문악이 시선을 돌려 신기루 고수들과 해룡단을 태우고 폭풍 속으로 나아가고 있는 네 척의 배를 보자 과연 그 네 척의 배는 돛을 펴지 않고 항해를 하고 있었다.

"저들은 순전히 노를 저어 배를 전진시키고 있을 걸세. 그런데 본 문의 이 세 척의 배는 이런 폭풍 속에서도 돛을 펴고 바람의 힘을 빌어 항해를 할 수 있게 제작된 특별한 배란 말씀이야. 그러니 당연히 사람의 힘으로 움직이는 배가 폭풍의 힘으로 움직이는 배를 따돌릴 수 없지 않겠나?"

호교상의 장담은 오래지 않아 사실로 드러났다. 돛을 편 채 폭풍 속을 돌진하는 해남검문의 세 척 배는 순식간에 위태롭게 흔들리며 파도를 넘고 있는 해룡단의 배들과 거리를 좁히기 시작했던 것이다.

"이 배는 사실 평소에는 쓰지 않는 배라네. 폭풍이 불지 않으면 별로 쓸모가 없는 배니까 말일세. 다른 배에 비해 하중이 아래로 치우쳐 있어 배의 중심을 유지하기 쉽고, 돛은 배에 비해 무척 작은 편이지. 만약 날이 좋은 날 이 배를 띄웠다면 도저히 저놈들을 따라잡을 수 없었을 거야. 물론 그랬다면 이 배를 띄우지도 않았겠지만!"

호교상의 자신감에 찬 말을 들으며 송문악은 해남검문이 수백 년 동안 남해를 장악한 이유를 새삼스레 깨달을 수 있었다. 날씨의 변화에 따라 바다에 나서는 배를 달리 운용할 수 있는 문파나 상가가 얼마나 될 것인가. 아마도 이런 식의 선박 운용은 오랜 시간 바다를 터전으로 살아온 해남검문의 경험이 아니면 흉내 낼 수 없는 움직임일 것이다.

해남검문의 배는 순식간에 해룡단과 신기루 고수들이 타고 있는 네 척의 배에 근접했다. 그들이 타고 있는 배 중 세 척은 동일한 모양을 하고 있었고, 다른 한 척은 나머지 배들과 다른 모양을 하고 있었다. 모양이 같은 세 척의 배는 해룡단이 타고 있는 배였고, 모양이 다른 한 척의 배는 호검위가 해룡단을 치기 위해 타고 나갔던 배로, 지금은 신기루의 고수 다섯이 그 배에 올라 자신들을 추격해 오는 해남검문의 세 척 흑선을 노려보고 있었다.

그렇게 한동안 폭풍 치는 바다 위에서의 추격전이 벌어졌다. 그리고 얼마 후 양측의 거리가 서로의 얼굴을 알아볼 수 있을 만큼 가까워졌다. 순간 송문악의 눈에서 파란 살광이 은은하게 흘러나왔다.

'역시 그자들이야. 해남검문의 성에서는 자세히 보지 못해 확신을 할 수 없었는데, 지금 보니 역시 그자들이 맞군.'

놀랍게도 송문악의 기억은 그가 아주 어렸을 때 보았던 자들의 얼굴을 생생히 기억해 내고 있었다. 그것은 송문악에게조차도 놀라운 일이었다.

그것이 천비심천문의 효능 때문인지 아니면 타고난 송문악의 총명 때문인지, 그도 아니면 신기루에 대한 깊은 원한에 의해 나타난 현상인지는 몰랐다. 하지만 어쨌든 지금 송문악의 시야에 들어온 다섯 명의 신기루 고수 중 며칠 전 송문악의 손에 죽은 십오 사령과 하가장의 숙소에서 밀담을 나누었던 삼 인을 제외한 나머지 두 명의 얼굴이 송문악의 기억 속에 또렷이 떠오르는 것이었다.

'아마 개방 고수들을 뒤쫓고 있었지?'

원강에 신기루가 등장했을 때 도문의 무각(無脚)을 구한 장사진이 팔괘진을 펼쳐 사람들의 이목을 속이고 있을 때 황룡 연심환 등 개방의 고수들을 뒤쫓던 신기루의 고수 두 명, 그 얼굴이 지금 송문악의 눈앞에 있었던 것이다.

그렇게 상대를 알아보고는 그들에 대해 깊은 살의를 드러냈던 송문악의 눈빛이 시간이 지나자 차츰 본래의 모습으로 돌아오기 시작했다.

'지금은 저들의 목숨을 취할 때가 아니다. 시작은 광주에서 해도 늦지 않아.'

송문악이 마음에 이는 살의를 애써 잠재우고 있을 때 호종위의 입에서 날카로운 명령이 떨어져 내렸다.

"공격하라!"

호종위의 명령이 떨어지자 이미 사전에 약속이 되어 있었던 듯, 해남검문의 세 척 쾌선이 신기루의 고수들이 탄 배를 제쳐 두고 해룡단의 고수들이 탄 세 척의 배를 향해 돌진하기 시작했다.

슈슈슉!

해룡단 배를 쫓기 시작한 해남검문의 쾌선에서 화살의 끝에 기름을 먹여 불을 당긴 강전들이 거친 바람을 뚫고 적의 배를 향해 날아가기 시작했다.

"악!"

"막아랏! 배에 불이 붙지 않게 불을 꺼라!"

화살 공격을 받은 해룡단의 배 안에서 다급한 외침이 터져 나왔다. 하지만 거친 폭풍에 무섭게 요동치는 배에서 명령대로 움직이기란 쉬운 일이 아니었다. 더군다나 비록 빗방울이 흩날리고는 있지만 폭우가 내리는 것은 아니어서 해남검문의 고수들이 쏘아대는 불화살 세례에 해룡단의 선체에 불이 옮겨 붙는 것은 그리 오래 걸리지 않았다. 오히려 일단 해룡단의 선박에 붙은 불씨는 거친 바람을 타고 순식간에 해룡단의 세 척 배를 집어삼키기 시작했다.

"충선(衝船)하라!"

다시 호종위의 입에서 우렁찬 명령이 떨어지자 해남검문의 세 척 쾌선이 더욱 속도를 높여 거친 폭풍과 화재로 인해 정신을 차리지 못하는 해룡단 세 척 배를 향해 돌진했다.

쿠쿠쿵!

송문악은 자신의 발을 통해 전해지는 육중한 충돌음을 온몸으로 느꼈다. 그가 타고 있던 해남검문의 쾌선이 그대로 해룡단 선박과 충돌한 것이다. 동시에 우지직거리는 소리와 함께 옆구리를 공격당한 해룡단의 선박이 기우뚱거리며 중심을 잃었다.

'애초에 이런 싸움을 위해 만들어진 배였군.'

송문악은 적의 선체와 충돌하고도 아무런 피해도 입지 않은 해남검문의 쾌선을 보며 고개를 끄덕였다. 폭풍 속에서도 안정된 움직임을 보이는 해남검문 쾌선의 선두(船頭)에는 다른 배와는 달리 긴 용두가 세워져 있었는데, 그저 균형을 잡거나 위용을 과시하기 위해 만들어놓은 것으로 생각했던 이 용두의 쓰임새는 이렇게 적의 선박을 격파하는 데 있었던 것이다.

"월선(越船)!"

다시 호종위의 명령이 떨어졌다. 동시에 해남검문의 쾌선에 타고 있던 폭풍일대의 고수 수십 명이 몰아치는 강풍을 뚫고 흔들리는 해룡단의 선박으로 날아 넘기 시작했다.

"적이다. 막아랏!"

사방에서 병장기 부딪치는 소리와 죽음에 이르는 비명 소리, 그리고 애써 형세를 유지하려는 해룡단 수뇌들의 다급한 명령 소리가 동시에 터져 나왔다.

하지만 싸움의 승패는 이미 결정 나 있는 것이나 마찬가지였다. 안정된 움직임을 보이며 쾌선 너머의 적을 공격해 들어가는 해남검문의 고수들을 이미 사기가 꺾인 해룡단 고수들이 막아낼 수는 없었던 것이다.

"굳이 우리가 나설 것도 없겠구먼!"

호교상이 생각보다 유리하게 전개되는 전세를 보며 중얼거렸다.

"두 분께서는 이곳에 계십시오. 제가 마무리를 짓지요."

호종위도 호교상과 송문악이 싸움에 끼어들 필요가 없다고 느꼈는지 두 사람에게 쾌선에 머물 것을 권하고는 훌쩍 몸을 날려 해룡단 선박으로 넘어 들어갔다.

일단 해룡단의 배 위로 날아든 호종위는 주변의 해룡단 무인들에게는 관심을 두지 않고 배의 중앙에 위치한 선실의 지붕 위에서 악을 쓰며 싸움을 독려하고 있는 해룡단의 수뇌를 향해 일직선으로 날아들었다.

"역시 이공자야. 언제나 시원시원하게 싸움을 하지."

"그 모습에 반해 제가 해남으로 왔지요."

송문악이 고개를 끄덕였다.

"사람을 끌어들이는 매력을 가진 사람이지. 하지만 그도 역시 해남검문의 주인은 되지 못했어. 그러고 보면 역시 세상에는 능력만으로는 되지 않는 일들이 있는 모양이야."

호교상의 말이 끝날 때쯤, 호종위의 일검이 그대로 해룡단 고수의 몸을 갈라놓고 있었다.

"해남삼십육검(海南三十六劍)의 이십오초식인 파천룡(破天龍)이라는 초식이지. 해남검문에서 이공자만이 완벽하게 구사할 수 있는 초식일 테고."

호교상이 감탄하듯 중얼거렸다.

'호 대협에게 잘 어울리는 초식이군.'

송문악이 적이 수괴를 일검에 베어버리는 파천룡이라는 초식이 호종위와 무척 잘 어울린다는 생각을 하고 있을 때, 어느새 적의 수뇌를 베어버린 호종위가 다시 해남검문의 쾌선으로 날아 넘어왔다.

"수고했네, 이공자!"

"수고는요. 그는 이미 전의를 상실해 크게 어려움이 없었습니다."

순식간에 적의 수뇌를 베고 돌아온 호종위의 호흡은 평온했다.

"이쪽 싸움은 이제 모두 끝났군. 다른 두 곳은 조금 더 걸릴 것 같고… 저들은 그냥 보내야 하나?"

호종위에 의해 수괴가 제거된 해룡단의 배는 순식간에 해남검문의 무사들에 의해 장악되었다. 개중 몇몇은 손에 든 도검을 버리고 항복을 했고, 끝까지 저항한 자들은 가차없는 해남검문도들의 검에 수중고혼(水中孤魂)이 되어버렸다.

반면에 아직 그 수뇌가 살아 저항을 하고 있는 두 척의 해룡단 선박은 제법 해남검문 고수들의 공격을 버티고 있었으나 해남검문 최고의 무인들인 해풍 일, 삼대가 동원된 공격에는 그리 오래 버티지 못할 것은 분명했다.

그래서 세 사람의 시선은 호교상의 말이 끝나자 해남검문의 공격으로부터 멀리 벗어나 있는 한 척의 배, 신기루 고수들이 타고 있는 선박으로 향했다.

그들이 타고 있는 배는 애초에 호검위가 해룡단을 치기 위해 몰고 나갔던 배였으므로 대양을 항해할 준비가 충분히 되어 있는 배였다.

"저들이 싸움에 관여하지 않은 것은 결국 해룡단을 포기하겠다는 의미겠지?"

호교상이 쓴 침을 뱉어내며 말했다.

"그들에게 있어 해룡단이란 그저 쓰고 버리면 그만인 도구에 지나지 않았을 겁니다."

송문악도 이제는 그 얼굴의 형체를 알아볼 수 없을 만큼 멀어진 신기루 고수들을 노려보며 대답했다.

"이대로 보내면 저들이 의심하지 않을까요?"

호종위가 걱정스런 목소리로 말하자 호교상이 고개를 끄덕였다.

"추격하는 흉내라도 내야겠지."

그러자 호종위가 주변을 돌아보며 해룡단의 선박을 완전히 궤멸시키고 쾌선으로 돌아온 해남검문의 무인들에게 명을 내렸다.

"저 배를 추격한다. 선수를 돌려라!"

호종위의 명령이 내려지자 그의 명이 배 곳곳으로 퍼져 나갔다. 동시에 쾌선의 방향이 높은 파도를 타고 넘으며 도주하는 신기루의 고수들이 탄 배 쪽으로 천천히 돌아서기 시작했다.

배가 큰 원을 그리며 방향을 선회하자 어느새 신기루의 고수들이 탄 배와 송문악이 탄 배가 일직 선상에 놓였다. 그리고 일단 같은 방향으로 항해를 시작하자 송문악이 탄 쾌선은 예의 그 놀라운 속도로 신기루 고수들이 탄 배와의 거리를 좁혀갔다.

"이러다간 저놈들을 정말 잡아버리겠는걸!"

호교상이 혀를 차며 중얼거렸다. 애초에 적당히 추격을 하다 돌아갈 생각이었는데 생각보다 빨리 적과의 거리가 좁혀지고 있었기 때문이다.

"그렇다고 지금 배를 돌려 돌아갈 수도 없는 일 아닙니까?

그러면 저들이 더욱 의심을 하게 되겠지요."

송문악도 점점 가까워지는 신기루 고수들의 형체를 노려보며 난감한 목소리로 말했다. 그때였다. 갑자기 신기루 고수들이 타고 있는 배의 돛이 펼쳐지기 시작했다.

"허! 급하긴 급했나 보군."

호교상의 입에서 탄식이 흘러나왔다. 그도 그럴 것이, 신기루 고수들이 타고 있는 배는 이런 폭풍 속에서 돛을 펼칠 경우 바람의 힘을 이기지 못하고 전복될 가능성이 무척 큰 배였기 때문이다.

"그나마 세 개의 돛 중 하나만을 펴는군요. 물론 그 하나만으로도 위험하긴 하지만 말입니다."

신기루 고수들이 탄 배에 드디어 하나의 돛이 완전히 펼쳐졌다. 그러자 몰아치는 광풍을 받은 배가 무서운 속도로 바다 한가운데로 전진해 나갔다. 송문악 등이 탄 배와 거의 같은 속도를 내며 폭풍 속으로 움직이는 배는 빠르지만 무척 위태롭게 흔들리고 있었다.

"저러다 고기밥이 되고 말지."

호교상이 혀를 차며 말했다.

"이쯤에서 추격을 접지요. 저들이 돛을 펴 위태롭게 속력을 내고 있으니 돌아갈 구실은 된 것 같습니다."

호종위가 호교상을 돌아보며 말하자 호교상이 고개를 끄덕였다.

"그렇게 하세. 저러다 저놈들이 제풀에 바다에 빠져 죽으면 안 될 일이니 말일세."

호교상이 고개를 끄덕이자 호종위가 다시 주변에 서 있는 무사들을 향해 명을 내렸다.

"추격을 중지한다. 포구로 회항한다!"

"회항한다!"

호종위의 명을 받은 무사가 쾌선을 모는 자들을 향해 호종위의 명을 전하자 쾌선이 서서히 속도를 줄이더니 이내 신기루 고수들이 탄 배를 더 이상 쫓지 않고 포구 쪽으로 방향을 틀기 시작했다.

그렇게 폭풍이 몰아치는 바다에서 벌어진 해상전이 막을 내리고 있었다. 송문악이 탄 배가 완전히 방향을 틀었을 때에는 이미 근근이 저항하던 해룡단의 나머지 배 두 척도 완전히 해남검문의 문도들에 의해 장악된 뒤였다.

"해룡단의 배는 수장시키고, 포로들을 데리고 포구로 돌아간다!"

다시 호종위의 명이 내려지자 쾌선 위의 망루에서 흰 깃발이 올랐다. 그러자 뒤에 남아 해룡단을 상대하던 두 척의 쾌선에서도 흰 깃발이 세워졌다.

구우웅!

해남검문의 쾌선들이 포구를 향해 천천히 속도를 높일 때 뒤쪽에서 거대한 소음이 일어났다. 배 밑에 구멍이 뚫린 해룡단의 배들이 바다 속으로 수장되는 소리였다.

"이렇게 해서 수년간 남해의 바닷길을 가로막고 도적질을 하던 해룡단도 사라지게 되었군."

호교상이 바다 속으로 사라져 가는 해룡단의 선박을 보며 감회 어린 말을 흘려냈다.

"그들은 과연 신기루에 의해 탄생한 자들이었을까요?"

처음부터 해룡단의 탄생은 의문에 싸여 있었다. 해남검문이라는 막강한 세력이 뱃길을 장악하고 있는 남해에서 해적질을 하겠다고 자리를 잡은 자들이었다. 그런 배짱을 부리를 수 있는 세력이 어느 날 불쑥 생겨날 수는 없는 일이었다.

분명 적지 않은 세력이 그 배후에 도사리고 있을 것이라는 추측이 난무했지만 지금껏 해룡단의 배후는 드러나지 않았었다.

"저들을 조사해 보면 뭔가 나오겠지."

호교상이 배의 한쪽에 줄지어 꿇어앉아 있는 해룡단의 생존자들을 보며 말했다.

"보아하니 모두 하급의 무사들 같은데… 저들이 아는 게 있겠습니까?"

호종위가 미덥지 못한 눈으로 포로들을 보며 대답했다.

"물론 그렇긴 하지만, 그들이 그동안 어떻게 움직였는지는 들을 수 있겠지. 그러면 해룡단이 과연 신기루의 고수들이 만든 조직이었는지, 아니면 다른 세력이 뒤에 있었는지 알게 되겠지."

세 척의 배가 포구로 진입해 들어갔다. 송문악이 탄 배가 가장 앞에 있었기에 포구에 도열해 있는 일단의 인물들을 멀리서도 볼 수 있었다.

"문주께서 직접 나와 계시는군."

"아마도 문 내의 일들은 모두 정리가 된 모양입니다."

"휴, 적지 않은 후유증이 남을 일이야. 광동 하가장과의 관계도 어떻게 풀어야 할지 난제(難題)이고……."

"대부인께서 최후에 마음을 바꾸셔서 그나마 다행입니다. 최악의 상황은 모면한 것이니까요."

호종위가 씁쓸한 어조로 말했다.

"그래도 해남검문에 대한 애정이 남아 있어서 다행이야. 대부인의 결정이 대공자의 목숨도 구한 것이나 마찬가지라고 할 수 있지. 물론 이공자와 대공자에게는 좋은 결과가 아니지만 해남검문으로서는 괜찮은 결과라고 할 수 있지. 왜, 서운한가?"

그러자 호종위가 피식 웃음을 터뜨렸다.

"서운하다뇨. 사실 해남검문의 문주가 되었어도 무척 머리가 아팠을 겁니다. 덕분에 귀찮은 일들은 아들놈에게 모두 미뤄두고 송 소협과 함께 강호로 나갈 수 있게 되지 않았습니까? 과거의 빚을 받으러 말이죠."

호종위가 송문악을 의미심장한 눈으로 바라봤다.

"호 대협께는 죄송한 말입니다만, 제게는 호 대협께서 차기 문주로 지정되지 않으신 것이 행운이지요."

송문악이 빙그레 미소를 지으며 호종위의 말에 대답했다.

"그런데 이렇게 되면 내가 과연 송 소협에게 약속한 금전을 줘야 하는 건가? 비록 해남검문의 내분에 휩싸여 일어난 일이긴 했지만, 어차피 신기루를 상대로 한 일이었으니 송 소협은 자신의 일을 한 것인 듯싶은데?"

호종위가 장난스런 표정을 지으며 고개를 갸웃거렸다.

"더 이상 금전은 지급하지 않으셔도 됩니다. 어차피 돈 때문에 이곳에 온 것은 아니니까요. 그리고 호 대협께서 말씀하신 대로 예상한 일은 아니었으나 이곳에서 신기루의 꼬리를 잡았으니, 돈이 있다면 오히려 제가 호 대협께 드려야 할 상황입니다."

"하하하! 농담이오, 농담이야. 송 소협이 이곳에 있던 날짜를 계산해 내 정확히 셈을 치르겠소이다."

"그러실 필요 없습니다."

송문악이 고개를 저었으나 호종위의 고집은 꺾이지 않았다.

"그게 그렇지 않소이다. 본시 우리 해남검문은 검문이면서도 상가라오. 상가란 언제나 계산이 분명해야 하는 법이지. 그리고 이번에 본 문이 위기에서 벗어난 데에는 역시 송 소협의 도움을 빼놓을 수 없소이다. 아버님께서도 그 은혜를 잊지는 않으실 거요."

두 사람이 이야기를 나누는 사이, 배는 어느새 포구에 접안을 시도하고 있었다. 접안으로 일어나는 충격을 발끝으로 느끼며 송문악은 하나의 싸움이 끝났다는 것을 실감했다.

사다리가 내려졌다.

호종위를 선두로 쾌선을 몰아 신기루 고수들과 해룡단을 추격하기 위해 출항했던 해남검문의 고수들이 흑선에서 차례로 하선했다. 그리고 그들 앞에 해남검문주 호상중과 장로원의 수뇌들, 그리고 삼천, 오풍대의 고수들이 폭풍의 전장에서 돌아오는 문도들을 기다리고 있었다.

"수고했다. 갔던 일은?"

호상중은 이미 결과를 예상하고 있었지만 직접 호종위로부터 그 대답을 듣기를 원하는지 추격전에 대한 일을 물었다.

"해룡단은 궤멸되었습니다."

"그들은?"

"그들은 자신들이 갈 길로 갔습니다."

호종위의 답변에 호상중이 고개를 끄덕였다.

"좋아, 모두 수고했다. 성에 술과 음식이 준비되어 있으니 모두 성으로 올라가 오늘의 승리를 축하하자!"

"와아아아!"

호상중의 말이 끝나자 포구에 서 있던 해남검문 고수들의 입에서 우렁찬 승리의 함성이 터져 나왔다.

그렇게 잔뜩 먹구름을 이고 있는 해남의 포구에서 날씨와 어울리지 않는 승리의 포효를 내지른 해남검문의 고수들이 절벽 위의 성으로 발걸음을 옮길 때, 송문악은 호상중을 마주하고 있었다.

"청 소협의 공이 컸소."

호상중은 아직 송문악의 본명을 모르고 있었다. 현재 해남검문에서 송문악의 진실한 정체를 알고 있는 사람은 호교상과 호종위, 그리고 풍귀밖에 없었다.

"돈을 받고 고용된 용병입니다. 제 일을 했을 뿐입니다."

"아니, 아니오. 청 소협⋯ 이번 일은 그저 한 명의 고용된 고수가 해낸 일로 치부하기엔 본 문에 너무 중요한 일이었소. 청 소협이 신기루의 고수들이 본 문을 노리고 있다는 사실을 알아내지 못했다면 우리 해남검문은 속절없이 그들의 손아귀에 장악되었을 것이오. 또한 그들에 대한 원한을 잠시 접고 그들을 살려 보냄으로써 본 문이 그들의 공격 대상이 되지 않게 한 것 또한 청 소협의 큰 양보라 할 수 있소이다. 이 은혜를 결코 잊지 않겠소. 청 소협이 원하는 것은 무엇이든 말씀하시구려. 이 호상중이 할 수 있는 일이라면 무엇이든 해드리겠소."

"문주의 환대가 지나치십니다. 저 또한 이번에 적지 않은 소득이 있었으니 반드시 해남검문만을 위한 일은 아니었지요. 그리고 지금 바라는 것은 따뜻한 밥 한 그릇과 한잔의 술이면 족할 듯합니다."

그러자 두 사람의 대화를 듣고 있던 십대의 젊은 청년이 두 사람 사이에 끼어들었다.

"청 형님은 제가 모실게요."

호종위의 아들이자 아버지와 백부의 권력 싸움 덕에 차기 해남검문의 문주 자리를 예약받은 호용무였다.

"오냐. 네가 청 소협과 제법 친분을 쌓은 듯하니 오늘 청 소협을 접대하는 일은 용무, 네가 맡도록 하여라."

호상중이 흐뭇한 미소로 호용무를 보며 말하자 호용무가 재빨리 송문악의 곁으로 다가섰다.

"가시죠, 형님!"

"그럴까?"

송문악도 호용무의 싹싹함이 싫지만은 않았다. 그렇게 두 사람이 어깨를 나란히 하고 천천히 해남검문의 성으로 이어 지는 돌계단을 향해 걷기 시작했다.

"헐! 이공자, 자네는 해남검문뿐 아니라 송 소협까지 아들에게 빼앗겼군."

송문악이 호용무와 함께 성(城)으로 걸음을 옮기는 것을 본 호교상이 혀를 차며 호종위를 돌아봤다. 그러자 호종위가 얼굴에 미소를 지으며 대답했다.

"제 아들이 아닙니까?"

"그래서 괜찮다는 말인가?"

"아들에게 좋은 일이라면 부모는 언제나 뒤로 물러날 준비가 되어 있는 존재이지요. 그리고 송 소협과는 앞으로 수많은 날을 함께 움직여야 할 테니 잠시 아들에게 양보했다고 해서 아쉬울 것도 없지요."

호종위의 말에 호교상이 천천히 고개를 끄덕이며 검은 구름 아래 우뚝 솟은 해남검문의 성을 바라보며 중얼거렸다.

"그렇구먼… 이제 이곳을 떠날 날도 머지않았군. 이번에 강호로 나가면 다시 돌아오긴 힘들겠지?"

"그렇겠지요. 자그마치 백 년 동안 강호를 지배한 자들입니다. 우리 전부가 죽어도 그들의 심장 어디까지 검을 들이밀 수 있을지 의문이 드는 존재들이지요."

"껄껄껄! 대해남검문의 이공자 파랑검 호종위에게서 이런 유약한 대답을 듣다니, 실망인걸!"

"하하, 강한 적은 강한 대로 인정을 해줘야지요. 그래야 제대로 된 싸움을 할 수 있을 것 아닙니까?"

"이런, 그러고 보니 그리 겁만 먹고 있는 것은 아니었군."

"당연한 일 아닙니까? 죽을 때 죽더라도 받아낼 수 있을 만큼 본 문에 진 빚을 받아내야겠지요."

"좋아. 사실 우리야 별 부담 있는 일도 아니지. 본시 아무것도 가지지 않은 사람들이 무엇인가를 지키려는 자들보다 마음이 편한 법이거든. 자, 오늘은 그런 저런 생각은 잊어버리고 편히 쉬자고. 작은 싸움은 끝났지만 큰 싸움이 남았으니 편히 쉬는 것도 큰 싸움을 치를 자신의 몸에 대한 예의가 아니겠는가?"

"그렇지요. 그럼 가시지요."

호종위가 호교상을 앞세워 걸음을 옮기기 시작했다. 포구에 남아 있던 해남검문의 문도 몇몇은 광노로 알려진 호교상이 이공자 호종위와 상당히 친밀한 대화를 나누자 그 모습에 고개를 갸웃거리기는 했으나, 대부분의 사람들은 오랜 내분의 종결과 외부의 적에 대한 승리의 기쁨에 취해 미처 광노의 변화를 눈치 채지 못했다.

*　　　　*　　　　*

우르르릉!

천신이 내지르는 사자후 같은 천둥소리와 함께 몇 줄기의 번개가 하늘에서 대지로 내리꽂혔다. 동시에 거친 폭우가 닫혀진 창을 들이쳤다.

해상의 혈전을 치를 때까지도 굵지 않았던 빗줄기가 해남검문의 무사들이 해룡단을 섬멸하고 귀환해 그들의 성에서 승전의 연회를 즐기는 시간부터 굵어지더니, 연회가 파하고 모두가 잠든 깊은 밤을 기해 무서운 태풍으로 변해 있었다.

창밖에서 번쩍이는 번개 빛에 의해 방 안의 사물들이 한순간 그 모습을 드러냈다가 다시 사라졌다. 천둥이 멎자 억수같이 쏟아지는 빗소리가 그 소란을 대신했다. 그리고 그 속에서 한 사내가 가부좌를 틀고 조용히 앉아 있었다.

간밤의 긴 연회를 끝내고 잠자리에 들었던 송문악이 어느새 깨어나 다른 때와 다른 요란한 새벽을 미동없는 자세로 맞이하고 있었다. 언제나와 같은 천비심천문의 연공으로 시작하는 아침이었지만 오늘은 하늘의 날씨처럼 송문악에게도 무언가 다른 느낌의 아침이었다.

그의 앞에 가지런히 놓여 있는 귀곡육보들, 그동안 가장 손에 익은 묵빛 흑도(黑刀), 두 자루로 분리된 검은색 마창(魔槍), 시위를 풀어버린 철궁(鐵弓), 한 마리 원앙새와 같은 모습으로 묘한 투명함을 발하는 옥적(玉笛), 눈에 보이지 않는 가는 실로 연결된 봉황신침(鳳凰神針), 그리고… 정지해 있으면서도 맑고 투명한 울음을 울어낼 것 같은 푸른색의 한 자루 보검, 청명검(淸鳴劍)! 그것들이 송문악 앞에 가지런히 놓여 있었다.

스스스!

보통 사람의 귀에는 들리지 않을 만큼 작은 소리를 내며 송문악 주변의 공기들이 움직였다. 그와 동시에 후끈한 열기가 송문악으로부터 흘러나오기 시작했다. 천비심천문에 이어 육양공의 수련이 시작된 것이다. 아침부터 육양공을 연공하는 것은 송문악에게 무척 드문 일이었지만, 오늘 송문악은 자신의 몸 곳곳에 잠들어 있는 육양의 공력들을 모두 끄집어내고 있었다.

순식간에 송문악의 신형이 마치 하나의 불덩이처럼 벌겋게 변했다. 누군가 보았다면 극도의 불심을 발휘한 등신불로 착각할 만큼 송문악의 전신이 붉게 변했다고 느껴지는 순간, 붉게 타오르던 송문악 주위의 공기들이 어느새 푸르스름한 빛을 내기 시작하더니 다시 백색으로, 급기야는 아무런 빛깔을 내지 않는 투명한 진기의 불꽃으로 변해 버렸다.

순간 굳게 감겨 있던 송문악의 눈이 번쩍 떠졌다. 그의 눈에서 한줄기 광채가 흘러나왔다. 그 안광이 너무도 강해 천둥이 몰고 온 번개가 일순 방 안으로 내리꽂히는 듯한 착각이 들 정도였다.

하지만 송문악의 눈에서 번쩍이던 안광은 순식간에 사라져 버리고, 깊고 검은 그의 눈동자가 자신의 앞에 놓인 여섯 개의 기보를 내려다보고 있었다.

"이제 시작인가!"

그의 음성이 잘게 떨려왔다. 마치 전장에 나가는 장수가 스스로 마지막 전의를 다지는 듯한 긴장감이 그의 전신에서 흘러나왔다.

"이 귀곡육보 하나하나에는 귀곡육절, 그분들의 한이 서려 있다. 죽은 자는 죽은 자의 삶을 살아가겠지만 살아남은 자는 죽은 자의 원한에서 자유로울 수 없는 것! 이제 그들을 향해 귀곡의 도를, 귀곡의 창을, 귀곡의 검을 뽑겠다."

송문악이 무감정한 목소리로, 그러나 시린 살기가 느껴지는 음성을 내뱉으며 바닥에 놓인 귀곡육보를 손을 뻗어 죽 쓸어 매만지다가 마지막에 놓인 청명검을 들어 올렸다.

파르릉!

작은 움직임에도 청명검에서 맑은 울음소리가 울렸다. 사람의 정신을 깨끗하게 만드는 울음소리였다.

"이 검은 피와 어울리지 않아. 하지만 네 주인이었던 사람에 대한 옛정을 생각한다면 네 몸에 피를 묻히는 것을 이해하겠지."

따르릉!

검이 사람의 말을 알아들을 리 없다. 하지만 송문악은 청명검의 울음이 마치 자신의 말에 대한 대답처럼 들렸다.

"아버지의 검법을 찾지는 못했지만 육절기인 무극산 조사의 무공은 완성했다. 더 이상 신기루에 대한 도전을 미룰 이유가 없겠지. 그들의 꼬리를 잡은 지금부터 신기루와 이 송문악의 싸움은 시작된다. 그들은 그들의 운명으로, 나는 나의 운명으로!"

꽈과광!

다시 한 번 천둥소리가 울려왔다. 동시에 번쩍 한줄기 번개가 내리꽂혔다.

쐐애애액!

순간 송문악의 청명검이 번개 같은 속도로 허공에 그어졌
다. 무서운 쾌검, 사람의 이목이 따라잡을 수 없는 검로를 따
라 움직인 청명검에 그 짧은 순간 지상으로 내리꽂히던 번개
가 반으로 잘린 듯한 착시를 일으켰다.

하지만 다음 순간 모든 것은 제자리로 돌아왔다. 밖은 어둠
을 되찾았고, 빗소리가 천둥소리를 대신했다. 송문악도 어느
새 들고 있던 청명검을 천천히 옆에 놓인 목함에 담고 있었
다.

"이제 자주 이 속에서 나오게 될 거다."

청명검에 뒤이어 귀곡육보를 하나하나 목함에 넣으며 송
문악이 중얼거렸다.

"준비는 다 되었는가?"

방문을 나서자 익숙한 목소리가 송문악을 맞았다. 호교상
이었다.

"설마 어젯밤에도 지붕 위에서 주무신 것은 아니겠지요?"

밤새 비가 내렸으니 당연히 그럴 리 없다는 것을 알면서도
아침부터 자신을 숙소 앞에서 기다리고 있는 호교상을 보며
송문악이 설마하는 기색으로 물었다.

"물론 이렇게 천둥번개가 치고 비바람이 몰아치는데 밤에
어떻게 지붕 위에서 잠을 자나. 내가 아무리 미친 늙은이라고
해도 그렇지. 지붕 위에서 자지 않고 자네 숙소 처마 밑에서

잤네."

엉뚱한 호교상의 대답에 송문악이 피식 웃음을 흘렸다.

"왜 웃는가? 사람이 수십 년 동안 살아온 버릇을 어떻게 하루아침에 고치겠나. 자, 그런 이야기는 그만 하고 어서 가세. 아마도 문주와 이공자가 기다리고 있을 걸세."

호교상이 얼굴에서 웃음을 거두며 정색을 하곤 송문악의 걸음을 재촉했다. 그런데 그들이 몇 걸음 옮기기도 전에 불쑥 두 사람이 그들 앞에 나타나 길을 막았다.

"오늘 떠나시는 겁니까?"

그동안 송문악의 호위를 맡았던 우보와 청목이었다. 두 사람의 얼굴에 아쉬움이 가득했다. 그들은 이 젊은 용병 손님이 이제 막 익숙해지려던 참이었기 때문이다.

"생각보다 일찍 떠나게 되었습니다. 그간 고생하셨습니다."

송문악이 두 사람에게 가볍게 고개를 숙여 보였다.

"고생은 무슨 고생입니까. 모든 것은 청 소협께서 스스로 알아서 하셨지요."

우보가 고개를 저으며 대답했다.

"아닙니다. 두 분이 계셔서 제가 마음 놓고 제 일을 볼 수 있었습니다. 그건 그렇고, 제가 떠나면 다시 이부인께로 가시겠군요?"

"글쎄요. 본래 그래야 하지만 어쩌면 소공자님을 모실 수도 있을 것 같습니다."

소공자라면 호종위의 아들 호용무를 말하는 것이다.

"아! 그런가요? 그것 잘되었군요. 두 분이시라면 아마도 호 아우에게 큰 힘이 되실 겁니다."

"무슨 말씀을! 소공자께서는 청 소협을 닮아 모든 일을 스스로 알아서 하시는 분이지요. 오히려 몇 년이 지나면 저희들이 의지해야 할 겁니다."

"어쨌든 두 분께서 호 아우를 잘 보살펴 주십시오. 아무래도 아직은 나이가 어려 해남검문의 후계자로서 버거운 일들이 많을 겁니다."

"최선의 다해 소공자를 뫼시도록 하겠습니다. 그나저나 청 소협께서는 오늘 가시면 언제 다시 뵐 수 있을지요."

한껏 아쉬움을 드러낸 청목이 물었다. 그러자 송문악의 안색이 조금 어두워졌다.

"글쎄요. 두 분께서도 아시겠지만 강호의 일이란 항상 앞일을 예측하기가 힘든 법이지요. 하지만 만약 기회가 된다면 반드시 다시 한 번 해남검문을 방문하도록 하겠습니다. 그때 박대나 하지 마십시오."

"박대라니요. 청 소협께서 오신다면 언제라도 환영입니다."

우보가 급히 손을 저으며 말하자 송문악이 빙그레 미소를 지었다.

"알겠습니다. 꼭 다시 들르도록 하지요."

"자자, 이별의 인사는 그쯤 해두게. 뭐, 계집들이 헤어지는 것도 아니고 인사가 길면 가는 발걸음이 무거운 법이야. 그만 가세."

호교상이 송문악의 발걸음을 재촉하자 송문악이 우보와 청목 두 사람에게 가볍게 고개를 숙여 보였다.

"그럼 후일을 기약하지요."

송문악의 인사에 우보와 청목도 정중히 포권을 해 보였다.

"청 소협! 무운(武運)을 빕니다."

그들도 송문악과 호교상 등이 강호로 나가는 이유를 대략 짐작은 하고 있는 듯 송문악의 무운을 빌었다.

"그럼!"

송문악이 두 사람과 가볍게 시선을 교환한 후 앞서 걸음을 옮기고 있는 호교상을 따라 근 한 달여를 머물렀던 자신의 숙소를 벗어나기 시작했다.

"참 대단한 사람이지?"

우보가 송문악과 호교상의 모습이 완전히 사라지자 청목을 보며 말했다.

"대단하지. 저토록 젊은 나이에 강호에서 보기 드문 절정의 무공을 지닌 것도 그렇고, 또한 나이에 비해 일을 처리하는 침착함도 그렇고……. 소협이라는 말이 어울리지 않는 사람이야."

"그렇지? 역시 소협이란 단어는 맞지가 않아! 그에게는 대협(大俠)이라는 단어가 어울려!"

"제길, 그러고 보니 후회가 되는군. 그와 헤어지기 전에 청 대협이라고 한 번 불러보는 건데……."

"청 대협이라……!"

우보와 청목 두 사람이 진한 아쉬움이 담긴 눈으로 송문악이 사라진 문 쪽을 바라보며 오랫동안 그 자리에 서 있었다.

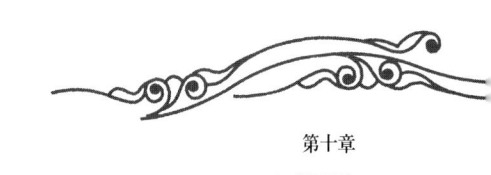

第十章

조우(遭遇)

천지를 뒤집어엎을 것 같은 폭풍은 지난밤보다도 더 강력하게 해남을 강타하고 있었다. 만약 어제의 날씨가 이랬다면 해룡단과 해남검문의 해전은 애초에 이루어지지도 못했을 터였다. 이런 날씨에는 아무리 준비가 된 배라 하여도 전선을 띄운다는 것은 곧 죽음을 불러들이는 일이기 때문이었다.

그래서 송문악은 눈앞에 덩그러니 떠 있는 한 척의 작은 묵빛 소선(小船)을 보면서도 과연 오늘 이 해남을 떠날 수 있을 것인지 자신할 수 없었다. 하지만 송문악을 제외한 일행들, 그러니까 이 작은 소선 앞에 선 해남검문의 고수들에게서는 오늘 출항에 대한 의구심을 전혀 찾아볼 수 없었다. 오히려 그들에게선 거친 바다를 향한 불타는 전의(戰意)조차 느껴지는 것이었다.

세 척의 흑선을 출발시켜 해룡단을 궤멸시켰던 장소, 해남 검문의 성을 떠받치고 있는 절벽 깊숙한 곳에 위치한 이 은밀한 비밀 공간에는 그렇게 태풍이 몰아치는 바다로 나가려는 자들과 그들을 배웅하는 자들이 모여 있었다.

"숙부께 큰 짐을 맡기게 됐습니다."

집무실에서 송문악과 호교상을 맞이한 호상중은 절벽 아래까지 두 사람을 배웅하러 내려와 있었다.

"짐이라니, 그런 말씀 마시구려, 문주! 오히려 이 늙은이의 수십 년 한을 풀어버릴 수 있는 기회를 잡았기에 난 무척이나 즐겁소이다. 핫하하!"

호교상이 걱정스런 표정을 짓고 있는 호상중을 보며 호쾌한 웃음을 터뜨렸다. 그 호교상의 웃음에서 한 올의 가식도 느껴지지 않았으므로 사람들은 이 늙은 광노 호교상이 진실로 이번 출정을 즐거워하고 있다는 것을 알 수 있었다.

"문주, 죽고 사는 것은 하늘의 뜻에 맡길 뿐이오. 그런 것은 나에게 별문제가 되지 않소이다. 또한 신기루의 종자들을 모조리 뿌리 뽑아 전대 문주의 혈한을 갚겠다는 거창한 욕심도 없소. 난 단지 이제 저승에 갈 나이가 된 지금, 수십 년 미친 늙은이의 삶을 정리할 기회를 준 하늘에 감사할 뿐이오. 그러니 너무 걱정하지 마시구려."

호교상의 진심 어린 말에 호상중이 천천히 고개를 끄덕였다. 그리곤 고개를 돌려 자신의 둘째 아들 호종위를 바라봤다.

"넌 숙부님을 잘 모셔야 한다."

"알겠습니다, 아버님. 언제나 곁에 머물겠습니다."

"좋다. 널 믿는다. 그리고… 상황이 어떻게 변할지 모르겠지만 하가장과는 가급적 부딪치지 말아라. 이러니저러니 해도 하가장은 이 아비의 처가가 되는 곳이다."

"명심하겠습니다, 아버님! 하가장의 일은 아버님께 맡기겠습니다."

"오냐. 내 곧 하가장으로 사람을 보낼 것이다. 그러니 가급적 그들의 눈에 띄지 말도록 하여라. 너라면 모든 일을 슬기롭게 진행시킬 수 있겠지."

호상중이 호종위의 어깨에 한 손을 올리고 가볍게 두드렸다.

"그런데 큰어머님과 검위 형님은 어떻게……?"

호종위가 조금 걱정스런 눈으로 물었다.

"그들을 어찌했으면 좋겠느냐?"

"오직 아버님의 뜻에 따를 뿐입니다. 하지만 두 분이 이런 지경까지 이르게 된 데에는 저의 책임 또한 없다고는 할 수 없으니 아버님께서 선처를 베풀어주시기 바랍니다."

"휴… 물론 그 두 사람의 목숨은 지켜질 것이다. 하지만 일단 본 문을 위기에 몰아넣은 행동을 완전히 없었던 일로 할 수는 없지. 광동 하가장과의 관계도 있고 하니 내 적당한 선에서 두 사람의 일을 마무리 짓도록 하겠다. 넌 그 일에 너무 마음 쓰지 말거라. 이제 넌 문의 일은 잊어버리고 오로지 강호에서 그들을 상대하는 일에만 전념토록 하거라. 그들은 위험한 존재이니 네 몸은 네 스스로 조심하도록 하거라. 난 내 아들이 강호의 고혼이 되어 돌아오는 것을 결코 바라지 않는다."

"알겠습니다. 아버님께서도 건강하십시오."

"하하하, 내 걱정 말아라. 용무가 커서 한 명의 장부가 될 때까지는 어떡해서든 살아 있을 테니."

호상중이 한차례 호탕한 웃음을 터뜨리고는 이번에는 송문악 앞으로 다가왔다.

"청 소협… 아니, 이젠 송 소협이라고 해야겠군."

송문악의 본명을 호상중은 그가 해남검문을 떠나는 오늘이 돼서야 호교상을 통해 알게 된 터였다.

"본의 아니게 그간 이름을 숨겼습니다. 죄송합니다."

"죄송할 것 없소이다. 이미 그 이유를 다 알고 있는데 어찌 송 소협에게 서운한 감정을 갖겠소. 그나저나 송 소협!"

호상중이 은근한 목소리로 송문악을 불렀다.

"말씀하시지요, 문주!"

"호 숙부와 파랑검을 잘 부탁하오."

호상중의 말이 자못 진지해서 순식간에 장내의 분위기가 무거워졌다.

　"두 분의 무공은 이미 강호에서 적수를 찾아보기 힘들고, 수십 년 강호를 종횡한 견식은 이 송 모가 도저히 따라갈 수 없습니다. 오히려 제가 두 분께 많은 의지를 하게 되겠지요."

　"물론 호 숙부와 파랑검은 강호 경험이 풍부하고, 그 무공에 있어서 본 문 최고의 고수들이라고 할 수 있소. 하지만 이번 강호행은 보통의 무림인을 상대하기 위해 나서는 것이 아니지 않겠소? 송 소협께서 일러주신 것만으로도 신기루는 지금껏 강호상에 존재했던 그 어떤 존재들보다도 무서운 자들이 모여 있는 곳이란 것을 능히 짐작할 수 있소. 그들을 상대하기 위한 강호행이오. 어찌 위험이 없겠소. 솔직히 말하자면 비록 본 문에 구원이 있는 신기루이기는 하지만, 난 이번 강호행을 막고 싶은 마음이라오. 하지만 세상에는 그 어려움을 알면서도 반드시 하지 않으면 안 되는 일이 있기 마련, 송 공자와 두 사람의 강호행은 이미 정해진 운명이라는 것을 잘 알고 있소. 그리고 이 싸움이 결국 송 공자에 의해 그 진퇴가 결정될 것이라는 것은 분명한 사실이오. 해서 드리는 부탁이외다."

　"저는 아직 어리고, 능력이 많이 부족한 사람입니다. 제가 어찌 두 분에 앞서 이 싸움을 이끌겠습니까?"

송문악의 말에 호상중이 천천히 고개를 저었다.

"그게 그렇지가 않소이다. 본시 하늘의 운명이란 미묘한 것이어서 좋은 일이 있으면 반드시 나쁜 일이 뒤따르고, 강한 자가 있으면 그에 걸맞는 맞수를 세상에 내보내는 법이라오. 신기루가 비록 백 년을 어둠 속에서 군림한 세력이기는 하나 이제 송 공자와 같은 젊은 영웅이 무림에 나타났으니, 아마도 송 공자는 신기루와 상극의 운명을 지니고 태어난 것이 분명할 거요. 이 싸움에 얼마나 많은 사람들이 관여하게 될지는 모르지만 이 호상중의 적지 않은 경험에 의하면, 이 싸움은 결국 송 소협과 신기루의 싸움이 될 것이오. 그러니 부디 저 두 사람을 잘 부탁드리오이다."

호상중이 송문악에게 정중하게 포권을 해 보였다. 이런 모습은 해남검문의 문도 그 누구라도 생각지 못한 호상중의 행동이었다. 대해남검문의 문주이며 수십 년 강호를 종횡한 노련한 노고수가 이십대의 젊은 청년에게 이토록 정중한 태도를 보일 수 있는 것일까. 송문악이 황급히 허리를 숙여 호상중의 행동에 반응했다.

"문주, 지나치십니다. 어찌 제가 문주께 이런 인사를 받을 수 있단 말입니까? 물론 제 힘이 닿는 한 두 분을 도와드릴 것입니다. 어차피 이제 하나의 운명으로 신기루와 맞서야 하는 동료이니까요. 그러니 너무 이 송 모를 부끄럽게 하지 마십시오."

하지만 송문악의 간곡한 부탁에도 불구하고 호상중의 태도는 변하지 않았다. 그는 연이어 엄숙한 표정으로 다시 한 번 송문악에게 포권을 취해 보였다.

"그렇지가 않소. 송 소협의 신기루를 향한 이 행보는 비단 송 소협 본인과 우리 해남검문만의 일이 아닌 백 년을 이어온 강호의 핏빛 과거를 씻어내는 일이기도 하오. 앞서의 인사가 해남검문의 문주로서 본 문의 문도를 부탁하는 인사였다면, 이번 인사는 강호인의 한 사람으로서 이 호상중이 송 소협께 드리는 감사와 축원의 인사요. 부디 신기루와 그들이 행한 피의 역사를 멈추어주시길 바라겠소."

호상중이 다시 한 번 송문악을 향해 정중히 포권을 취해 보였다. 그러자 호상중을 따라 떠나는 자들을 배웅하기 위해 나온 해남검문의 몇몇 고수들이 정중하게 송문악을 향해 포권을 해 보였다.

송문악은 이들의 인사에 담긴 진심을 알고 있었으므로 더 이상 호상중의 인사를 거부하지 않고 그 또한 정중히 허리를 숙여 해남검문 고수들의 인사를 받았다.

그렇게 호상중에 의해 시작된 엄숙한 작별의 의식은 그러나 한 사람의 등장으로 인해 순식간에 깨져 버렸다.

"아, 언제까지 인사만 하고 있을 겁니까? 오늘 안 떠날 겁니까?"

목소리가 들려온 곳은 사람들 앞에 떠 있는 검은색 배 안에서였다. 그러자 호교상이 인상을 쓰며 배 안에서 불쑥 고개를 내밀며 소리를 지른 자에게 욕지거리를 쏟아 부었다.

"이런 망할 놈의 자식을 보았나? 지금 문주께서 장도(長途)에 나서는 강호의 영웅에게 인사를 하는 중이거늘, 어느 안전이라고 끼어드는 것이냐?"

하지만 호교상의 호통에도 배 안에서 머리를 내민 자는 전혀 겁을 먹지 않았다.

"아, 형님도… 나도 눈과 귀가 있는데 왜 그걸 모르겠소. 하지만 이별이 너무 길어 하는 말 아니우. 본시 이별이란 짧을수록 좋은 법입니다."

"흥, 네놈의 그 잘난 눈에는 감히 해남검문의 문주도 보이지 않는단 말이냐?"

다시 호교상의 호통이 이어졌다.

"껄껄껄, 내가 어찌 감히 문주님을 몰라보겠소. 문주님, 이제 그만 배를 띄우는 게 좋을 것 같습니다만."

"허허허! 풍귀, 자네가 배를 띄워야 할 시간이라면 그래야겠지. 자, 그럼 이제 그만 작별을 합시다. 모두들 무운(武運)을 비오!"

호상중이 이번에는 떠나는 사람들 모두를 향해 포권을 취해 보이자 송문악과 호교상, 그리고 호종위가 호상중의 인사에 답례를 하고는 훌쩍 몸을 날려 소선에 올라탔다.

"어서 오시우들! 오늘 이 풍귀와 함께 태풍 속에서 한바탕

신나게 놀아봅시다."

소선(小船) 위에서 풍귀가 술병을 손에 들고 세 사람을 맞이했다.

"이런 망할 놈! 이런 날씨에 술에 취해서 배를 몰겠다는 말이냐?"

호교상이 그런 풍귀를 보며 다시 한 번 호통을 쳤다.

"껄껄껄, 형님도 참, 새삼스럽게 뭘 그러시오. 내가 지금껏 형님을 모시고 나갈 때 술에 취해 있지 않은 적이 있소?"

"망할 놈! 오늘은 다른 때완 다르단 말이야. 우리 둘은 죽어도 별 상관없는 미친 늙은이들이지만, 오늘은 이공자와 송소협이 타고 있단 말이다. 그러니 어서 그 술병일랑 던져 버려라!"

하지만 호교상의 호통에도 풍귀는 전혀 개의치 않고 술병의 주둥이에 입을 대고 다시 술을 한 모금 들이켰다. 그러고 나서는 천연덕스럽게 호교상을 보며 대꾸했다.

"그것은 형님이 몰라서 하는 말이우. 이 풍귀는 오히려 술에 취해야 배를 더 잘 몬다오. 만약 술에 취하지 않는다면 나의 이 손은 심하게 떨려서 미처 키를 잡을 수도 없단 말씀이외다. 그러니 너무 걱정 마시구려. 더군다나 날씨 또한 이렇게 미쳐 날뛰는데 술에 취하지 않고서야 어찌 이 험한 바다로 배를 몰고 나가겠수."

풍귀의 대꾸에 호교상이 두 손을 들며 고개를 저었다.

"오냐, 이 망할 술귀신아! 네 맘대로 하거라. 하지만 혹시 바다로 나가 우리가 물귀신이 될 지경에 처하면 물에 빠져 죽기 전에 네놈은 내 손에 죽을 줄 알아라!"

"흐흐흐, 그런 걱정은 붙들어매시오. 이 풍귀가 설마하니 귀한 손님들을 바다에 장사지내겠소? 자, 그럼 그만 떠나겠소. 배가 흔들려 물에 떨어져 죽는 것은 내 알 바 아니니 꼭들 붙드시오."

풍귀가 한쪽에 묶어두었던 줄을 풀어내자 소선의 돛이 펴지며 순식간에 네 사람을 태운 배가 폭풍우가 몰아치는 바다 속으로 밀려들어 갔다.

"괜찮을까요?"

호상중의 뒤에 서 있던 황충이 걱정스런 눈으로 파도 속으로 사라져 가는 소선을 보며 중얼거렸다.

"껄껄껄, 이것 참 오래 살고 볼 일이군. 황 장로가 그런 걱정을 하시다니 말이오."

호상중이 빙긋 웃음을 지으며 황충을 돌아봤다.

"저 송문악이라는 청년은 왠지 처음부터 정이 갔지요."

"그러고 보니 그가 우리 해남검문과 인연을 맺은 것은 바로 황 장로 때문이구려. 황 장로가 그를 천자방의 용병으로 뽑았으니 말이오."

"흠흠, 사실은 그를 보고 뽑은 것이 아니라 그와 함께 있던 고장원이라는 노인을 보고 뽑았던 것이지요."

"그렇소? 그 고장원이라는 노인은 지금 어디에 있소?"

"글쎄요. 그건 저도 잘 모르겠습니다. 그 역시 이공자에게 초정을 받았지만 공주에서 송 소협에게 대신 인사를 남기고 사라져 버렸지요."

"흠, 그렇구려. 참, 공주라고 하니 엊그제 들어온 소식이 생각나는구려. 문의 일을 처리하느라 바빠서 미처 그 사실을 종위에게 알려주지 못했군."

"무슨 소식인데 그러십니까?"

"그 왜, 종위를 노리고 남궁세가에서 고용했다는 매혼자 음영인이라는 자 말이오."

"그가 움직였답니까?"

황충이 놀라 물었다. 그도 그럴 것이, 이공자 호종위가 다시 강호로 나가면 매혼자 음영인이 호종위를 노릴 수도 있기 때문이었다.

"그가 죽었다고 하더이다."

"예? 그가 어떻게……?"

"글쎄, 어쩌면 우리가 고용한 자에 의해 죽은 것일 수도……."

"살황을 말씀하시는 겁니까?"

"그렇소이다. 어쨌든 그가 죽었으니 우린 이 폭풍이 물러가는 대로 살황에게 잔금을 지불해야 할 거요."

"허! 참으로 이상한 자들이군. 포양호 싸움이 끝난 지가 언젠데 이제 와서 서로 죽고 죽였을까?"

"그게 바로 살수들의 세계가 아니겠소? 그나저나 살황 고산앙이라는 자, 정말 대단하군. 설마하니 같은 십대괴객의 일인인 매혼자 음영인을 제거할 줄이야."

"음, 그가 강호에서 살수의 제왕으로 불리는 이유가 있군요."

"어쨌든 종위, 저 아이를 노리는 자가 없어졌으니 다행이랄 수 있겠지."

"날씨는 궂지만 좋은 시작을 알리는 소식이군요."

"나도 이 일이 저들의 강호행에 좋은 징조가 되길 바라오."

그러나 호상중의 표정은 자신의 말과 달리 그리 밝지 않았다. 그리곤 무언가 걱정스런 표정으로 폭풍우 속으로 사라져 가는 소선의 모습을 가만히 바라보고 있었다.

*　　　*　　　*

쿠쿠쿵!

꽈르르릉!

한 치 앞을 내다볼 수 없을 만큼 굵은 빗줄기들이 소선의 선체를 부술 듯이 때려댔다.

"흐흥흥흥……."

그 와중에도 풍귀는 술병을 손에 든 채 한 손으로 키를 잡고 뱃노래를 흥얼거리며 소선을 몰고 있었다.

"저런 망할 놈의 자식! 결국 우리를 다 물귀신으로 만들 심산인 게야."

아무리 해남에서 태어나 어려서부터 바다와 함께 자란 호교상이지만 그 또한 이런 폭풍우 속의 항해는 이번이 처음인지라 걱정스런 눈으로 풍귀를 보며 불만을 쏟아내고 있었다.

"너무 걱정하지 마십시오. 풍귀 어른이야 우리 해남에서 가장 배를 잘 모시는 분 아닙니까? 그리고 지금까지 그런대로 잘 움직이고 있고요."

호종위가 선실의 한쪽 기둥을 꼭 잡아 무섭게 흔들리는 배에서 중심을 잡으면서 호교상을 달랬다.

"흥, 그건 이공자 자네가 몰라서 하는 말이라네. 본시 저놈이 배를 잘 모는 것으로 이름난 것은 항상 이렇게 날씨가 나쁜 날만 골라 술을 처먹고 미친 척하며 바다로 배를 몰고 나갔기 때문에 생긴 말이야. 애초에 뛰어난 뱃사람은 이런 날씨엔 배를 띄우지 않는 법이지. 그러니 저놈의 항해술은 기술이 아니라 미친놈 발광하는 거라니까."

"하지만 지금껏 한 번도 돌아오지 못하신 적이 없지 않습니까?"

"흥, 운이 좋았던 게지."

호교상이 코웃음을 쳤다.

"이번에도 운이 좋겠지요."

송문악이 곁에서 두 사람의 대화를 듣고 있다가 불쑥 끼어들며 말했다.

"이런 제길, 송 소협까지도 저 풍귀 녀석에게 속아버렸군. 휴, 어쩔 수 없는 일이지. 일단 저 술귀신에게 배를 맡겼으니 죽으나 사나 저놈의 운을 믿어볼 수밖에."

하지만 말은 그렇게 하면서도 호교상은 별로 이 항해를 걱정하는 것 같지는 않았다. 그래서인지 그는 금세 다른 쪽으로 화제를 돌렸다.

"하긴, 이런 폭풍우 속에 누가 배를 띄울 것이라고 생각하겠는가? 아마도 우리가 해남을 떠나 광주로 들어선 것을 아는 사람은 없을 거야."

"아버님께서는 폭풍이 잦아들면 하가장으로 사람을 보내실 거라 했습니다."

"그렇겠지. 아무런 설명 없이 지나갈 수 있는 일은 아니니까."

"아마도 한동안은 해남검문과 하가장 사이의 일이 광동에서 중요한 이야깃거리가 되겠지요."

"우린 그 사이를 노려 하가장에 들어앉아 있는 신기루 놈들을 골라내야 하는 것이고……."

호교상이 송문악을 보며 말하자 송문악이 고개를 끄덕였다.

"중요한 것은 그들이 꼬리를 자르지 못하게 하는 것입니다."

"사람이 필요한 일인데……."

호교상이 말꼬리를 흐렸다. 그렇다고 해남검문의 문도들을 동원할 수는 없었다. 해남검문 자체가 이 일에 개입되었다는 것을 아는 순간 신기루의 화살은 해남검문으로 향할 것이고, 그렇게 된다면 해남검문은 주춧돌 하나 남아 있기 어려운 상황에 처하게 될 수도 있었다.

"그 일을 해줄 수 있는 분들이 있긴 하지요."

송문악의 말에 호교상과 호종위가 호기심 어린 눈으로 송문악을 바라봤다.

"언젠가 이야기했던 그 송 공자를 도와준다는 분들 말인가?"

호교상의 물음에 송문악이 고개를 끄덕였다.

"그분들을 바로 만날 수 있는가?"

"그게 문젭니다. 워낙 거처가 명확치 않은 분들이라……."

"그럼 문제군. 광동 하가장에 똬리를 틀고 있는 신기루의 종자들이 언제 하가장을 떠날지 모르는 상황인데… 만약 그들이 더 이상 해남에서의 일을 욕심내지 않는다면 그들은 곧 하가장을 떠날 걸세."

"하가장에 얼마만큼의 세력을 만들어놨는지가 중요하겠지요. 하가장은 해남검문만큼은 아니더라도 그들에게 제법 가치있는 곳일 겁니다."

송문악의 지적에 호교상이 고개를 끄덕였다.

"그러고 보니 그렇군. 우리가 자신들의 정체를 알고 있다는 것을 모르는 상태에서는 굳이 하가장을 떠날 이유는 없겠지. 하가장이야 무력으로는 몰라도 그 재력으로는 광동제일가니까. 그럼 시간이 좀 있다는 건가?"

"아마도… 그런데 혹 한천녀 옥소화를 아십니까?"

송문악이 고개를 끄덕이다가 문득 물었다.

"한천녀 옥소화? 물론 그 이름을 모르는 강호인은 별로 없지. 강호십대괴객 중 한 명이 아닌가? 그런데 그건 왜 묻는가?"

"제가 알기로 그녀는 천하 열 곳에 강호에서 가장 화려한 기루를 가지고 있다고 들었습니다만… 혹 광동에도 그녀의 기루가 있습니까?"

송문악의 물음에 호교상이 고개를 끄덕였다.

"음, 광동에도 하나가 있지. 본래 광동의 성도인 광주(廣州)는 수많은 상인들이 이국과 교역을 하기 위해 몰려드는 중심지이기 때문에 돈이 많이 돌기로 유명한 곳이거든. 그런 곳을 한천녀가 놓칠 리 없지. 그런데 그건 왜 묻는가?"

"하하하. 별일은 아니고, 한천녀 옥소화의 기루가 워낙 유명하다고 소문이 났기에 언젠가 한번 들러보고 싶었던 차였습니다. 이번에 제법 많은 금전을 얻었으니 이번 기회에 한번 들러보면 어떨까 해서요."

"호? 난 송 소협은 유흥에 별 관심이 없는 줄 알았는데 그 것도 아닌가 보군."

"사내란 본시 술과 여인을 멀리할 수 없는 법이지요. 하물 며 송 소협은 나이는 어려도 강호 영웅이 아닙니까?"

옆에 있던 호종위가 빙그레 웃으며 거들었다.

"듣고 보니 그도 그렇군. 좋아, 이번에 광주에 가면 내가 한턱내도록 하지."

"하하, 그러실 필요 없습니다. 우리 처지에 어디 모습을 드 러내 놓고 술을 마실 수 있나요. 그저 한천녀 옥소화의 기루 가 있다면 달리 할 일이 있어서 드린 말씀입니다."

"쩝, 그도 그렇군. 우리가 이런 날씨에 배를 띄운 것도 다 우리의 광주행을 사람들에게 숨기기 위해서인데 광주에서 가 장 크고 화려한 주루에 들어가 술을 마실 수는 없는 일이지. 그런데 한천녀 옥소화의 기루에는 무슨 볼일이 있다는 것인 가?"

"그건 차차 말씀드리지요."

송문악이 슬쩍 대답하기를 피할 때 한차례 큰 파도를 넘는 지 배가 격렬하게 요동쳤다.

"이런 망할 자식! 정말 우릴 모두 죽일 셈이냐?"

호교상이 다시 선실 밖을 내다보며 풍귀에게 호통을 쳐댔 다.

"제길, 형님, 그런 소리 마슈. 이번 파도는 보통 놈이 아니었단 말이우. 그리고 이제 이 태풍의 권역에서 거의 벗어난 듯하니 더 이상 고생하지 않으셔두 될 거요."

멀리서 풍귀의 걸쭉한 답변이 들려왔다. 그리고 그의 말처럼 선실 밖에서 불어오는 바람이 어느덧 차츰 힘을 잃어가고 있었다.

*　　　*　　　*

온통 먹빛으로 물들어 있던 천지가 서서히 푸른빛을 회복하기 시작했다. 아직 검은 구름이 완전히 물러간 것은 아니지만 바람은 눈에 띄게 잦아들었고, 검은 구름 사이사이로 파란 하늘이 힐끔거리며 눈 아래 세상을 훔쳐보기도 했다.

파도는 여전히 높았다. 하지만 뱃전에 와 부서지며 갑판을 온통 물바다로 만들어 버리던 성질은 더 이상 부리지 않았다.

태풍이 지나간 것인지, 아니면 풍귀가 모는 소선이 태풍을 빠져나온 것인지는 알 수 없었다. 하지만 이미 사방은 송문악과 그 일행이 해남도를 빠져나올 때와는 다른 풍경으로 변해 있었다. 그리고 그것은 멀리 하나의 거대한 항구 도시가 흐린 날씨를 뚫고 아스라이 눈에 들어오는 것으로 절정에 이르렀다.

광주(廣州)다. 광동을 포함한 대륙 남단의 최대 도읍지, 수

많은 사람들이 각자의 꿈을 품고 대해로 나가거나, 긴 항해를 마치고 사람 냄새를 그리워하며 뱃사람들이 귀향하는 도읍 광주가 송문악의 눈앞에 펼쳐져 있었다.

"드디어 도착했군."

더 이상 파도가 들이치는 것을 걱정하지 않아도 되는 순간부터 뱃전에 나와 서 있던 송문악의 곁으로 호교상과 호종위가 다가왔다. 두 사람 역시 감개무량한 눈으로 해안가에 늘어선 도읍을 바라보고 있었다.

"그 태풍을 뚫고 왔다는 게 믿겨지지가 않는군요."

호종위가 고개를 절레절레 흔들며 중얼거렸다. 그러자 호교상이 고개를 돌려 여유있게 한 손으로 키를 잡고 있는 풍귀를 보며 말했다.

"확실히 저 술귀신이 배를 모는 데는 재주가 있어. 아무리 이 배가 폭풍 속을 항해하는 데 적합하게 만들어져 있다고는 해도 수일간 잠도 자지 않고 태풍 속을 항해할 사람은 천하를 뒤져 봐도 저 술귀신밖에는 없을 거야."

"후후, 그럼 칭찬이라도 한마디 해주시죠?"

그러자 호교상이 고개를 저었다.

"흥, 그럴 수야 없지. 지금도 저 술귀신은 안하무인의 성격인데 내가 조금 칭찬이라도 해줘봐. 아마 내 머리 꼭대기에서 놀으려 할걸?"

그러더니 호교상이 소리를 높여 풍귀를 불렀다.

"이놈! 술귀신아, 우리가 들어가야 할 곳은 잘 알고 있겠지?"

그러자 걸쭉한 풍귀의 대답이 들려왔다.

"걱정 마슈. 설마하니 내가 갈 곳을 모르겠소?"

"사람들 눈에 띄지 않게 조심해. 광주의 포구는 하가장의 눈에서 벗어나기 힘든 곳이야."

"아, 글쎄, 걱정 말래두 그러시오. 내 아주 광주로부터 멀리 떨어진 곳에 내려 드리겠수. 흐흐, 그곳에서 광주까지 걸어가려면 형님은 좀 고생을 해야 할 거유."

"망할 놈! 언제나 고분고분한 적이 없단 말씀이야."

호교상이 투덜거리며 풍귀에게서 고개를 돌릴 때 배가 천천히 방향을 틀기 시작했다. 광주의 포구로부터 뱃머리를 돌린 소선이 검푸른 수림이 무성하게 펼쳐진 육지를 향해 속도를 내기 시작했다.

"일단은 사람들의 인적이 없는 곳에 하선한 후 밤을 도와 성내로 들어가기로 하세."

"그렇게 하기로 하지요."

호교상의 말에 송문악이 고개를 끄덕였다.

"일단 성내로 들어가서는 하가장의 형편을 살펴야겠군요."

호종위가 말을 잇자 호교상이 고개를 끄덕였다.

"그래야겠지. 그런데 그 신기루 종자들은 과연 이 태풍을 뚫고 광주에 도착했을까?"

"아마도 그들은 살아 있을 겁니다. 해남검문이 해룡단과 해전을 치른 날은 태풍이 막 시작되기 전이었으니 본격적인 태풍이 불 때보다는 그나마 사정이 나았을 것이고, 또한 어쨌든 그들은 신기루의 고수들이니까 말입니다."

송문악의 대답에 호교상이 살짝 얼굴을 찌푸렸다.

"이보시게, 송 소협! 물론 신기루가 대단한 곳이란 것을 부인할 생각은 없지만 송 소협은 적을 너무 치켜세우는 경향이 있어. 보통 싸움에서는 말이야, 비록 적이 강하다 하더라도 일단은 적을 좀 내려다보는 시선이 필요해. 특히 적이 강하면 강할수록! 그렇지 않으면 지레 적의 기세에 눌려 제대로 싸울 수 없는 경우가 생기거든!"

그러자 송문악이 입가에 살짝 미소를 지었다.

"만약 제가 그들의 위세에 눌려 겁먹을 것을 걱정하시는 거라면 그러실 필요 없습니다. 전 다만 그들의 실력을 인정하는 것이지, 그들에게 두려움을 느끼는 것은 아닙니다. 이 싸움은 그렇습니다. 저들의 실체를 완전하게 인정하고 시작해야 하는 싸움입니다. 왜냐하면, 그렇지 않다면 우린 그들의 손에 순식간에 죽임을 당할 것이기 때문입니다."

"음, 자네의 의도가 조심을 하자는 것이면 알겠네. 상대가 상대이니 백번 조심해야 하는 것이 맞지. 난 다만 적을 향한 투기가 손상되는 것을 우려했던 것뿐일세."

"어르신이 하신 말씀이 무얼 의미하는지 잘 알고 있습니다. 하지만 걱정하지 마십시오. 전 적에 대한 투기가 아니라 혈한으로 그들을 상대할 생각이니까요."

송문악의 눈가에 파란 살광이 스치고 지나간다. 그 모습에 호교상이 흠칫 몸을 떨었다.

"알겠네. 더 이상 걱정하지 않겠네. 적에 대한 원한은 투기보다도 강한 힘을 발휘하기 마련이지."

하지만 송문악의 말에 동의하면서도 호교상은 얼핏 걱정스런 눈으로 송문악을 바라봤다. 그것은 앞서의 걱정과는 다른 의미의 걱정이었다. 지나친 원한은 큰일을 망치는 것은 물론, 자신의 몸을 상하게 하는 경우가 종종 있는 법이었다.

'하긴, 송 소협은 자신의 감정에 휘둘릴 인물은 아니지만……!'

호교상이 내심 일어난 걱정을 털어내며 다시 눈앞의 바다로 시선을 주자 멀리 보이던 원시림이 어느새 눈앞에 다가와 있었다.

"그럼 고생들 하슈."

풍귀가 소선 위에서 손을 흔들어 보였다. 사방이 험준한 절벽으로 둘러싸인 광주(廣州) 인근의 어느 무성한 수림 속 백사장에서 송문악과 호종위, 그리고 호교상을 내려놓은 이후였다.

"오냐, 수고했다. 조심해서 돌아가거라."

호교상이 오랜만에 정색을 하며 풍귀에게 작별의 인사를

건넸다.

"헐헐! 평소에도 좀 그렇게 살뜰하게 대해주쇼."

"망할 놈! 꼭 조금만 잘해주면 기어오르려 한단 말이야. 어서 돌아가기나 해!"

"하하하! 형님도 참, 어째 늙어갈수록 성질이 고약해지시는지… 알겠수. 그럼 난 갑니다. 그리고 두 분! 무운(武運)을 비오!"

풍귀가 평소의 모습과는 달리 정중하게 송문악과 호종위를 향해 포권을 해 보였다.

"수고하셨습니다, 풍노(風老)!"

"잘 돌아가십시오, 어르신!"

송문악과 호종위가 풍귀의 인사에 답례를 하자 풍귀가 손을 한 번 흔들어 보이고는 이내 배의 방향을 틀어 그가 태풍을 뚫고 나온 바다를 향해 다시 배를 몰고 나가기 시작했다.

"반드시 살아 돌아오시오, 형님! 그때는 이 풍귀가 정말 좋은 술로 한잔 대접하리다!"

배가 삼십여 장 밖으로 멀어졌을 때 소선에서 풍귀의 목소리가 한차례 들려왔다. 하지만 호교상은 풍귀의 말에 대답하지 않았다. 그는 그저 멀어지는 풍귀의 소선을 깊은 감정을 담은 눈으로 바라볼 뿐이었다. 그리곤 풍귀의 소선이 이제 세 사람의 시야에서 점처럼 작아졌을 때 조용히 중얼거렸다.

"그는 내가 정신을 차렸을 때부터 내 곁에 있었지. 문주가 그를 내 곁에 두어 나의 강호 출입을 도왔기에 해남에서 그는 나의 유일한 친구였다. 그런데 과연 난 그가 모는 배를, 그가 부르는 뱃노래를 다시 들을 수 있을 것인가!"

송문악과 호종위는 호교상의 중얼거림에 어떤 대꾸도 하지 않았다. 흐린 날씨처럼 무거운 공기가 세 사람을 휘감았다. 그들 중 누구도 호교상이 다시 풍귀의 배를 타고 그의 노래를 들으며 해남으로 돌아갈 수 있을 거라고 자신을 할 수 없었다. 늙은 호교상에게는 무척 고난한 강호행이 기다리고 있는 것이었다.

그렇게 얼마간의 침묵이 이어진 후, 먼저 입을 연 것은 역시 호교상이었다. 자신으로 인해 가라앉은 분위기를 반전시키려는 듯, 아니면 이 음습한 장소에서 조금이라도 빨리 벗어나려는 듯 자못 쾌활하게 목소리를 높였다.

"자, 쓸데없는 주절거림이 너무 길었군. 어서 가자구들, 오늘 밤에 성내로 들어가려면 조금 서둘러야 할 것 같군."

그리곤 재빨리 자신이 먼저 몸을 날려 작은 백사장을 둘러싼 절벽을 타고 오르기 시작했다. 송문악과 호종위도 서로 한 번 눈빛을 교환한 후 훌쩍 몸을 날려 호교상의 뒤를 따르기 시작했다.

*　　　*　　　*

날이 저물 때까지도 해는 구름 속에서 벗어나지 못했다. 밝은 빛 한 번 비추지 않은 하루가 그렇게 저물어 갈 때 송문악 일행은 어느덧 그들이 하선한 해안가와 연이어 있는 원시림의 북동쪽 끝에 와 있었다.

숲의 끝에서는 광주 성내가 한눈에 내려다보였는데, 회색빛 하늘과 어스름한 저녁 공기에 싸인 성내는 자못 을씨년스러운 분위기를 풍기고 있었다.

"어두워질 때까지 기다리는 것이 좋겠군."

호교상이 뒤를 따르고 있는 송문악과 호종위를 돌아보며 말했다.

"그럼 잠시 이곳에서 쉬도록 하지요."

송문악이 호교상의 말에 동조하자 세 사람은 광주 성내가 한눈에 내려다보이는 곳에 자리를 잡고 긴 항해와 이어진 이동으로 피곤해진 몸을 쉬기 시작했다. 하지만 오랜만에 육지에서 맛보는 세 사람의 휴식은 그리 오래가지 못했다.

"저건 뭐지?"

갑자기 호교상이 자리에서 일어나며 입을 열었기 때문이다.

막 가부좌를 틀고 운기에 들어가려던 송문악과 호종위는 호교상의 말에 운기를 풀고 자리에서 일어나 호교상이 바라보고 있는 곳으로 시선을 주었다.

"무림인들이군요."

호종위가 목소리를 낮추며 입을 열었다.

"허! 우린 잠시도 쉴 시간이 없군. 저들이 움직이는 방향으로 보건대 곧 이곳으로 올 것 같은데?"

호교상이 빠른 속도로 경사진 언덕 아래쪽으로부터 세 사람이 있는 방향으로 움직이고 있는 일단의 인영들을 보며 혀를 찼다.

"아무래도 자리를 비켜주어야 할 것 같습니다."

송문악의 말에 호교상이 고개를 끄덕였다.

"그래야겠군. 제길! 이런 숲속에서조차 편히 쉴 수 없다니…… 자, 일단 몸을 숨기세."

세 사람은 즉시 자신들이 머물던 흔적을 지우고 일단의 무림인이 움직이는 방향에서 멀찍이 벗어나 나무 그늘 아래 몸을 숨겼다. 세 사람의 휴식을 방해한 자들이 언덕 위로 올라와 세 사람의 자리를 차지한 것은 그로부터 채 일각이 지나지 않아서였다.

"으음!"

검은 흑의를 걸친 두 명이 언덕 위로 올라섰다. 그리고 그중 한 명이 신음성을 토해냈다. 그의 옆구리에서는 검붉은 피가 끊임없이 흘러나와 검은 무복을 적시고 있었다.

"괜찮으시오, 오십 사령?"

부상을 입지 않은 자가 신음성을 토해내는 자를 부축하며 물었다.

"제길, 난 아마도 틀린 것 같소. 사십 사령께서는 얼른 이곳을 벗어나시오. 내가 이곳에서 저들의 추격을 막겠소."

"그럴 수는 없소. 오십 사령이 이곳에 남는다면 반드시 저들에게 죽임을 당할 것이오. 그런데 어찌 이곳에 오십 사령만 남겨두고 떠날 수 있단 말이오. 자, 힘을 냅시다. 조금만 더 가면 바다로 나갈 때를 대비해 준비해 둔 배가 있지 않소이까? 거기까지만 간다면 일단 저들의 추격에서 벗어날 수 있소."

하지만 동료의 강권에도 불구하고 부상을 입은 오십 사령이라 불린 자는 천천히 그 자리에 주저앉았다.

"이 몸으로 그들의 추격을 따돌리는 것은 불가능하오. 오히려 사십 사령에게 짐이 될 뿐이오. 어서 가시구려."

"아! 우리 두 사람이 함께 움직인 지가 벌써 십 년이 넘는데 어찌 내가 오십 사령을 두고 혼자 갈 수가 있단 말이오?"

"끌끌끌, 말씀은 고맙구려. 하지만 우리 신기루의 사령들이 언제 사람의 정에 따라 움직였소이까? 어서 가시구려. 이렇게 길 위에서 죽는 것이 그간 신기루 일백 사령의 운명이었소. 그러고 보면 저들의 심정이 이해가 안 가는 것은 아니야. 이런 운명을 알면서 어찌 그 운명을 벗어날 궁리를 하지 않을 수 있을 손가! 끌끌……."

오십 사령이라 불린 자가 허망한 웃음을 흘려냈다.

"약해지셨구려!"

그러자 오십 사령의 말에 사십 사령이 낯빛을 굳히며 차갑게 대꾸했다.

"물론 난 약해졌소. 몸이 이 지경이고, 죽음이 코앞에 다가왔는데 어찌 약해지지 않을 수 있겠소?"

"이곳에 남아 있다가 그들에게 삶을 구해도 되겠구려."

이제 사십 사령의 음성에서는 살기조차 묻어나고 있었다.

"흐흐, 만약 내가 이 몸을 하고도 다시 살아날 수만 있다면 그 말도 가능성이 없는 말은 아니지요. 하지만 이미 난 죽음이 눈앞에 이른 몸이오. 이 부상은 화타가 와도 고칠 수가 없는 부상이오. 후후, 어차피 죽을 바에야 내가 어찌 반역자 소리를 들으며 죽어가겠소. 그러니 사십 사령은 어서 이곳을 떠나시구려. 내 십 년이 넘는 시간 동안 함께 지낸 인연을 생각해서 저들의 발걸음을 조금이나마 늦춰보도록 하겠소."

그제야 사십 사령의 눈빛에서 살기가 사라졌다. 그리고 그 자리를 회색빛 회한이 차지했다.

"이 일은 너무도 중한 일이라 난 계속 길을 가야 할 것 같소."

그러자 오십 사령이 천천히 고개를 끄덕였다.

"당연히 그래야지요. 이 일은 본 루(樓)의 존망이 걸린 문제이니 어서 움직이시구려. 허허허, 원강의 육천문이 그립군. 그때가 좋았어! 그때 우리는 루의 중심에 있었지……."

오십 사령의 입에서 과거에 대한 그리움이 묻어났다. 하지만 사십 사령의 표정은 오히려 더 차갑게 굳어졌다.

"가겠소. 몸 보중하시오. 그동안 즐거웠소!"

그렇게 차가운 인사를 남긴 사십 사령이 훌쩍 몸을 날려 순식간에 장내를 떠나갔다. 그러자 그 모습을 보고 오십 사령이 중얼거렸다.

"그렇군. 나에게는 그곳이 가장 좋은 추억이 있는 곳이지만 사십 사령에게는 일생 중 가장 안 좋은 기억이 남아 있는 곳이었군."

사십 사령이 떠난 지 반 각이 지나지 않아 다시 삼 인의 흑의 무복을 입은 자들이 장내에 모습을 드러냈다.

"오십 사령! 결국 이곳까지가 그대의 한계군."

진득한 비웃음이 묻어 나오는 말을 내뱉으며 그중 한 명이 피가 흐르는 옆구리를 부여잡고 주저앉아 있는 오십 사령의 앞으로 다가왔다.

"흐흐, 물론 여기까지가 내 도주의 한계지. 그리고 또한 여기까지가 내 목숨의 끝이기도 하고 말이야. 하지만… 당신들도 알다시피 난 신기루의 일백 사령 중 한 명이야. 절대 그냥 죽지는 않겠단 말씀이지."

말이 끝남과 동시에 오십 사령의 몸이 마치 전혀 부상을 입지 않은 사람처럼 허공으로 튕겨 올랐다.

"조심해!"

순간 오십 사령에게 다가서던 사내의 뒤쪽에서 날카로운 경고성이 터져 나왔다. 하지만 그때는 이미 오십 사령의 검이 자신의 앞에 다가선 사내의 가슴을 향해 검은 이빨을 들이밀고 있을 때였다.

"이자가!"

갑작스런 오십 사령의 공격에 당황한 사내가 황급히 손에 든 도를 들어 올려 자신의 가슴을 찔러오는 오십 사령의 공격을 막아갔다. 하지만 마지막 힘을 끌어올린 오십 사령의 공격은 무척이나 처절해 기습을 당한 사내가 미처 그의 공세를 완벽히 막아내기도 전에 오십 사령의 검끝이 사내의 가슴에 와 닿았다.

그그긍!

도가 검을 밀어내는 소리가 소름 끼치게 들려왔다.

"우욱!"

한마디 비명 소리가 장내에 울려 퍼졌다. 오십 사령의 검에 가슴을 허용한 사내가 오십 사령의 검을 밀어내는 힘에 의해 사내의 가슴에 꽂혀들던 오십 사령의 검이 죽 옆으로 밀리며 사내의 가슴을 횡으로 베어버린 것이었다. 동시에 입으로 신음성을 토해낸 사내의 한 손이 이미 이 일격에 모든 힘을 쏟아 부은 오십 사령의 머리 위에 떨어져 내렸다.

픽!

사내의 분노에 찬 일격에 오십 사령의 머리가 수박처럼 부서져 내렸다. 비명조차 지를 사이도 없이 오십 사령의 목숨이 끊어져 버린 것이었다.

"괜찮으신가?"

일격에 오십 사령을 죽여 버린 사내 곁으로 뒤에 남아 있던 두 명의 동료가 다가오며 걱정스럽게 물었다.

"제길, 왼팔은 앞으로 영원히 쓰지 못할 듯합니다."

사내가 씹어 뱉듯 말을 내뱉으며 재빨리 가슴에서부터 외쪽 어깨 부위로 이어진 검상에서 흘러나오는 피를 지혈했다.

"우린 아직 일이 끝나지 않았소."

그 모습을 지켜보고 있던 또 다른 한 명의 사내가 무뚝뚝한 어조로 입을 열었다. 그러자 사내의 부상을 살펴보던 자가 고개를 끄덕이며 부상을 입은 동료로부터 시선을 거뒀다.

"알고 있소. 아직 사십 사령이 살아 있지. 그의 목숨을 끊어내기 전에는 걸음을 멈출 수 없네. 자네는 이곳에서 부상을 치료하고 있게."

그러자 부상을 입은 자가 천천히 고개를 끄덕였다.

"알겠습니다, 형님!"

"가십시다, 오십오 사령!"

부상을 입은 자로부터 형님이라 불린 자가 무뚝뚝한 표정으로 서 있는 인물을 보며 말하자 처음 길을 재촉했던 인물이 고개를 한 번 끄덕이고는 이내 사십 사령이 도주한 방향으로 몸을 날리기 시작했다.

"아우는 이곳에서 우리가 돌아오길 기다리도록 하게."

"알겠습니다. 형님, 조심하십시오. 사십 사령은 무서운 자입니다."

"걱정 말게. 그가 비록 뛰어난 인물이기는 하나 그는 하나고, 우리는 둘이야. 아우는 몸이나 잘 보살피게."

형님이라 불린 자가 가볍게 상대의 어깨를 두드리고는 순식간에 오십오 사령이란 자의 뒤를 따라 숲으로 사라졌다.

"이보게 송 공자, 왜 이토록 서두르는가?"

무서운 속도로 숲을 가르며 달리고 있는 송문악의 뒤에서 호교상이 궁금한 듯 물었다.

"그가 추격자들에게 죽기 전에 그를 만나야 하기 때문입니다."

"도대체 그가 누구인가?"

그러자 송문악의 눈에서 감정의 정체를 알 수 없는 기광이 뿜어져 나왔다. 그리곤 그의 입에서 낮고 강렬한 말이 빠르게 흘러나왔다.

"제 기억이 틀리지 않다면, 그는 신기루 사십 사령이며, 귀곡 방 곡주님의 이제(二弟)이자 나의 아버님의 의숙이었던 양소용이라는 사람일 겁니다."

『신기루』 5권 끝

지금 유전자가 말하는 사랑과 성의 관한 솔직 대담한 진실이 펼쳐집니다!

남편의 후광을 등에 업는 것은 까마귀와 인간뿐…

모두에게 바보 취급받던 독신 암컷이 단번에 인생대역전을 해서
서열 1위인 수컷의 아내 자리를 차지하게 될 수도 있다는 말입니다.
모든 여성이 이상형의 남자와 결혼할 수 있는 것은 아닙니다.
적당한 선에서 타협하여 적당한 사람과 결혼하지요.
하지만 솔직히 말해서 당연히 멋진 남자가 더 좋지 않겠습니까?
따라서 여성은 생각합니다.
'그럼 어떻게 하지? 유전자만이라면 가질 수 있어!'
그리하여 장기계획형이나 단기승부형과 같은 여러 가지 방법의
외도가 생겨나는 것입니다.
물론 모든 여성이 이를 실행에 옮기지는 않습니다.

하지만 기회가 있다면 어떨까요?
다른 조건과 이미 타협을 봤다면?
남편이 사소한 일은 눈치 못 채는 둔한 남자라면?
뭔가 유전자의 음모가 느껴지지 않습니까?

실패를 모르는 남자 선택법!
「내 남자친구는 왼손잡이」 법칙

어째서 여성은 왼손잡이 남성에게 마음이 끌리는 걸까요?

여기서 기억해야 할 것은 몸의 좌우와 뇌의 좌우는 원칙적으로 반대 관계라는 점입니다.
따라서 왼손잡이 남성은 우뇌가 발달했습니다.
발달했다는 사실이 왼손잡이를 통해 반영된 것입니다.

그리고 두 번째로 생각해야 할 것은 우뇌는 남성 호르몬의 일종인 테스토스테론에 의해 발달한다는 점입니다.
요약하자면 왼손잡이 남성은 우뇌가 발달했는데, 그것은 테스토스테론 수치가 높기 때문입니다.
그것은 다름 아닌 생식 능력이 높다는 것을 의미하지요.

「내 남자 친구는 왼손잡이」에 감춰진 의미는… 내 남자 친구는 생식 능력이 높아… 인 것입니다.

초등학생이 반드시 읽어야 할 좋은 책 49권

각 학년별로 초등학생이 반드시 읽어야할 좋은 책을
선정하여 통합논술의 기본이 되는 '올바른 독서법'을
일깨워 줍니다.

교과서와 함께하는
초등학교 통합논술

초등1학년 | 값 12,000원 / 초등2학년 | 값 9,500원 / 초등3학년 | 값 11,000원 / 초등4학년 | 값 9,500원 / 초등5학년 | 값 9,500원 / 초등6학년 | 값 11,000원

♣ 혼자 할 수 있어요.

엄마가 책 읽는 방법을 가르쳐 주어도 좋아요.
독서지도하는 선생님이 가르쳐 주어도 좋답니다.
"초등 교과서와 함께하는 통합논술 시리즈"는
아이 스스로 독서할 수 있도록 꾸며진 책이에요.
엄마와 선생님은 요령만 가르쳐 주시면 된답니다.

♣ 교과서의 중요한 내용이 총정리되어 있어요.

각 학년별로 중요한 교과 내용이 함께 수록되어 있어요.
초등학생은 교과서 내용을 충실하게 공부해야 합니다.
아울러 그와 병행한 독서가 대단히 중요하지요.
"초등 교과서와 함께하는 통합논술 시리즈"는
두 가지 방법 모두 알려준답니다.

♣ 이 책은 훌륭하신 선생님들이 함께 쓰신 책이랍니다.

동화작가 선생님들이 쓰셨어요. 소설가 선생님도 쓰셨답니다.
국어 논술독서지도 선생님들도 함께 쓰셨지요.
"초등 교과서와 함께하는 통합논술 시리즈"는
엄마의 마음으로 모든 선생님들이 함께 꾸민 책이랍니다.

입소문을 통해 아는 분은 다 알고 계십니다!
올 한해 공인중개사 최고의 화제작!

1~2권 합본 | 이용훈 지음
3~4권 합본 | 이용훈 지음
5~6권 합본 | 이용훈 지음
용어해설 | 이용훈 지음

수험생 기본 필독서
만화 공인중개사

제목 : 만화공인중개사 쓰신 분에게 감사드립니다.

학원을 두 달 다녔어요. 근데 과연 그 숫자 외우기 그런 게 몇 문제나 나올까 생각을 했어요.
아니라는 생각이 드네요. 학원강의를 뒤로하고 서점을 갔어요. 내 머리에 가장 이해될 수 있는
책이 없나 하구요. 거기서 만화를 발견했어요. 무조건 세 번 봤어요. 3개월 걸렸어요. 문제집을 보라고
했는데 그건 시행을 못했어요. 근데 합격을 했네요.
어떻게 감사의 말을 해야 될지…….
도서관에서 만화책 들고 다니니까 사람들이 비웃더라구요. 만화책으로 공인중개사를 공부한다고
미친 사람처럼 보더라구요. 근데 그거 다 감수하고 했던 내가 자랑스럽습니다.
어떻게 감사의 말을 해야 할지… 정말 감사합니다.
부디 행복하세요. 제 나이 41살에 좋은 스승을 만난 것 같습니다.
엎드려 감사드립니다.

－본사 홈페이지에 독자분이 올린 메일 中 에서 발췌－